Peter Meisenberg, geboren 1948. Studium der Geschichte, Philosophie und Germanistik. Lebt als freier Autor in Köln. Bei Emons erschienen: *Geh mal zur Seite, Kleiner*, *Freitags kommt der Klüttenmann*, die Köln-Krimis *Schmahl*, *Haie* und *Leidenschaft* sowie in der Reihe »Kommissar Löhr« *Schwarze Kassen* und *Löhr und das OB-Patt*.

Dieses Buch ist ein Roman. Handlungen und Personen sind frei erfunden. Ähnlichkeiten mit lebenden oder toten Personen sind rein zufällig.

Peter Meisenberg

Pappnasen

Kommissar Löhrs dritter Fall

Emons Verlag Köln

Umschlaggestaltung: Atelier Schaller, Köln
Umschlagzeichnung: Heribert Stragholz
Umschlaglithografie: Media Cologne GmbH, Köln
Druck und Bindung: Clausen & Bosse GmbH, Leck
Printed in Germany 2002
ISBN 3-89705-230-X

www.emons-verlag.de

Für Klaus

Was für ein Sommer! Die Petunien und Geranien in den dunkelgrünen Plastikblumenkästen am Rand der Terrasse ließen die Köpfe hängen, als hätten sie seit Wochen kein Wasser mehr gesehen, auch wenn Tante Irmi sie mit Sicherheit am Morgen noch gegossen hatte. Weiter unterhalb der Terrasse welkte der Rasen einem staubigen Senfgelb entgegen, die Blätter der ihn umkränzenden Trauerweiden und Trauerbirken rollten sich verdurstend nach innen, und obwohl es bereits acht Uhr abends durch war, machte sich immer noch kein Abendhauch auf, den auf der Terrasse und unten im Garten versammelten Pflanzen und Menschen eine kühlende Erleichterung zu verschaffen.

Seit drei Wochen befand sich das Azorenhoch in einer nunmehr beängstigend stabilen Lage, versorgte Köln selbst nachts mit tropischer Luftfeuchtigkeit und brachte Wirte und Eisdielenbesitzer zur Verzweiflung, weil ihre Kühlmaschinen den Temperaturen nah am Siedepunkt nur noch erlahmenden Widerstand entgegenzubringen vermochten. Und wenn schon Maschinen und Pflanzen vor der Hitze kapitulierten, wie sollte es da erst den Menschen gehen, Menschen zumal, die unter permanentem Bluthochdruck litten!

Löhr, der sich fast den ganzen Nachmittag über nicht aus dem Kernschatten eines Sonnenschirms entfernt hatte, betrachtete mit wachsender Besorgnis die alarmierend roten Gesichter der über die Terrasse und den Garten von Tante Irmis und Onkel Jupps Rodenkirchener Villa verteilten Gäste, die sich hier zu Irmis fünfundsechzigstem Geburtstag zusammengefunden hatten. Fast die Hälfte von ihnen schien kurz vor einem Kollaps zu stehen, obwohl oder vielleicht gerade weil Ströme von Erdbeerbowle flossen. Und es waren ausnahmslos die Hövelers, die Verwandten seiner Mutter, welche die Hitze in diesen lebensbedrohlichen Zustand versetzte.

Bluthochdruck und in dessen Folge Schlaganfälle lasteten einem Erbfluch gleich auf dem Geschlecht der Hövelers und hatten bisher schon eine Menge Lücken in seine Reihe geschlagen. Wenn nicht in

Kürze ein Gewitter oder wenigstens ein frischer Wind für Abkühlung sorgen würde, befürchtete Löhr, gäbe es bald ein weiteres Opfer. Er erhob sich aus seinem Korbstuhl, um am Rand des Sonnenschirms vorbei einen Blick auf den Himmel zu werfen. Onkel Heinz, der ihm seit Stunden Gesellschaft geleistet hatte, deutete dies als Zeichen dafür, daß Löhr seinen Platz verlassen wollte. Seine Hand schnappte ihm hinterher und erwischte einen Zipfel von Löhrs Hemd.

»He! Jakob! Wo willste hin?«

»Nirgends. Wollte nur mal gucken, ob nicht 'n paar Wolken aufziehen.« Löhr setzte sich wieder. Keine einzige Wolke war in Sicht.

»Wieso Wolken? Loß mer froh sein, dat mer endlich mal so 'n schön Wetter haben und so schön hier draußen zusammensitzen können.«

Heinz litt kein bißchen unter der Hitze. Heinz war kein Höveler. Er hatte lediglich eine Höveler geheiratet. Trudi, die jüngste Schwester von Löhrs Mutter. Heinz schien froh zu sein, Löhr als Gesprächspartner gefunden zu haben und nicht an dem Tisch mit Trudi und ihren Geschwistern sitzen zu müssen. Trudi, Lisa, Toni, Irmi und Anita, Löhrs Mutter, scharten sich, wie immer bei solchen Famlientreffen, um ihren Bruder Bruno und hingen, hochrot im Gesicht, an seinen Lippen. Bruno war der Star der Höveler-Geschwister, ihr Abgott. Bruno war der einzige, der es in dieser sehr katholischen Familie zum Priester gebracht hatte, und entsprechend galt den frommen Geschwistern jedes seiner Worte als Quell der Offenbarung.

Aber nicht nur, weil Heinz absolut nichts von religiöser Weisheit und erst recht nichts von Brunos klerikalen Witzchen hielt, die die Runde um ihn immer wieder in hühnerhaftes Gegacker ausbrechen ließen, schloß er sich lieber Löhr an. Außerdem und vor allem war die Ursache dafür der Umstand, daß es Löhr nichts ausmachte, wenn Heinz sich ab und zu aus seinem Bowleglas bediente. Heinz selbst hatte vor sich demonstrativ ein halb geleertes Wasserglas aufgebaut, so daß es den Anschein hatte, er tränke den ganzen Nachmittag über Selters. Diesen Anschein aufrechtzuerhalten, daran lag Heinz sehr viel. Denn er hatte, die ganze Verwandtschaft wußte es und Tante Trudi wurde nicht müde, es immer wieder allen in Erinnerung zu rufen, ein kleines Alkoholproblem.

Als Onkel Heinz ihn am früheren Nachmittag das erste Mal bat, ein Schlückchen Bowle aus seinem Glas probieren zu dürfen, hatte Löhr bloß ein wenig irritiert über diesen seltsamen Wunsch die Schultern gezuckt und es ihm gestattet, zumal er selbst nach einmaligem Nippen absolut keinen Geschmack an der Bowle gefunden hatte. Erst als Onkel Heinz ihn, nachdem er Löhrs Glas geleert hatte, bat, ein neues zu holen, war Löhr Onkel Heinz' Alkoholproblem wieder eingefallen. Jedoch wäre es ihm äußerst unangenehm gewesen, Onkel Heinz seinen Wunsch abzuschlagen. Mit welchem Recht konnte er sich anmaßen, einem so viel Älteren – Onkel Heinz war immerhin neunundfünfzig – eine Moralpredigt über Alkoholmißbrauch zu halten? Hätte er ihm etwa sagen sollen: »Onkel Heinz, du weißt genau, daß du nichts trinken darfst!«? Er wäre sich lächerlich dabei vorgekommen.

Also war er aufgestanden und hatte ein frisches Glas Erdbeerbowle geholt. Danach war alles zu spät, und es gab kein Halten und kein Zurück mehr. Eben hatte Löhr bereits das vierte Glas Bowle und das dritte Glas Wasser geholt. Die Gläser standen vertauscht vor ihnen – das Bowleglas vor Löhr, das Wasserglas vor Onkel Heinz' und jedes Mal, wenn Heinz sich von Trudi und ihren Geschwistern am Nachbartisch unbeobachtet fühlte, griff er schnell über den Tisch zum Bowleglas, tat einen Zug, stellte es rasch wieder hin und unterhielt sich dann mit vollkommener Unschuldsmine weiter mit Löhr. Das Gespräch drehte sich um Onkel Heinz' langjährige Arbeitslosigkeit.

»Sieh et mal so, Jakob«, sagte Onkel Heinz. »Wenn ich mich in meinem Alter noch mal um 'nen Job bemühen würde. Nur mal angenommen. Dat brächte nur Nachteile für mich!«

»Nachteile? Du würdest wieder Geld verdienen«, wandte Löhr ein.

»Gut. Aber wat müßte ich dafür alles in Kauf nehmen? Morgens in aller Herrgottsfrühe aufstehen! Mich den ganzen Tag anschnauzen lassen. Dauernd kontrolliert werden. Abends zerschlagen nach Hause kommen, und da hab ich dann noch mal dat gleiche Theater. Nee, Jakob. Wenn ich nur daran denke, werd ich schon krank.«

»Aber es geht allen anderen genau so!«

»Eben Jakob, eben! Guck sie dir an! Die sind alle krank. Krank von der Arbeit. Da ist irgendwat verkehrt, oder nit?«

Löhr deutete ein zustimmendes Nicken an. Onkel Heinz' Argumente waren tatsächlich nicht ganz von der Hand zu weisen. Und wenn man Onkel Heinz ansah, seine gesunde Gesichtsfarbe, sein kräftiges weißes Gebiß, das ganz gewiß nicht aus dritten Zähnen bestand, seine dichten und nur leicht angegrauten Haare, hätte man meinen können, er führe ein erfülltes Arbeitsleben als Bauarbeiter oder Gärtner. Dabei wußte jeder in der Verwandtschaft, und Löhr wußte das auch, daß Heinz lediglich den Sonntagnachmittag im Freien verbrachte, und zwar auf der Weidenpescher Rennbahn, während der Rennsaison. Alle anderen Tage saß er in einem Wettbüro auf der Aachener Straße und die Abende in einer Kneipe zwei Schritte daneben beim Klammerjaß-Spiel.

»Und selbst wenn ich«, fuhr Heinz nach einem weiteren Schluck Bowle fort, »noch mal 'nen Job kriegen würde und da auch Erfolg hätte; wofür soll ich dat machen? Dat kann jeder andere auch. Et jibt genug, die scharf darauf sind. Und die können dat bestimmt allemal besser als ich dat könnte.«

»Es kann auch Befriedigung verschaffen, Erfolg im Beruf zu haben«, brachte Löhr vor, war sich aber sofort des Oberlehrertons bewußt und rückte – quasi als Geste der Entschuldigung – das Bowleglas ein Stück in Onkel Heinz' Richtung. Heinz dagegen schien der Oberlehrerton nicht das geringste auszumachen, im Gegenteil, er wurde durch Löhrs Einwand sogar noch angefeuert.

»Befriedigung? Ich verstehe, wat du meinst, Jakob. Glaub ich auch, dat et so Leute gibt. Aber guck dir an, wat die *machen*! 'nen Stapel Akten von rechts nach links legen. Kontrollieren, ob paar Birnchen brennen oder nit brennen. Selbst wenn ich noch mal bei Ford anfing und könnt da die Räder am ›Ka‹ anschrauben. Gott! Wat ist das denn? Wat hat mer da *geleistet*? Da kann mer nit stolz drauf sein, oder? Da müßte man sich eigentlich für schämen, wat mer da gemacht hat!«

Statt zu antworten seufzte Löhr. An Onkel Heinz' Argumenten war wirklich etwas dran. Selbst wenn man bedachte, daß Heinz an die zwanzig Jahre Zeit gehabt hatte – so lange war er schon arbeitslos –, sie sich zurechtzulegen und ihre Stichhaltigkeit in zahllosen Diskussionen auf die Probe zu stellen, um sie anschließend zu modifizieren, es waren eigentlich ganz schön kluge, im Grunde sogar weise Argumente. Aber mußte Löhr ihnen deswegen auch laut zustimmen? Sollte er einem so offenbar Arbeitsscheuen auch noch auf die Schulter klopfen und recht geben? Einem – Löhr erinnerte sich an einen der markigen Sprüche des Bundeskanzlers – einem, der auf Kosten der anderen, der Allgemeinheit lebt?

Onkel Heinz hatte offenbar Löhrs Gedanken gelesen. Nach einem unauffälligen raschen Griff zum Bowleglas, das er leerte, tippte Heinz mit dem Zeigefinger gegen Löhrs Oberarm.

»Du meinst, ich wär trotz allem 'ne Parasit, ne? Sag et schon!«

»Um Gottes Willen, Onkel Heinz! Was denkst du?«

»Ist mir ganz egal, dat du dat denkst. Dat denken alle. Hab ich mich auch selbst schon gefragt, ob ich eso 'ne widderliche Mitesser bin. Kannste mir glauben. Und weißt du, wat ich mir jetzt sage, Jakob?«

Löhr hob die Schultern.

»Dat mir dat janz egal ist! Dä!«

»Da hast du vielleicht auch recht mit«, sagte Löhr zögernd.

»Und weißt du, weshalb mir dat egal ist, Jakob? Ganz einfaches Beispiel. Der Bauer, der 'nen Acker stillegt und zu 'ner Trockenwiese oder 'nem Biotop oder so wat macht, wat kriegt der? Der kriegt 'ne Stillegungsprämie! Und genau so ist dat auch bei mir. Ich krieg Geld dafür, dat ich nit hingehe. Zur Arbeit. Stillegungsprämie.«

»So kann man das natürlich sehen«, sagte Löhr, zog ein Taschentuch aus der Hosentasche und wischte sich die Stirn ab. Allmählich machte auch ihm die unglaubliche Schwüle zu schaffen, auch wenn er bezüglich seines Blutdrucks nicht auf die Hövelers kam. Auf Onkel Heinz' Stirn perlte dagegen erstaunlicherweise kein einziger Schweißtropfen, obwohl er sich inzwischen richtig in Rage geredet hatte.

»Und du glaubst doch nit, dat die uns wat für umsonst geben, die Kapitalisten! Die *brauchen* uns, trotzdem dat wir arbeitslos sind. Ja, gerade *weil* wir arbeitslos sind!«

»Ach ja? Wieso?« fragte Löhr.

»Reservearmee!« raunte Onkel Heinz, erhob aber gleich darauf seine Stimme wieder zu normaler, das heißt überdurchschnittlicher Lautstärke. »Arbeitskraftreserve. Mit den Arbeitslosen kannste denen, die noch Arbeit haben, drohen. Wenn ihr nit so wollt wie wir wollen, bitte schön, stehn genug vorm Tor, die alle euren Job haben wollen!«

Daß Onkel Heinz marxistische Parolen in seine Argumentation aufgenommen hatte, war Löhr neu. Irgendwie gefiel es ihm aber, auch wenn das Argument, nahm man einmal Onkel Heinz' Person, nicht so ganz stimmte. Mit welcher Qualifikation, welchem Fleißpotential vermochte Onkel Heinz wohl eine Bedrohung darzustellen? Trotzdem. Der klassenkämpferische Ton gab Heinz' Verteidigungsstrategie einen erfrischend offensiven Anstrich.

»Und deswegen«, gab Onkel Heinz seinem revolutionären Exkurs eine überraschend opportunistische Wendung, »deswegen nütze ich dem System! Die brauchen mich! Und darum schert mich dat kein bißchen, dat ich auf Staatskosten lebe. Ich krieg ja schließlich nichts geschenkt. Im Grunde bezahlen die mich, dat ich nit hingehe und denen alles kaputtschlage!«

Löhr lachte auf. »So hab ich das noch nie gesehen.«

»Im übrigen«, Onkel Heinz zog eine Augenbraue hoch und produzierte damit auf seiner Stirn eine kräftige verächtliche Falte. »Im übrigen: Wat sind schon die paar Mark! Da bringen mir die Pferde zehn Mal so viel. Wenn et gut läuft.«

Aber bevor Onkel Heinz das Gespräch auf sein Lieblingsthema, die Pferde, lenken konnte, wurde er unterbrochen. Tante Irmi, ihr festliches weißes Seidenkleid wies unter den Armen und in der Bauchgegend dunkle Schweißflecken von beträchtlichem Umfang auf, und ihre Gesichtsfarbe glich einer vollreifen Tomate, kam an ihren Tisch und reichte Löhr ein schnurloses Telefon.

»Für dich, Jakob.«

»Ja?« meldete sich Löhr.

»Jakob! Weißt du, wie lange ich gebraucht habe, um die verdammte Telefonnummer rauszukriegen?« Essers Stimme. Krächzend, aufgeregt, empört.

»Ich hab dir die Adresse gegeben!« wehrte sich Löhr.

»Ja. Kleinschmidt!« höhnte Esser, immer noch mit enormer Empörung in der Stimme. »Weißt du, wie viele Kleinschmidts im Telefonbuch stehen?«

»Kleinschmidt in Rodenkirchen«, sagte Löhr. »Hab ich dir gesagt.«

»In Rodenkirchen gibt es drei Kleinschmidts! Drei! Hättest mir wenigstens die Telefonnummer geben können!«

»Wenn ich sie gehabt hätte. Hatte ich aber nicht.«

»Dieses ganze Theater, Jakob! Wenn du dir endlich ein …«

»Was gibt's eigentlich?« unterbrach Löhr seinen Kollegen.

»Wir haben *Bereitschaft*, Jakob«, Essers Stimme klang nun deutlich beleidigt. »Und es gibt einen *Fall*.«

***

»Tünnes und Schäl gehen durch die Altstadt. Plötzlich zeigt Schäl auf ein Fenster und sagt zum Tünnes: ›Sag ens, Tünnes, do litt jo ding Ahl im Finster!‹ Darauf wird Tünnes ganz grundsätzlich und erwidert ernst: ›Also erstens is dat nit ming Ahl. Zweitens ist dat ming Mamm. Und drittens ist dat für dich immer noch et Fräulein Schmitz!‹« Irmi, Toni, Trudi, Löhrs Mutter Anita und Lisa, Löhrs halbseitig gelähmte Tante in ihrem Rollstuhl, prusteten und wieherten und schlugen sich auf die Schenkel, als wenn ihnen Bruno, der sich selbstgefällig schmunzelnd zurücklehnte, gerade eine enorm unanständige Zote erzählt hätte.

Löhr kannte den uralten Witz natürlich ebenso wie die anderen. Während die jedoch glaubten, ihrem klerikalen Bruder zu Gefallen ein solches Lachspektakel veranstalten zu müssen, konnte Löhr es sich leisten, bloß mit einem höflichen Lächeln zu reagieren. Er hatte sich bereits von den anderen Gästen verabschiedet und war bei seiner Runde durch den Garten und über die Terrasse zuletzt am Tisch der Geschwister seiner Mutter angekommen und wartete darauf, sich endlich auch hier verabschieden zu können. Jeden Augenblick konnte Esser, der versprochen hatte, ihn abzuholen, klingeln.

Aber er bekam keine Chance, seiner Mutter die Hand zu drücken. Sobald die Runde sich von ihrem Lachanfall erholt hatte, meldete sich Onkel Toni zu Wort, und alle wandten sich ihm voller Spannung zu; niemand achtete auf den ungeduldig wartenden Löhr.

»Ich hab auch einen. Der ist aber *noch* 'n bißchen unanständiger.«

»Du weißt, daß schmutzige Witze im Karneval nichts verloren haben«, ermahnte ihn Onkel Bruno.

»Da fällt kein einziges unanständiges Wort. Nur sozusagen indirekt«, beschwichtigte Toni, und die anderen, mit Ausnahme von Bruno, nickten ihm auffordernd zu.

»Also der geht so«, begann Toni. »Der Schäl trifft den Tünnes und sagt: ›Wat siehst du gut aus, Tünnes! Wat ist los?‹ Tünnes druckst herum und sagt schließlich: ›Ich hab mich verliebt!‹ ›Ach nä!‹ sagt Schäl. ›Dat dir dat in deinem Alter noch mal passiert! Wer ist et denn?‹ ›E janz wunderbar Mädchen!‹ antwortet Tünnes. ›Dat Mariechen aus Efferen.‹ Schäl ist entsetzt. ›Doch nit etwa *dat* Mariechen? Dat Mariechen aus Efferen?‹ ›Jenau dat.‹ ›Bist du wahnsinnig, Tünnes? Hast du denn noch nie von dem gehört? Da ist halb Efferen drüber gerutscht! Dat kannste nit machen!‹«

Onkel Bruno räusperte sich vernehmlich. Den anderen Geschwistern gefror daraufhin ihr erwartungsvolles Grinsen, und sie sahen sich mit zusammengepreßten Lippen an, als wären sie gerade beim Naschen erwischt worden. Nur Onkel Toni schien das warnende Räuspern des Familienabgotts nicht gehört zu haben und fuhr, in Fahrt gekommen, fort: »Eine Woche später treffen sie sich wieder. ›Und?‹ fragt Schäl: ›Haste endlich Schluß mit dem Mariechen gemacht?‹ ›Enä‹, sagt der Tünnes. ›Ich bin mal nach Efferen gefahren, hab mir dat mal angeguckt. *So* groß ist dat gar nicht!‹«

Tante Irmi stieß ein Wiehern aus, daß sämtliche Gäste auf der Terrasse sich erschreckt nach ihr umblickten. Tante Trudis Lachen klang wie das Meckern einer eben dem Erstickungstod entronnenen Ziege. Tante Lisa röhrte grollend aus der noch intakten Hälfte ihres Mundes, und selbst Löhrs Mutter produzierte ein durchdringendes Kichern. Nur Onkel Bruno betrachtete schweigend und mit versteinertem Gesicht aufmerksam seine gelblichen Fingernägel, hob dann, nachdem das Lachen ringsum plötzlich abbrach, als wäre ein Tonband gerissen, den Blick, ließ ihn kurz über den immer noch wolkenlosen Himmel schweifen und richtete ihn dann bohrend auf Onkel Toni, der am lautesten von allen gelacht hatte.

»Nun ja.« Onkel Brunos Stimme klang sehr beherrscht, und er räusperte sich noch einmal, um seinen Worten das nötige Gewicht zu geben. »Der kölsche Dialekt kennt ja eine ganze Reihe von Wortschöpfungen, die an der Grenze des Anstands liegen. ›Mämmendrück‹ zum Beispiel, von lateinisch ›mamma‹, die Brust. Oder, sehr bezeichnend auch der Ausdruck ›hellije Fott Angenies‹. Aber auch Wörter wie ›Mömmes‹ oder ›Mömmesfresser‹.«

»›Föttchesföhler‹!« warf Onkel Toni in die Debatte, wurde aber von Onkel Bruno schlichtweg ignoriert.

»Das sind alles Ausdrücke voller niederrheinischer Saftigkeit«, fuhr Bruno fort, »zwar, wie gesagt, an der Grenze des Anstands, aber nie diese Grenze überschreitend. Das liegt auch gar nicht im Wesen des kölschen Humors. Und entsprechend, denke ich, hat so was auch nichts im Karneval verloren, Anita.«

Mit dem letzten Satz hatte sich Onkel Bruno an Löhrs Mutter gewandt und bedachte sie mit einem väterlich-warnenden Blick. Anita hob augenblicklich, als gelte es, den Leibhaftigen abzuwehren, die Hände.

»Um Gottes Willen, Bruno! Ich käm gar nicht auf die Idee, *so wat* in meiner Rede in den Mund zu nehmen! Et gibt so viele nette, anständige Witze.«

»Du müßtest aber noch 'nen roten Faden finden, mein ich«, meldete sich Tante Irmi.

»Ja, ja. Ich weiß«, seufzte Anita. »Dat ist noch viel, viel Arbeit.«

»Ist ja noch wat hin, bis Karneval«, meinte Tante Trudi tröstend.

Löhr stutzte. Es war Ende Juli. Und die redeten bereits vom Karneval? Und von einer Rede, die seine Mutter halten sollte? Was wurde da gespielt? Während Onkel Bruno sich noch einmal mit Grundsätzlichem zu kölschem Humor und kölschem Sprachwitz einbrachte, beugte sich Löhr zu seiner Mutter.

»Was für 'ne Rede, Mutter?«

»'ne Büttenrede natürlich, Jakob«, flüsterte Anita, den Blick und den Hauptteil ihrer Aufmerksamkeit dabei weiter auf Bruno gerichtet, zurück.

»'ne Büttenrede? *Du* willst 'ne Büttenrede halten?« Löhr war schockiert.

»Ja. Ich organisiere die Karnevalssitzung in der Pfarrei nächstes Jahr.«

»Du organisierst ...?« Löhr war sprachlos. Seine Mutter und Karneval? Noch nie hatte er sie in engerer Beziehung zum Kölner Karneval erlebt. Zumindest nicht mehr in den letzten zehn, fünfzehn Jahren. Sicher, früher, als er und seine Geschwister noch Kinder waren, da hatte die Familie, als Zuschauer, an Viertelzügen teilgenommen, und sicher waren seine Eltern damals ab und zu im Karneval abends zum Tanz in eine der Kneipen auf dem Thürmchenswall gegangen. Aber Löhr war sich ganz sicher, daß seine Mutter, zumindest seit sein

Vater tot war, mit Karneval nichts mehr zu tun hatte, weder auf Sitzungen noch zu Karnevalszügen ging. Aber jetzt? Eine Karnevalssitzung in der Pfarrei! Und diese organisieren? Eine Büttenrede halten? Das hätte er nie im Leben für möglich gehalten. Das war unfaßbar!

Der schrille, unmelodische Ton einer Türklingel gellte durch das Kleinschmidtsche Haus, ein Mal, zwei Mal, drei Mal. Das war Esser! Schnell beugte sich Löhr noch einmal zu seiner Mutter und drückte ihr einen Kuß auf die Wange.

»Ich muß zum Dienst, Mama.«

Anita nickte, hatte aber nur ein kleines, unaufmerksames Lächeln für ihren Sohn übrig, ihr Blick blieb auf den heiligen Bruno gerichtet. Löhr winkte der Onkel- und Tantenrunde und auch Heinz, der etwas verloren immer noch unterm Sonnenschirm saß, zu und steuerte die Terrassentür an. Er hatte gerade die halbe Strecke durch das dahinter liegende, turnhallengroße Wohnzimmer zurückgelegt, da spürte er eine kleine feuchte Hand auf seinem linken Unterarm. Er drehte sich um. Tante Trudi war ihm gefolgt. Sie sah ihn mit sorgenvoll aufgerissenen Augen und flehendem Blick an.

»Jakob! Nit datste denkst, ich hätt dat nit gesehen!«

»Was?« machte Löhr, so unschuldig er konnte.

»Du weißt genau, was ich meine! Heinz hat die ganze Zeit aus deinem Glas getrunken!« Das sagte Tante Trudi nicht anklagend, sondern, was Löhr wirklich erschütterte und ihm augenblicklich die Schamesröte ins Gesicht trieb, sie sagte es im Ton einer schlichten und bitteren Feststellung, in dem Verzweiflung und Hoffnungslosigkeit mitklang.

»Tante Trudi, ich ...«

Ein viertes Gellen der Klingel erschütterte Löhrs Trommelfell.

»Tante Trudi, ich melde mich bei dir. Ich muß zum Dienst.«

»Tu dat. Meld dich. Ich weiß nit mehr aus noch ein!«

»Ja, versprochen«, rief Löhr und war in dem Augenblick an der Haustür, in dem die Klingel zum fünften Mal betätigt wurde.

***

Sie schienen sich im Gewirr der Gänge der Uniklinik endgültig verlaufen zu haben. Im Sekretariat der Notaufnahme hatte man ihnen gesagt, die Patientin läge nach einer Notoperation auf der Intensivstation VII im dritten Stock. Sie waren zwar jetzt im dritten Stock, aber bisher hatten sie noch auf keinem der unter den Deckenfluren hängenden Wegweisern die Ziffer VII entdecken können. Also marschierten sie immer weiter. Löhr hatte das Gefühl, sie gingen seit geraumer Zeit im Kreis, aber das störte ihn im Augenblick wenig, denn er hatte Esser einen Gedankengang nahezubringen, der sich ob seiner quasi philosophischen Qualität als wesentlich schwieriger darzustellen erwies, als er bisher vermutet hatte.

»Das Telefon, ja! Das alte. Das war noch Freiheit! Wenn man aus dem Haus war, war man's los. Da konnte man eben einfach nicht mehr angerufen werden. Basta. Da war man frei!«

»Nein! Sklaverei war das«, widersprach Esser, wie er schon die ganze Zeit jeder der von Löhr aufgestellten Behauptungen widersprochen hatte. »Das alte Telefon, das fesselte dich ans Haus oder ans Büro. Du mußtest so lange dableiben und warten, bis der Anruf endlich kam. Sklaverei! Aber das Handy!«

»Ist die *allergrößte* Sklaverei!« behauptete Löhr. »Mit 'nem Handy bist du bloß noch 'n Geherda!«

»Geherda?«

»Hab ich von meiner Frau«, erklärte Löhr. »Kommt von ›Geh her da!‹ So hat man früher in Österreich jemanden genannt, der jederzeit von seinem Herrn gerufen und herumkommandiert werden konnte.«

»Verstehe«, murmelte Esser. »Aber ich versteh nicht, was das mit dem Handy ...«

»Da gibt's nichts groß zu verstehen, Rudi!« tönte Löhr, nun ein wenig ungeduldig. »Alle, die 'n Handy haben, sind Geherda! Geherda von ihrem Handy! Jedesmal, wenn das Ding pfeift, springen sie wie die Leibeigenen, ob sie gerade auf dem Klo sind, mit den Kindern im Schwimmbad, beim Essen, sich unterhalten ... Knechtschaft! Sklaverei!«

»Ja, ja«, nörgelte Esser. »Du bist kein Geherda. Klar. Du bist frei. Aber bloß, weil du mich hast. Was brauchst du auch 'n Handy, wenn du mich hast?«

»Aber Rudi!« schmollte Löhr. »So kannst du das wirklich nicht sehen. Nur weil ich die Telefonnummer meiner Tante nicht wußte.«

»Wenn du 'n Handy hättest ...«

»Geherda!« zischte Löhr.

Es folgten Augenblicke vergeltungsvollen Schweigens, bis sie endlich die zur Intensivstation VII führende Glastür gefunden hatten. Da sie etwas abgelegen am Ende eines vom Hauptgang abzweigenden, schmaleren Gangs lag, hatten sie sie bisher übersehen und waren wohl mehrfach vorbeigelaufen.

Daß es sich bei dem Wesen, das vor ihnen eingezwängt zwischen Pumpen, Meßgeräten und Infusionsflaschen lag, um eine Frau handelte, war nicht zu erkennen. Zu erkennen von ihr war lediglich die Nase, die absurd spitz aus einem den ganzen Kopf umhüllenden Verband ragte. Unter der Nase, da, wo der Mund sein mußte, hatte man ein Loch in den Verband geschnitten; der Mund selbst war nicht zu sehen. Eine Krankenschwester befestigte gerade eine Beatmungsmaske über der Nasen-Mund-Partie der Patientin. Jetzt war sie überhaupt nicht mehr als menschliches Wesen erkennbar, sondern ähnelte eher einem sich noch im Puppenstadium befindenden Insekt.

»Tja«, der Arzt hob die Hände. »Das war sehr knapp. Wenn nicht gerade ein OP frei gewesen wäre, hätten wir sie verloren.«

»Was ist denn mit ihr?« fragte Esser.

»Wir mußten ihren Schädel aufsägen und ein Blutgerinsel am Stammhirn entfernen.«

Löhr wandte sich ab. Schädel aufsägen! Er war froh, daß er Tante Irmis Bowle nicht angerührt hatte.

»Konnten Sie feststellen, wie es zu diesem Blutgerinsel gekommen ist?« fragte Esser weiter.

Löhr schätzte den Arzt auf noch keine dreißig Jahre. Jedenfalls hatte er ein Milchgesicht wie ein Abiturient, und Löhr konnte sich absolut nicht vorstellen, wie ein so junger Mensch mit einer Säge einem anderen Menschen den Schädel aufschneiden konnte. »Der Schädelknochen selbst war nicht verletzt«, sagte der Arzt. »Die Blutung haben wir erst beim Röntgen entdeckt.«

»Und was heißt das?« fragte Esser.

»Ich bin kein Pathologe, aber ich schätze, daß die Verletzung nicht durch den berühmten Schlag mit einem stumpfen oder sonstwie gearteten Gegenstand verursacht wurde.«

»Sondern?«

»Wenn ich spekuliere, würde ich sagen: Vielleicht war ein solcher Schlag ursächlich für das Trauma. Aber er ist mit großer Wahrscheinlichkeit nicht unmittelbar auf den Schädel selbst ausgeführt worden. Dann hätten wir eine scharfe Splitterung an der Schädeldecke. Aber so, wie die Hämatome am Kopf aussehen, vermute ich eher eine mittelbare Gewalteinwirkung. Es könnte zum Beispiel sein, daß sie mit dem Kopf irgendwo aufgeschlagen ist, auf den Boden, gegen die Wand ...«

»Wie kommen Sie darauf?«

»Ich hab's aufgrund ihrer weiteren Verletzungen rekonstruiert. Ungefähr fünf Rippenbrüche und Frakturen am linken Unterarm und am linken Handgelenk. Es könnte also sein, daß sie jemand zum Beispiel geschlagen und getreten, vielleicht dabei mit hoher Energie gegen die Wand oder auf den Boden geschleudert hat.«

»Hm«, machte Esser. »Hätte sie mit all diesen Verletzungen noch laufen können?«

»Möglich«, sagte der Arzt. »Die Blutung im Gehirn ist wahrscheinlich nicht sofort, sondern mit einiger Verzögerung aufgetreten. Und dann erst ist sie möglicherweise zusammengebrochen. Wissen Sie schon etwas Genaueres?« Der Arzt deutete auf die Patientin.

»Nein«, sagte Esser. »Sie wurde von Passanten auf der Straße gefunden.« Esser hob den Ordner, den er von den Kollegen von der Streife bekommen hatte und in dem die Adressen der Finder und deren Zeugenaussagen abgeheftet waren. »Keiner der Zeugen weiß, wie sie zum Fundort gekommen ist. Sie hatte keine Papiere bei sich, das heißt, wir wissen noch nicht einmal, wer sie ist.«

»Bis sie selbst mit Ihnen sprechen kann, wird es noch dauern«, meinte der Arzt. »Wenn wir sie überhaupt über die Nacht bringen.«

»Falls sie es schafft, wie lange wird das etwa dauern, bis wir mit ihr sprechen können?«

Der Arzt hob die Schultern. »Mindestens zwei Tage.«

»Sagen Sie mal«, mischte sich Löhr ein, der während Essers Gespräch mit dem Arzt durch den Raum gewandert war. »Sind das ihre Sachen?« Löhr wies auf einen am Boden neben der Zimmertür stehenden weißen Pappkarton, in dem sich sehr auffällige Kleidungsstücke befanden.

»Ja«, nickte der Arzt.

»Darf ich mal?« sagte Löhr und zog dabei einen schwarz-gelb getigerten Minirock aus dem Karton, einen Minirock, der so winzig war, daß seine Trägerin keine Chance hatte, damit ihren Slip zu bedecken. Und eben diesen Slip zog Löhr mit spitzen Fingern heraus. Wenn man zu so etwas Slip sagen konnte. Er bestand aus einem haardünnen Riemchen auf der Hinterseite, die Vorderseite bildete ein kinderhandflächengroßes Dreieck, auf das ein knallrotes Herz gedruckt war.

»Sind das die Sachen, die sie anhatte, als sie gefunden wurde?« fragte Löhr den Arzt.

»Ja«, sagte der Arzt mit leicht konsterniertem Blick auf ein ebenfalls schwarz-gelb getigertes Top, das Löhr gerade als drittes Kleidungsstück aus dem Karton nahm und hochhielt. Ein Top, das den Namen Kleidungsstück kaum verdiente. Es war ein Stoffetzchen, das nicht die winzigste weibliche Brust verhüllen könnte.

»Wo ist sie noch mal gefunden worden?« wandte sich Löhr an Esser.

Esser blätterte in seinem Ordner. »Auf der Maastrichter Straße. Kurz hinter der Ecke zur Brabanter.«

Löhr nickte. »Dann hab ich vielleicht 'ne Idee, wo sie hergekommen sein könnte.«

***

Weder auf der Maastrichter noch auf der Brabanter Straße fand Esser einen Parkplatz. Er umkreiste ein paar Mal den Brüsseler Platz, aber auch hier keine Chance. Schließlich fuhr er ins Parkhaus auf der Maastrichter Straße und ließ Löhr vor der Einfahrtsschranke aussteigen.

Löhr ging ein paar Schritte Richtung Hohenzollernring. Der Sonntagabendauftrieb der aufgeputzten und aufgekratzten Bergheimer war noch in vollem Gange. Die große Mode in diesem Sommer waren Unterhemden. Bei Männern und bei Frauen. Alle zwängten ihre mallorcagebräunten und durch die Kölner Treibhaustemperaturen schweißnaß glänzenden Oberkörper in Unterhemden. Das nicht ohne Grund, wie Löhr zum ersten Mal und mit leichtem Erstaunen feststellte.

Denn die zweite Mode dieses Sommers waren Muskeln. Bei Männern und bei Frauen. Muskelbepackte Oberarme schienen *in* zu sein und wurden voller Stolz über die Ringpromenade spazieren getragen. Und noch eine dritte Mode, die Löhr bisher noch nicht aufgefallen war, konnte er in dieser schwülen Sommernacht beobachten: Man trank während des Schaulaufens auf dem Ring. Trank aus Dosen und Flaschen, Bier und Cola und Wasser. Was die beiden anderen Moden wirkungsvoll ergänzte, denn jedes Nippen an der Dose oder der Flasche brachte das Spiel der Muskeln beim Heben des Arms außerordentlich gut zur Geltung.

Esser tippte dem staunenden Löhr auf die Schulter.

»Meinst du das da vorne?« Er wies auf eine blaue Neonreklame. Der Schriftzug »Stardust Tabledance« war von Hunderten weiß blinkender Neonsternchen eingerahmt, über der Neonreklame klammerte sich eine nackte weibliche Plastikpuppe mit ihren Beinen an einer roten Neonstange fest. Löhr nickte.

»Ist das nicht der Laden, vor dem letztes Jahr ein Türsteher erschossen wurde?«

»Da hieß der aber noch nicht ›Stardust‹, sondern ›Tingeltangel‹, glaub ich«, antwortete Löhr.

Esser blieb vor den Reklamekästen des Etablissements stehen und warf einen Blick auf die Fotos halbnackter Mädchen, die sich um Metallstangen schlängelten und trotz der offenkundig akrobatischen Anstrengung, die dazu nötig war, versuchten, lasziv zu wirken. »Könntest vielleicht recht haben«, murmelte er. »Drinnen gab's Zoff, einer der Typen schlägt sie zusammen, sie haut ab und ...« Esser drehte sich um, blickte die Maastrichter Straße hinunter auf die Kreuzung zur Brabanter Straße, »läuft da runter, über die Kreuzung und bricht 'n paar Meter weiter zusammen.«

»Für den Zustand, in dem sie sich befunden haben muß, 'n verdammt langer Weg. Bestimmt dreißig, vierzig Meter«, bemerkte Löhr mit leiser Skepsis. »Aber wir werden sehen.«

Damit betrat er den schlauchähnlichen Flur, der zum etwas rückwärts gelegenen Eingang des »Stardust« führte. Nach zwei Schritten prallte er gegen einen feuchtglänzenden Fleischberg und schaute in die lichte Höhe von mindestens zwei Metern.

»He, ihr Opas. Alles klar?«

Der eindeutig kölsche Slang kam aus dem Mund eines riesigen, kahlrasierten Türstehers unverkennbar türkischer Herkunft. Er grinste Löhr und Esser von oben herab an und verschränkte seine fast obszön muskulösen Oberarme vor der ebenfalls mit gewaltigen Muskeln bepackten Brust. Alle seine Muskeln waren leibhaftig zu bestaunen, denn er trug, ganz dem Trend entsprechend, ein Unterhemd, das so geschnitten war, daß es lediglich den Bauchnabel – und den noch nicht einmal vollständig – bedeckte.

Löhr zückte seinen Dienstausweis und hielt ihn dem Riesen vors Gesicht.

»Kriminalpolizei.«

Durch den Fleischberg ging ein merklicher Ruck.

»Es gibt kein Problem«, sagte Esser. »Noch nicht. Wir haben nur eine Frage.«

Er zog ein Polaroidfoto hervor, das er vom Arzt in der Uniklinik bekommen hatte, eine Aufnahme, die man kurz vor der Operation von der jungen Frau gemacht hatte. Der Türsteher nahm es in seine schaufelähnliche Rechte und betrachtete es aufmerksam.

»Arbeitet sie hier?« fragte Löhr.

Etwa zwei Dutzend Hals- und Schultermuskeln setzten ein langsames Kopfschütteln des Rausschmeißers in Gang. »Nä. Dat Nicole arbeitet hier nit.«

»Nicole? Sie kennen sie?« fragte Löhr erstaunt.

Zwei weitere Dutzend Muskeln initiierten ein langsames Nicken des Riesen. »Ja. Dat hat sich hier mal beworben. Damals, als wir den Laden aufgemacht haben.«

»Und sie wurde nicht genommen, okay. Und wieso haben Sie sich ihren Namen gemerkt?«

Statt zu antworten, ging der Türsteher ein paar Schritte vorwärts bis zum Bürgersteig. Esser und Löhr folgten ihm. Dann wandte der Mann den Kopf nach rechts und nickte Richtung Brabanter Straße.

»Die arbeitet da drüben, die Ecke rum, auf der Brabanter. Nummer 57.«

»Nummer 57? Brabanter? Ist da auch so 'n Laden? Das wüßte ich aber«, sagte Löhr, der ein paar Ecken weiter, in der Mozartstraße, wohnte und das Viertel um den Brüsseler Platz ziemlich gut kannte.

Wieder das bedächtige Kopfschütteln des Muskelmannes. »Nä. Da ist 'n Saunaclub.«

Tatsächlich befand sich neben dem untersten Klingelknopf der unscheinbaren Klingelleiste im unscheinbaren Hauseingang des unscheinbaren, vierstöckigen Mietshauses Nr. 57 auf der Brabanter Straße ein ganz unscheinbares Schildchen mit der Aufschrift »Saunaclub«.

Ein paar Sekunden, nachdem Esser den Klingelknopf betätigt hatte, ertönte ein kaum vernehmbares Summen, und Esser stieß die Tür auf. Sie kamen in ein, wie nicht anders zu erwarten, unscheinbares Treppenhaus, dessen einzige Auffälligkeit ein beleuchtetes Schild über dem Eingang zum Souterrain war, das den Weg zum »Saunaclub« wies. Löhr und Esser gingen darauf zu, und als wenn jemand gewußt hätte, wie viele Sekunden sie von der Haustür bis zur Souterraintür brauchten, ertönte in dem Augenblick, in dem Löhr die Hand nach dem Türknauf ausstreckte, abermals ein kaum vernehmbares Summen. Die Tür ließ sich mit leichtem Druck öffnen, und die beiden Kommissare betraten die in grün-blau opalisierendes Licht getauchte und von sphärischen »ABBA«-Klängen – Löhr meinte, die Melodie von »Money, Money« zu erkennen – durchwaberte Welt des Saunaclubs Brabanter Straße 57. Der opalisierende Lichteffekt rührte von einer an der Flurdecke angebrachten und von nicht sichtbaren blauen und grünen Scheinwerfern angestrahlten Alkazar-Kugel her, die auf die an den Wänden hängenden Fotos von nackten und sich in absonderlichsten Positionen darbietenden Frauen verwirrende Lichtreflexe warf. Wenn man nicht gewußt hätte, wo man sich befand, hätte man dies für eine beinahe zauberhafte Atmosphäre halten können, wäre da nicht wie aus dem Nichts eine alles andere als zauberhafte Gestalt aufgetaucht.

Zuerst dachte Löhr, es handele sich um den Bayern-München-Torhüter Oliver Kahn. Nach näherem Hinsehen beschränkten sich die Gemeinsamkeiten jedoch auf den breiten Nußknackermund in der Neandertaler-Physiognomie des Gesichts und die untersetzte, breitschultrige Gestalt. Ansonsten prägte die Erscheinung des Türstehers, als solcher entpuppte sich der Mann, eine blonde Haarpracht, wie Löhr sie noch nie bei einem Mann gesehen hatte. Mehr als schulterlang, von dichter, überaus samtiger Fülle, prächtiger und seidiger als in jeder Reklame für Frauen-Shampoos, trug er sie im Nacken zu einem dicken Pferdeschwanz zusammengebunden. Und wie um keinen Augenblick ungenutzt zu lassen, dieser Pracht die gebührende Aufmerksamkeit zu verschaffen, fuhr er sich bei jedem Wort und bei jeder Geste durchs Haar.

»Guten Abend, die Herren.«

Löhr war über die sanfte Stimme des Türstehers so erstaunt, daß er den nahezu gesäuselten Gruß einfach wiederholte. »Guten Abend. Äh ...«

»Womit können wir Ihnen dienen?«

Esser war es, der zuerst die Fassung wiedergewann. Er zückte gleichzeitig mit dem Dienstausweis das Polaroidfoto.

»Wir sind von der Kriminalpolizei. Kennen Sie diese Frau?«

Statt das Foto, wie es der türkische Riese vorm »Stardust« getan hatte, in die Hand zu nehmen, beugte sich der Blonde mit einer anmutigen Verrenkung des Kopfes, wobei er nicht vergaß, seine Haarpracht mit einer glättenden Handbewegung in der Façon zu halten, über das Foto.

»Ja. Das ist unsere Nicole«, antwortete er, immer noch sanft säuselnd, und sah Esser an. Die Augen des Türstehers waren von einem übernatürlich strahlenden Blau.

»Wann ...?« begann Löhr, aber der Blonde wandte sich um, ging auf eine Tür zu und sagte, den durch die Körperdrehung aus seiner Lage geratenen Pferdeschwanz lässig ordnend: »Alles übrige besprechen Sie am besten mit der Chefin.«

Sie folgten ihm durch die Tür und betraten einen im Gegensatz zum Flur des Saunaclubs überaus nüchtern eingerichteten Raum, der sich von einem gewöhnlichen Büro nur dadurch unterschied, daß er mit Fernsehmonitoren versehen war. Etwa ein Drittel der Monitore war an, und es bedurfte keiner großen Phantasie, die Bilder, die sie zeigten, zu entschlüsseln. Sie stammten von in den Séparées aufgestellten Videokameras, die die Frauen und deren Kunden filmten. In der Mitte des Raumes, so hinter einem kleinen Schreibtisch postiert, daß sie sämtliche Monitore im Auge behalten konnte, saß eine füllige Frau zwischen vierzig und fünfzig, vielleicht auch zwischen fünfzig und sechzig. Genau war das nicht zu entscheiden, denn ihre Gesichtshaut war von offenbar übermäßigen Solarienbesuchen tiefbraun und gleichsam mumifiziert, was ihr das Aussehen eines übergaren Grillhähnchens verlieh. Sie trug eine ähnliche Frisur wie ihr Türsteher, nur, daß ihre Haare ein tiefes, fast bläuliches Schwarz besaßen. Sie erhob sich nicht und zeigte auch sonst keinerlei Reaktion, beobachtete bloß die beiden Kommissare, die sich vor ihrem Schreibtisch aufbauten.

»Hauptkommissar Esser, Hauptkommissar Löhr von der Kripo Köln«, sagte Esser.

»Sorgalla. Teresina Sorgalla«, stellte sich die Frau vor, Esser und Löhr kühl taxierend.

Esser legte das Foto vor sie auf den Schreibtisch. »Arbeitet diese Frau bei Ihnen?«

Löhr schien es, als ob die Clubchefin das Foto keines Blickes würdigte. »Ja. Das ist Nicole Liefers«, sagte sie mit stark osteuropäischem Akzent.

Die mit einer Vielzahl von Goldringen geschmückte Rechte der Frau zog einen schwarzen Karteikasten heran. Sie öffnete ihn, blätterte darin und zog schließlich eine kleine rosa Karteikarte heraus.

»Hier ist ihre Adresse und ihre Telefonnummer. Außerdem ist sie auch gesundheitspolizeilich gemeldet und ...«

»Hat sie heute abend gearbeitet?« unterbrach Löhr die Frau. Sie blickte kurz zum Türsteher, der neben Esser stand und das Geschehen auf den Monitoren betrachtete.

»Ja«, war die trockene Antwort Teresina Sorgallas.

»Bis wieviel Uhr?«

Diesmal kein Blick zum blonden Pferdeschwanz. Das braune Leder um ihre Augenwinkel straffte sich, sie fixierte Löhr. »Bis zwanzig Uhr fünfunddreißig.«

»Oh«, sagte Löhr. »Das wissen Sie ja *sehr* genau.«

»Timecode«, antwortete die Frau und wies auf die Monitore. Löhr drehte sich um und entdeckte am unteren Rand der Bildschirme eine mitlaufende Uhr.

»Aha«, sagte Löhr. »Ist Ihnen etwas Ungewöhnliches bei Nicole Liefers aufgefallen?«

»Kann man schon sagen«, antwortete Frau Sorgalla und tauschte wieder einen kurzen Blick mit dem Türsteher.

»Wenn Sie uns das bitte genauer erzählen könnten?« mischte sich Esser nun mit nicht zu überhörender Ungeduld in die lapidare Unterhaltung ein.

»Es gab Zoff zwischen Nicole und einem ihrer Kunden. Charly ...«, die Saunaclubchefin nickte mit dem Kopf zum Blonden hinüber, »Charly hat die beiden rausgeworfen. Was danach passiert ist ...« Sie hob die Schultern.

»Wie, *beide*?« fragte Löhr verblüfft. »Er hat beide rausgeworfen? Nicole Liefers *und* den Kunden?«

»Sie hat sich hier aufgeführt wie Sau! Sie ist völlig durchgedreht. Und da hat Charly sie eben an die frische Luft gesetzt.«

»Moment mal«, meldete sich Esser wieder. »Sie sagten vorhin, es gab Zoff. Was war das für 'ne Art Zoff?«

Teresina Sorgalla verdrehte die Augen, was Löhr einen leichten Schreck versetzte, da das Weiß ihrer Augäpfel dabei sichtbar wurde und in einen absurden Kontrast zu der umliegenden Gesichtshaut geriet, so daß das Gesicht für einen Augenblick tatsächlich wie das eines viertausend Jahre alten Pharaos wirkte: »Das Übliche eben. Sie wollte nicht so, wie der Kunde wollte, der bestand aber darauf, und da ist sie durchgedreht.«

»Und dann ist Charly eingeschritten?« sagte Löhr und warf dem Blonden einen fragenden Blick zu. Aber nicht Charly, sondern die Clubchefin antwortete:

»Ja sicher. Dafür haben wir ja die Monitore.«

»Und weiter?« fragte Esser.

»Sie hat Charly einen Riesenputz gemacht, ihn gekratzt, gebissen, geschlagen. Zeig mal deinen Arm, Charly!«

Charly schob den Ärmel seines weißen Hemdes hoch und entblößte einen muskulösen Unterarm, über den sich häßliche rote Striemen zogen.

»Warum hat sie solchen Ärger gemacht?« fragte Löhr an Charly gewandt. Wieder antwortete Frau Sorgalla.

»Weil sie das mit dem Kunden allein regeln wollte. Sie wollte nicht, daß Charly sich einmischt. Aber Charly hat darauf bestanden, daß der Kunde geht, und da ist sie ausgerastet, auf Charly losgegangen.«

»Und dann hat Charly beide rausgeworfen?«

Die Chefin nickte.

»Haben Sie sie dabei verletzt? Geschlagen, getreten?« Esser machte einen Schritt auf Charly zu, so daß er zwischen dem Rausschmeißer und seiner Chefin stand und Charly gezwungen war, selbst zu antworten. Charly hob beschwörend die Hände und verzog seinen Nußknackermund zu einem breiten, unschuldigen Lächeln.

»Nie!« säuselte er. »Ich rühre nie jemanden an. Vor allem keins von den Mädchen.«

»Er ist bloß zur Abschreckung da«, meldete sich Teresina Sorgalla hinter Essers Rücken.

»Aber wie kommt es, daß Nicole Liefers mit einer Gehirnblutung im Krankenhaus liegt?« fragte Löhr.

»*Hier* ist das nicht passiert!« sagte die Saunachefin fest und ließ dabei wieder das Weiß ihrer Augäpfel blitzen.

»Sondern? Wo?«

Sie zuckte die Schultern. »Kann nur sein, daß das draußen passiert ist. Hier drinnen ist nichts passiert. Außer daß Charly sie rausgeworfen hat. Und dabei hat er ihr kein Haar gekrümmt.«

»Sie glauben also, daß ihr letzter Kunde, der, mit dem sie hier rausgeflogen ist, sie draußen auf der Straße …? Warum? Warum sollte er das tun?«

Teresina Sorgalla sah Löhr mit einem Ausdruck absoluter Langeweile an, hob noch einmal leicht die Schultern und antwortete nicht. Esser wandte sich an den Blonden:

»Und Sie? Haben Sie irgend etwas gesehen, als Sie die beiden nach draußen gebracht haben?«

»Ich hab sie nicht nach draußen gebracht. Ich hab sie nur hier unten vor die Tür gebracht. Danach hab ich die Tür zugemacht. Ich war gar nicht draußen.«

Es folgten ein paar Augenblicke Schweigen. Löhr und Esser sahen sich an. Vorläufig konnten sie hier nichts mehr ausrichten.

»Gut«, sagte Löhr schließlich zur Saunachefin. »Kennen Sie Nicole Liefers' letzten Kunden?«

Diesmal streckte sie ihre ebenso reich beringte linke Hand aus, zog einen anderen schwarzen Karteikasten zu sich heran, öffnete ihn, und zog schließlich eine hellblaue Karteikarte hervor, die sie Löhr reichte.

»Hier. Ist 'n Stammkunde. Da stehen Name und Adresse drauf. Wir nennen ihn ›den Professor‹.«

***

Mitternacht war lange vorbei, und die Schwüle hatte noch nicht nachgelassen; immer noch kam keine kühlende Brise auf. Löhrs Oberschenkel klebten allmählich an der Hose und am Wagenpolster fest.

Esser und er hatten zwar beide Wagentüren geöffnet, hätten es aber ebensogut seinlassen können. Nicht die Spur eines Durchzugs schob die drückende Luft aus dem Wageninneren. Seit über einer Stunde standen sie nun vor dem dunklen Haus und warteten, aber kein Wagen näherte sich und bog in die Einfahrt ein, kein Licht ging an. Nachdem sie übers Autotelefon bei der Leitstelle hatten überprüfen lassen, ob es sich bei der Adresse, die sie von der Saunachefin bekommen hatten, tatsächlich um die Dr. Hendrik Füssers, des »Professors« und angeblich letzten Kunden von Nicole Liefers, handelte, waren sie ins Junkersdorfer Villenviertel gefahren. Sie hatten geklingelt, aber niemand öffnete ihnen. Also hatten sie beschlossen, eine Weile vor dem Haus zu warten. Esser hatte bereits eine halbe Packung Zigaretten geraucht und steckte sich gerade eine neue an.

»Klimaanlage müßte man haben.«

»Die funktioniert nur, wenn der Motor läuft, oder?« fragte Löhr.

»Na und?«

»Das wär dir egal?«

Statt zu antworten blies Esser den Rauch seitlich zum Wagen hinaus.

»Typisch. Wär dir egal. Genau wie dir die Strahlungen, die von Handys ausgehen, egal sind.« Löhr war gereizt. Das Warten und die Schwüle gingen ihm auf die Nerven. Zu Hause warteten eine Dusche und sein Tullamore Dew auf ihn. Vielleicht wäre noch Zeit für eine Zigarre gewesen. Und wenn er vor zwölf zu Hause gewesen wäre, vielleicht sogar noch Zeit, seine Mutter anzurufen. Ihr seltsamer Plan, im Karneval aktiv zu werden, ging ihm nicht aus dem Kopf. So ein Unsinn! Wer mochte ihr den Floh ins Ohr gesetzt haben? Aus dem Alter war sie längst heraus. Absolut lächerlich für eine so alte Frau! Und das mit ihrer angeknacksten Gesundheit. Das war viel zu anstrengend für sie. Ausgerechnet Karneval.

»Ist überhaupt nicht nachgewiesen«, sagte Esser.

»Was?« Löhr hatte völlig vergessen, was er vor ein paar Sekunden gesagt hatte.

»Daß Handys strahlen, oder daß die Strahlen gefährlich sind.«

»Aber wenn man sich schon fragt, ob die Strahlen gefährlich sind, dann muß es wohl Strahlen geben, oder?«

»Natürlich gibt's Strahlen. Aber man weiß nicht, ob sie gefährlich sind.«

»Eben hast du aber behauptet, man wüßte nicht, ob's überhaupt Strahlen gibt.«

»Mein Gott, Jakob! Du verdrehst einem jedes Wort im Mund!«

»*Du* hast wieder von den Handys angefangen.«

»Nein, hab ich nicht. Du hast angefangen und behauptet, mir wären die Strahlen egal.«

»Also gibst du zu, daß es Strahlen gibt?«

Esser stöhnte laut und verweigerte die Weiterführung der sinnlosen, nur aus Löhrs mißlauniger Gereiztheit heraus entstandenen Diskussion. »Laß uns lieber überlegen, wie lange wir noch auf diesen Professor warten sollen.«

»Gar nicht mehr«, schlug Löhr prompt vor. »Laß uns nach Hause fahren.«

Esser schaute auf seine Armbanduhr. »Noch eine Viertelstunde. Okay?«

»In Ordnung«, murmelte Löhr, war aber nur deswegen einverstanden, um Esser Versöhnungsbereitschaft zu signalisieren.

»Was meinst du«, fragte Esser nach einer Weile, während er sich wieder eine Zigarette anzündete. »Ist da was dran an der Geschichte, die diese Puffmutter uns erzählt hat?«

Löhr zuckte die Schultern. Sein Hemd war völlig durchnäßt und klebte an seinem Oberkörper. »Warten wir ab, bis wir mit diesem Füsser gesprochen haben. Und wahrscheinlich kommt die ganze Wahrheit erst raus, wenn Nicole Liefers wieder aussagefähig ist.«

»Vielleicht bringt das Videoband auch was?«

Sie hatten sich die Videoaufzeichnung von Nicole Liefers' Zusammensein mit dem »Professor« mitgeben lassen. Zuerst hatte sich die Clubchefin geweigert, einen Hausdurchsuchungs- und Beschlagnahmebeschluß verlangt, woraufhin Esser sehr offiziell wurde, ihre und die Personalien des Rausschmeißers verlangte, sie zur amtlichen zeugenschaftlichen Vernehmung im Präsidium vorlud und am Ende noch damit drohte, den Laden kurzerhand zuzumachen, wenn sie nicht endlich mit dem Band herausrückte.

»Die wird wissen, was da drauf ist«, antwortete Löhr. »Wenn das dem widerspricht, was sie ausgesagt hat, dann hätte sie es vorher verschwinden lassen.«

»Schon. Aber es wird einen Grund gehabt haben, weshalb sie sich zuerst geweigert hat.«

»Warten wir's einfach ab«, gähnte Löhr. Er war müde, von der Hitze des Tages und der Schwüle der Nacht zerschlagen. Er wollte ins Bett, schnellstmöglich, hatte Zigarre und Tullamore Dew bereits aus dem Nachtprogramm gestrichen, wollte nur noch ins Bett.

»Trotzdem«, beharrte Esser, Löhrs offensichtliche Müdigkeit ignorierend. »Das ist alles ziemlich abstrus. Das Mädchen kriegt Krach mit ihrem Kunden, der Rausschmeißer geht dazwischen, und dann fällt sie über ihn her?«

»Die Striemen am Arm wird er sich wohl kaum selbst beigebracht haben«, wandte Löhr ein und schielte auf die Uhr des Armaturenbretts. Es war Viertel vor eins.

»Die können auch woanders her stammen.«

»Die Sorgalla sagt, das Mädchen wäre durchgedreht. Vielleicht hat sie was genommen, Kokain, was weiß ich.«

»Aber daß dieser Charly *beide* rausschmeißt? Das Mädchen gehört zum Club! Die wirft man nicht zusammen mit 'nem Freier raus!«

»Ja. Ist schon komisch.« Löhr gähnte wieder. »Aber die Viertelstunde ist jetzt rum. Ich muß ins Bett. Laß uns morgen früh weitermachen.«

»Okay«, sagte Esser, schmiß seine Kippe weg und griff zum Autotelefon. »Ich laß Füsser bei der K-Wache zur Fahndung ausschreiben. Dann können wir.«

Löhr legte seine verschwitzte Hand auf die Essers.

»Muß das sein? Willst du, daß sie ihn in Handschellen auf die

Wache bringen? Ist ja noch gar nicht klar, ob er es war, der die Kleine so zugerichtet hat.«

Esser zog seine Hand weg. »Und was schlägst du vor?«

»Du nimmst eine von unseren Visitenkarten, schreibst drauf, daß er sich morgen bei uns zur Vernehmung melden soll, und dann schiebst du sie ihm unter der Tür durch.«

»Ich? Wieso soll ich das machen?«

»Weil ich zu müde bin«, sagte Löhr.

***

Das Video hatte eine denkbar schlechte Qualität. Es war grobkörnig, von Schlieren und Schatten durchzogen; wesentlich schlechter als die Monitorbilder, die sie im Büro des Saunaclubs gesehen hatten.

»Ist ja klar«, sagte Esser. »In dem Puff haben wir die direkte Übertragung gesehen. Das hier ist bloß das Band, und das ist total ausgelutscht. Tausendmal bespielt.«

»Hm«, brummte Löhr ohne besonderes Interesse. Er hatte entschieden zu wenig geschlafen. Nicht nur, weil es am Abend vorher sehr spät geworden war – es war ein Uhr durch gewesen, als Esser ihn zu Hause absetzte, und es hatte noch eine Stunde gedauert, bis er endlich einschlafen konnte –, sondern auch, weil ihn die Hitze um sechs Uhr morgens bereits aus dem Bett und unter die Dusche getrieben hatte. Und obwohl die Jalousien an den Fenstern des »Medienzentrums«, eines Raumes in der Größe einer Abstellkammer neben dem Geschäftszimmer des KK11, zugezogen waren und es noch früh am Tag war, herrschte auch hier bereits eine so drückende Schwüle, daß Löhrs frisches Hemd sich innerhalb einer Viertelstunde in ein feuchtes, auf der Haut pappendes Laken verwandelt hatte.

Auf dem Bildschirm war zu sehen, wie eine junge Frau den Raum betrat. Ob es sich bei ihr tatsächlich um Nicole Liefers handelte, war wegen der schlechten Bildqualität schwer festzustellen. Aber auch sonst hätten sie sie nur aufgrund der Polaroidaufnahme, die sie von ihr hatten, nicht hundertprozentig identifizieren können. Haarfarbe, Frisur und Gesichtsform stimmten jedenfalls überein. Sie sahen, wie sie sich aufs Bett setzte, das einzige Möbelstück des

Zimmers, sich eine Zigarette aus der Packung klopfte, sie ansteckte und den Rauch in Richtung der Videokamera blies. Das Bild wurde augenblicklich milchig, man konnte für ein paar Augenblicke nur noch graue Schatten erkennen. Als der Rauch sich verzogen hatte, ging die Tür noch einmal auf, und ein Mann betrat den Raum. Er sprach offenbar mit der Frau; was sie sprachen, konnte man nicht hören, denn es gab keine Tonspur auf dem Videoband. Der Mann zog, während er weiter mit der Frau sprach, sein helles Anzugjackett aus, dann band er die Krawatte ab.

Das also war Dr. Hendrik Füsser. Ein großer, dickbäuchiger und glattrasierter Mann mit langem, sich bis auf den Hemdkragen kräuselndem grauen Haar und einem breiten, konturlosen Gesicht, wobei schwer zu entscheiden war, ob diese Konturlosigkeit ein Attribut des Gesichts selbst oder auf die schlechte Bildqualität zurückzuführen war. Dann schnürte er seine Schuhbänder auf, stellte die Schuhe unters Bett und zog anschließend die Hose aus, während die Frau ihre Zigarette ausdrückte.

Es war voraussehbar, was nun folgen würde, und in einer Mischung aus leichtem Ekel und müder Langeweile ließ Löhr sich gegen die Rückenlehne des altersschwachen Bürostuhls sinken und betrachtete die schallisolierende Schaumstoffverkleidung an der Decke des »Medienzentrums«, lauter kleine poröse Pyramiden, vom Rauch der zahllosen hier gerauchten Zigaretten schlammgrau eingefärbt.

Wäre er nicht doch besser mit Irmgard in den Urlaub gefahren? Sicher wäre die sommerliche Hitze in der Toskana besser erträglich als hier im feucht-schwülen Köln. Fünfhundert Meter hoch in den Bergen nahe bei Lucca läge »ihr« Haus, kilometerweit vom nächsten Dorf entfernt, eine einsame Idylle mit phantastischem Blick über das ganze Arno-Tal, hatte Irmgard ihm vorgeschwärmt. Drei Wochen lang nichts anderes als die Beine und die Seele baumeln lassen, Spaziergänge im kühlen Eichenwald, abends eine Auswahl hervorragender Restaurants in der Umgebung, jede Menge dörfliche Feste. Und billig außerdem, denn für das Haus mußten sie keine Miete bezahlen, da es einem befreundeten Künstlerpaar gehörte, das den Sommer in den USA verbrachte und froh war, wenn ab und zu jemand das Haus hütete.

Löhr war Irmgards Werben nicht erlegen. Erstens, weil das, was sie ihm als Idylle versprochen hatte, sich dort unten, da war er ganz sicher, als das Gegenteil herausstellen würde. Statt gemütliche Stunden auf der Terrasse oder im Wald zu verbringen, hätte er sie in sämtliche Museen, Kirchen, Burgen, Gärten und Paläste im Umkreis von hundert Kilometern begleiten müssen. Da konnte sie vorher versprechen, was sie wollte. War sie einmal da, würde sie ihn nach spätestens zwei oder drei Tagen mit auf ihre Kulturtouren schleppen. Und es gab nichts, was er mehr haßte, als von einer Sehenswürdigkeit zur anderen zu laufen. Das hatte er vor mehr als zehn Jahren zwei- oder dreimal über sich ergehen lassen. Dann hatte er sich geweigert.

Zwei, drei Jahre hatten sie dann gemeinsame Urlaube auf Borkum verbracht, die für Löhr relativ geruhsam abliefen, weil es dort so gut wie keine kulturellen Sehenswürdigkeiten gab. In den Jahren danach aber hatte es, immer genau zu der Zeit, in der ein Urlaub angestanden hätte, kritische Fälle in der Familie gegeben, vor allem Krankheiten im engsten Familienkreis. Da mochte und konnte er sich nicht mehr als fünfzig Kilometer von Köln entfernen. Oder sollte er etwa nicht gleich zur Stelle sein können, wenn seiner Mutter etwas passierte?

Und genau das war auch diesen Sommer der Fall gewesen. Im Frühjahr, Mitte Mai, hatte Anita Löhr einen leichten Schlaganfall gehabt. Nicht besonders dramatisch und glücklicherweise ohne die geringsten Nachwirkungen. Aber ein deutliches Warnsignal. Trotz der Einnahme entsprechender Medikamente blieb ihr Blutdruck konstant gefährlich hoch. Der Hausarzt probierte zur Zeit eine neue Medikation, aber wußte nicht, ob sie anschlagen würde. Und da sollte er in die Toskana reisen? In ein abgelegenes Landhaus? Quasi unerreichbar? Undenkbar!

Und jetzt noch das! Ohne Rücksicht auf ihren angeknacksten Gesundheitszustand machte sie Pläne für Karneval! Sitzung! Büttenrede …

»So eine Scheiße! Guck dir das mal an!«

Erschrocken sah Löhr zu Esser; der wies aufgeregt auf den Bildschirm. Dort war nichts mehr als ein schmutziggraues Schneegeriesel zu erkennen.

»Was ist los?«

Esser war bereits aufgesprungen und hantierte am Videogerät, spulte das Band vor und zurück. Ohne Erfolg. Immer nur Schnee.

»Was los ist? Die haben den ganzen Rest gelöscht!«

»Bist du sicher?« Löhr erhob sich aus dem klapprigen, knarrenden Bürostuhl und näherte sich der Videoanlage, wo Esser hektisch herumspulte. »Ich hab keine Ahnung von diesem Videokram.«

»Das hättest du nicht extra sagen müssen«, nuschelte Esser. Er fummelte weiterhin an dem Gerät herum, aber immer noch war nichts als Schneegestöber auf dem Bildschirm zu sehen.

»Was war denn drauf, bevor es abgebrochen ist?« fragte Löhr. »Ich hab 'n Augenblick nicht hingeguckt.«

»Was drauf war? Du meinst, was die beiden gemacht haben?« sagte Esser.

»Ja.«

»Nichts. Er hat sich halb ausgezogen, also bis auf die Unterhose, hat sich zu ihr aufs Bett gesetzt, und sie haben gequatscht.«

»Gequatscht? Nur gequatscht?«

»Nichts als gequatscht. Ich geb's auf. Da ist nichts zu machen.« Esser drückte die »Eject«-Taste, nahm die Kassette heraus und betrachtete sie. »Da ist noch für mindestens drei Stunden Material drauf. Alles einwandfrei gelöscht.«

»Versteh ich nicht. Wenn die nur gequatscht haben, warum sollte die Sorgalla das gelöscht haben?«

»Vielleicht haben sie anschließend was anderes gemacht. Aber das werden wir noch rauskriegen. Die Alte knöpfen wir uns noch mal vor! Ich laß mich nicht verarschen!« Wütend ging Esser zur Tür. Die Tür ließ sich nur einen Spalt breit öffnen.

»Was ist das denn schon wieder, verdammte Scheiße!«

Mit Wucht, die linke Schulter voran, warf sich Esser gegen die Tür. Aber sie öffnete sich nur einen weiteren kleinen Spalt. Esser trat mit feuerrotem Kopf zwei Schritte zurück, wollte Anlauf nehmen. Löhr stellte sich ihm in den Weg. Esser schien die Hitze nicht zu bekommen. Solche unkontrollierten Reaktionen kannte Löhr sonst nicht von ihm.

»Moment, Rudi. Reg dich nicht so auf.«

Löhr schob seinen Kopf durch den Türspalt und erkannte den

Grund für die Blockade der Tür. Davor standen vier aufeinander gestapelte Umzugskartons. Es war der Tag des Auszugs aus dem alten ins neue Polizeipräsidium in Kalk.

Nachdem sie sich, die Kartons mittels der Tür noch ein Stück weiter in den Flur schiebend, aus dem »Medienzentrum« hinausgezwängt hatten, wurde ihnen das ganze Ausmaß des bevorstehenden Umzugs bewußt. Während sie im »Medienzentrum« gesessen hatten, waren die Möbelpacker in Aktion getreten und hatten sämtliche auf dem Flur des Geschäftszimmers liegende Büros leergeräumt. Hunderte von Kisten mit Akten standen an den Wänden, blockierten sämtliche Türen, selbst die zu den Toiletten. Vier Möbelpacker waren dabei, die Kisten ins Treppenhaus und in den Aufzug zu schleppen.

»Das auch noch!« fluchte Esser leise. Sein Gesicht war immer noch gerötet, sein Hemd auf dem Rücken schweißnaß.

»Wir sind auf unserem Flur ja erst am Freitag dran«, versuchte Löhr ihn zu beruhigen.

»Ja. Leider. Bin froh, wenn ich endlich aus der Mottenbude hier raus bin«, seufzte Esser, und diese Vorstellung schien ihn tatsächlich ein wenig zu beschwichtigen.

Der Umzug nach Kalk war ein Punkt, an dem Löhrs und Essers Meinungen völlig auseinandergingen.

In Kalk wartete ein neu eingerichtetes Büro auf sie. Neue Schreibtische, neue Stühle, Sessel, Schränke, alles heller, moderner. Und in jedem Büro ein funkelnagelneuer Computer, vernetzt mit sämtlichen anderen PCs des Präsidiums. Und das war der Punkt. Während Esser sich auf die neue Technik freute und von den Vorteilen, die sie mit sich bringen würde, schwärmte: die Geschwindigkeit, mit der sie zu anderen Dienststellen und zu polizeiinternen und sonstigen Datenbanken Kontakt aufnehmen könnten, sah Löhr dieser Zukunft mit äußerst gemischten Gefühlen entgegen.

Erstens würde ihre Dienststelle, das KK11, auch räumlich wieder ins Präsidium integriert werden Ein erheblicher Nachteil. Hier, in der Löwengasse, waren sie sozusagen ausgelagert gewesen, ein bißchen abseits vom Schuß. Aber auch in relativer Abgeschiedenheit, in Ruhe gelassen, man lief nicht dauernd irgendeinem Großkopferten über den Weg.

Dann die neue Einrichtung, neue Möbel. Wozu? Das alte Mobiliar funktionierte noch wunderbar! Schreibtisch, Bürostuhl, Telefon, Kleiderschrank, Bürocouch, Besucherstühle, Schreibmaschine. Warum sollte das alles plötzlich zu Sperrmüll werden? Und dann die vernetzten Computer! Einmal ganz davon abgesehen, daß er sich immer noch nicht mit diesen Dingern auskannte. Selbst wenn er es irgendwann lernen müßte, welchen Vorteil sollten diese gewaltige Informationsfülle, diese rasende Geschwindigkeit der Kommunikation, die Esser sich davon versprach, für ihre Arbeit haben? In den allermeisten Fällen, die Esser und er bisher bearbeitet und gelöst hatten, war es weder auf Geschwindigkeit noch auf gewaltige Datenbanken, sondern lediglich auf ihre Geschicklichkeit beim Umgang mit ein paar wenigen Fakten, auf ihre Kombinationsfähigkeit und ihre Fähigkeit, mit Menschen, Tatverdächtigen, Opfern, Zeugen umzugehen, angekommen.

Und letztendlich: Kalk! Die andere Rheinseite! Tabula rasa, Niemandsland, Diaspora für Löhr. Hätte man ihn genausogut nach Frankfurt/Oder versetzen können. Da mußte er mit der Straßenbahn fahren. Über die Brücke! Statt zu Fuß die zwei Kilometer von der Mozartstraße bis zur Löwengasse zu gehen. Auch hier verhielt es sich umgekehrt bei Esser. Der konnte in Zukunft von Deutz aus zu Fuß gehen. Ganz anderer Menschenschlag. Schäl Sick! Computer! Internet! Handy!

Sie zwängten sich an den Umzugskartons vorbei und warfen einen Blick ins Geschäftszimmer. Engstfeld, der Leiter der Geschäftsstelle, telefonierte und hielt gleichzeitig mit wedelnden Handbewegungen einen Möbelpacker davon ab, einen vor seiner mit Dutzenden von Aktenordnern übersäten Theke stehenden Karton hinauszutragen.

»Nein! Erst zum Schluß! Das brauch ich vielleicht noch!« schrie Engstfeld.

Schnell entzogen sich Löhr und Esser der Hektik wieder und gingen in ihr gemeinsames Büro zurück.

»Was schlägst du vor, machen wir als nächstes?« fragte Löhr.

»Natürlich fahren wir in diesen Saunapuff und nehmen die Alte, diese Sorgalla, richtig in die Mangel.«

»Und was ist mit dem Mädchen?«

»Hab vorhin, bevor du gekommen bist, in der Uniklinik angerufen«, antwortete Esser. »Nicole Liefers scheint übern Berg zu sein, sagt die Stationsschwester. Außer Lebensgefahr.«

»Vernehmungsfähig?«

»Frühestens übermorgen.«

»Schade«, sagte Löhr. »Das würd's uns erheblich erleichtern, wenn wir endlich ihre Version hören könnten.«

Er stieß die Bürotür auf und ging hinein. Nach zwei Schritten erstarrte er. Neben seinem Schreibtisch, kerzengerade auf einem Besucherstuhl, saß Dr. Hendrik Füsser.

***

»Also noch mal von vorne«, leierte Esser, während er Füsser in großem Bogen umkreiste, ohne ihn aus den Augen zu lassen. »Sie behaupten, zwischen Ihnen und Frau Liefers sei es während Ihres Aufenthaltes im Saunaclub Brabanter Straße zu keinem Zeitpunkt zu einem Streit gekommen?«

»Ja«, antwortete Füsser mit belegter Stimme. »Ich meine natürlich nein. Es gab zwischen uns keinen Streit.«

»Und Sie behaupten ferner, daß der Türsteher, ein gewisser Charly, zu Ihnen und Frau Liefers ins Séparée gestürzt sei, daß es dort zu einem Streit zwischen Charly und Frau Liefers gekommen sei und Charly Frau Liefers geschlagen habe?«

»Ja«, murmelte Füsser. Er war während der anderthalb Stunden, die das Verhör bereits andauerte, immer mehr in sich zusammengesunken, hockte vornübergebeugt, mit hängendem Kopf auf dem Besucherstuhl, die Hände auf seine Knie gestützt. Obwohl er bisher nur sich selbst Entlastendes zu Protokoll gegeben hatte, machte er zunehmend den Eindruck eines Beschuldigten, eines zu recht Beschuldigten.

»Wie geschlagen? Wohin geschlagen?« Esser war vor Füsser stehengeblieben und fixierte ihn scharf.

»Ich weiß es nicht, ich habe gar nicht ...«

»Moment mal«, mischte sich Löhr ein, der seit geraumer Zeit hinter der Schreibmaschine gesessen und mit mühsamem Zweifingersystem Protokoll geführt hatte. Esser und er hatten sich zwischen Protokollieren und Führen des Verhörs abgewechselt. Und da Löhr die Technik des Schreibmaschineschreibens nur schlecht und unter Anwendung großer Aufmerksamkeit beherrschte, hatte er sich bisher nicht in die Dialoge zwischen Esser und Füsser einmischen können. Aber weil Esser gerade Aussagen rekapitulierte, die bereits im Protokoll standen, nutzte Löhr die Chance zu intervenieren: »Das haben Sie schon mindestens zwei Mal behauptet, daß Sie nichts gesehen hätten.« Löhr ergriff den Stapel Protokollblätter. »Was Sie aber bisher noch nicht verraten haben, ist, *worüber* sich Nicole Liefers und Charly gestritten haben.«

»Hm«, grunzte Füsser, hob seinen schweren Kopf und sah Löhr aus wäßrig-verschleierten Augen an, schwieg dann aber.

»Hm? Was heißt das?«

»Ich weiß nicht ...«

»Sie waren dabei! Worum ging es?«

»Es ist ...«

»Jetzt kommen Sie schon, Mann!« Esser hatte die kleine Pause genutzt, um sich eine Zigarette anzustecken, inhalierte tief und blies den Rauch in Füssers Richtung.

Der stöhnte leise auf. »Er wollte, daß sie ihre Arbeit macht«, murmelte er schließlich, kaum verständlich, in sich hinein.

»Ihre Arbeit?« fragte Löhr.

»Nun«, Füsser schluckte die einzelnen Worte gleichsam in sich hinein. »Daß sie auf meine Wünsche eingeht.«

»Was heißt das? Gab es Probleme?« sagte Esser. Füsser nickte bloß.

»Das heißt also, Sie hatten mit Frau Liefers bis zu dem Zeitpunkt, an dem Charly das Séparée betrat, noch keinen Geschlechtsverkehr?« fragte Löhr.

Füsser schüttelte den Kopf.

»Und Charly wollte, daß sie ihn mit Ihnen vollzieht, nach Ihren Vorgaben?«

Füsser nickte.

»Und darüber ist es zum Streit zwischen Charly und Frau Liefers gekommen?«

»Charly hat gesagt, sie solle sich gefälligst nicht so anstellen«, murmelte Füsser.

»Und daraufhin schlug Charly Frau Liefers?« Wieder nickte Füsser.

Löhr rückte seine Schreibmaschine zurecht. »Dann werde ich das jetzt so zu Protokoll nehmen.«

Löhr tippte, und Esser umkreiste Füsser erneut.

»Gehen Sie öfter in den Saunaclub in der Brabanter Straße?« fragte er.

»Ab und zu«, nuschelte Füsser.

»Und immer zu Frau Liefers oder auch zu anderen Frauen?«

»Anfangs zu anderen. Füsser fuhr sich mit seiner unbehaarten, dicken, wie aufgeblasen wirkenden rechten Hand durchs schweißnasse Haar. Dann richtete er einen bittenden, bettelnden Blick auf Esser. »Wie geht es ihr eigentlich? Ich habe in der Nacht sämtliche Krankenhäuser abgefahren, aber nirgendwo ist sie eingeliefert worden.«

»Man konnte Ihnen keine Auskunft geben. Weil niemand wußte, wer sie war.«

»Und wo liegt sie?«

»In der Uniklinik.«

»Und? Wie geht es ihr?«

»Dazu kommen wir später. Zuerst möchte ich, daß Sie mir noch ein paar Fragen beantworten. Also: Sie waren seit einiger Zeit sozusagen Stammkunde bei Frau Liefers?«

Füsser sog schwer Luft in seine Lungen und nickte mit gesenktem Kopf.

»Wie oft? Wie oft waren Sie bei ihr?«

Füsser hielt den Kopf weiter gesenkt. »Ein-, zweimal in der Woche.«

»Ein-, zweimal in der Woche? Das geht ganz schön ins Geld, oder?«

Füsser zuckte die Schultern. Löhr sah ihn an. Er schien nicht unvermögend zu sein; Anzug, Hemd und Schuhe waren von einer Qualität, die Löhr sich nie hätte leisten können. Seine Haut war leicht gebräunt. Ein solch gesunder Teint war nicht das Ergebnis intensiver Urlaubssonnen- oder Solariumbestrahlung, sondern nur etwa durch regelmäßiges Golfspielen zu erwerben.

»Gut«, fuhr Esser fort. »Und seit wann waren Sie Stammkunde bei Frau Liefers?«

»Seit einem halben Jahr etwa«, antwortete Füsser.

»Seit einem halben Jahr haben Sie Frau Liefers ein- bis zweimal die Woche besucht?«

Füsser nickte.

»Ist es in dieser Zeit schon einmal vorgekommen, daß Charly in das Zimmer hereinkam, in dem Sie mit Frau Liefers waren?«

»Nein. Nicht, daß ich mich erinnere.«

Esser blieb stehen, zog einen Stuhl heran und setzte sich rittlings vor Füsser.

»Bisher hat sich also nie jemand eingemischt, wenn Sie bei Frau Liefers waren?«

»Nein.«

»Und jetzt, auf einmal, weil Sie und Frau Liefers keinen Geschlechtsverkehr gehabt haben, soll Charly hereingeplatzt sein, mit Frau Liefers Streit angefangen und sie anschließend geschlagen haben?«

»Ja. So war es.«

Esser machte eine Pause; er funkelte Füsser an.

»Ich glaube Ihnen kein Wort. Kein einziges. Das, was Sie da behaupten, ist einfach lächerlich!«

»Aber wenn ich Ihnen ...«

»Ich will Ihnen sagen, wie's gelaufen ist, Herr Dr. Füsser. Sie haben von Nicole Liefers etwas verlangt, wozu sie nicht bereit war, daraufhin hat sie sich gewehrt. Dann ist Charly dazugekommen und ...«

»Nein, nein, so war es nicht, ganz bestimmt nicht!« Füssers massiges Gesicht verzog sich zu einer weinerlichen Grimasse. Flehend streckte er Esser die Hände entgegen. »Ich schwöre Ihnen, ich ...«

»Und dann hat Charly Sie rausgeworfen«, fuhr Esser unbeeindruckt fort. »Und Sie haben Frau Liefers auf der Straße aufgelauert, und als sie rauskam, haben Sie sie weiter bedrängt, sie hat sich gewehrt, aber Sie waren so scharf, daß Sie nicht aufhören konnten, und dann sind Sie gewalttätig geworden, haben auf Frau Liefers eingeschlagen, sie zusammengetreten, und als sie ohnmächtig wurde, sind Sie abgehauen, haben sie einfach liegen gelassen wie ein Stück Abfall.«

»Nein, nein, so war es nicht, so war es nicht!« Ein Zittern lief durch den großen Körper Füssers, seine Stimme versagte, wurde zu einem jämmerlichen Krächzen, und Tränen liefen über seine Wangen.

Löhr hatte das Tippen unterbrochen und Füsser während des Verhörs genau beobachtet. Wenn er tatsächlich der Täter war, war jetzt der richtige Zeitpunkt für ein Geständnis. Löhr erhob sich hinter seinem Schreibmaschinentisch und trat ganz nah an Füsser heran. Er beugte sich zu ihm hinunter.

»Sie haben sich eben nach dem Zustand von Frau Liefers erkundigt«, sagte er leise, fast flüsternd. »Soll ich Ihnen sagen, wie es ihr geht?«

Füsser hob den Kopf und sah Löhr aus rot geäderten, tränennassen Augen an.

»Sie wird sterben«, sagte Löhr, immer noch leise.

»Nein!« Der Aufschrei kam nicht allein aus Füssers Mund, er kam aus seiner Brust, seinen Lungen, seinem Bauch, seinem ganzen Körper. »Nein! Das darf nicht ...«

»Sie hat schwere Blutungen im Gehirn«, fuhr Löhr, jetzt etwas lauter, sachlich, im Ton eines ärztlichen Bulletins fort. »Ein Blutgerinsel. Um das zu entfernen, hat man ihr den Schädel aufsägen müssen. Sie liegt im Koma. Überlebenschancen eins zu zehn.«

Löhr ignorierte Essers irritierten Seitenblick und beobachtete Füsser. Der war nach dem Aufschrei völlig in sich zusammengesunken, ein konturloser Berg Fleisch; sein Kopf hing so tief hinab, daß er fast die Knie berührte. Dann ging ein Aufschluchzen durch den großen Mann, wie Löhr es selten bei einem Beschuldigten während eines Verhörs gesehen hatte. Aber wenn er so etwas erlebt hatte, dann war auf dieses Schluchzen immer sehr bald das Geständnis gefolgt.

»Also ...?« sagte Löhr gedehnt.

Statt einer Antwort kam ein tiefes, klägliches Seufzen aus dem bebenden Körper.

»Kommen Sie, Füsser! Werden Sie's los!«

»Jetzt – hat – alles – keinen – Zweck – mehr«, stammelte Füsser.

»Ja«, sagte Löhr. »Das meine ich auch. Machen Sie reinen Tisch.«

Langsam hob Füsser den Kopf. Er sah Löhr an, sein Kopf verfiel erst in zögerndes, dann immer heftigeres Nicken.

»War ich's wirklich?«

»Das müssen *Sie* uns schon sagen«, antwortete Löhr.

Füssers Kopf fiel plötzlich, als hätte er einen Schlag ins Genick bekommen, auf die Brust hinab. Er seufzte tief. »Ich war's.«

***

»Paluchowski? Nein! Wirklich Paluchowski?«

»Ja. Paluchowski«, sagte Esser und legte den Telefonhörer zurück auf den Apparat. »Paluchowski hat diesen Monat die Buchstaben A bis M. Und L wie Liefers bedeutet, daß er für unseren Fall zuständig ist.«

»Und der will vorbeikommen?«

»Ja. Und zwar schon in ein paar Minuten. Ich hab ihn eben auf seinem Handy erreicht. Der hat noch was im Präsidium zu erledigen, dann kommt er vorbei.«

»Wirklich jetzt gleich?«

»Jakob, bitte! Mach nicht die Pferde scheu. Der kann uns nichts! Wir haben ein Geständnis und basta.«

»Klar haben wir ein Geständnis. Aber der Fall ist damit noch nicht aufgeklärt. Das stimmt alles vorne und hinten nicht. Das weißt du genausogut wie ich.«

»Sicher«, sagte Esser gequält. »Da sind noch 'ne Menge Unklarheiten. Das gelöschte Videoband und so weiter. Aber wir sind auf dem Weg, Jakob! Jedenfalls haben wir 'nen geständigen Tatverdächtigen. Das ist schon mal was!«

»Eben nicht, Rudi! Ich glaub nicht, daß wir auf dem Weg sind. Zumindest nicht auf dem richtigen. Weil das Geständnis von Füsser ... ich weiß nicht.«

»Ist es ein Geständnis oder ist es keins?«

»Ja, ja. Aber trotzdem trau ich dem Braten nicht. Wenn wir es mit Urbanczyk zu tun hätten, mit ihm könnten wir reden, mit ihm könnten wir irgendwas drehen. Aber nicht mit Paluchowski!«

Paluchowski war seit dem von Löhr eingefädelten und mitinitiierten Sturz des Oberbürgermeisterkandidaten Flaucher im vergangenen Wahlkampf Löhrs Intimfeind. Nicht, weil er ein Parteigänger Flauchers gewesen wäre. Im Gegenteil, Paluchowski war eingeschriebenes und aktives CDU-Mitglied, und er war ein politischer

Freund und persönlicher Vertrauter des mächtigen CDU-Fraktionsvorsitzenden Klenk. Und das war der Punkt. Klenk war zwar aus dem Sturz Flauchers nicht nur unbeschadet, sondern sogar mit Gewinn und noch größerer Machtfülle, als er je zuvor besessen hatte, hervorgegangen. Er war jetzt anstelle von Flaucher der heimliche König Kölns, *der* Drahtzieher und Puppenspieler der Stadt. Aber Löhr hatte Flauchers Sturz indirekt, über Bande, über Klenk gespielt, spielen müssen.

Dabei war anfangs einiges an Klenk kleben geblieben. Da wurde zwar nicht mehr drüber gesprochen, und dank solcher Verbindungen, wie Klenk sie zum Beispiel zu Staatsanwalt Paluchowski unterhielt, hatte er es geschafft, sämtliche gegen ihn und seine diversen Gesellschaften erhobenen Klagen in der Versenkung verschwinden zu lassen.

Aber Klenk war nachtragend und rachsüchtig. In Paluchowski hatte er ein Werkzeug seiner Rache gefunden, und zwar ein sehr williges Werkzeug Denn Paluchowski war ein Ehrgeizling sondergleichen und der größte Korinthenkacker von Staatsanwalt, dem Löhr je begegnet war, und es hatte von vornherein, schon vor Flauchers Sturz, eine sozusagen natürliche Feindschaft zwischen ihm und dem in Dienstangelegenheiten eher lässigen, wenn nicht sogar nachlässigen Löhr bestanden. Eine Feindschaft, die durch Klenks Rachegelüste inzwischen in unverhohlenen Haß Paluchowskis auf Löhr umgeschlagen war.

»Was soll es denn mit Paluchowski zu biegen geben?« wandte Esser ein. »Mit dem unterschriebenen Geständnis *muß* Paluchowski gleich einen Haftbefehlsantrag stellen.«

»Und der Haftrichter wird dem stattgeben *müssen,* und dann wandert Füsser vom Polizeigewahrsam gleich heute noch in U-Haft!«

»Ja und?«

»›Ja und‹, Rudi! Das sagst du so. Was soll der Mann denn in U-Haft?«

»Er hat gestanden! Und mit dem Geständnis schickt ihn jeder Richter der Welt in U-Haft.«

»Eben! Und mit 'nem anderen Staatsanwalt als Paluchowski hätten wir das vielleicht verhindern können, der hätte das so drehen können, daß Füsser noch die vierundzwanzig Stunden in Polizeigewahrsam bleibt und wir in der Zeit noch ein bißchen weiterbohren und noch an ‘ne andere Version als die von Füsser kommen können.«

Esser sah Löhr einen Augenblick lang forschend an. »Was für ‘ne andere Version?«

Löhr schüttelte den Kopf. »Rudi! Das, was der Mann uns da eben aufgetischt hat, glaubst du das etwa?«

»Der hat zugegeben, die Frau verprügelt zu haben. Sogar unterschrieben.«

»Ja, unterschrieben. Aber *wie* er’s zugegeben hat, *wie* er die ganze Geschichte erzählt hat, das ist alles ziemlich unglaubwürdig.«

Esser sah Löhr zweifelnd an. Manchmal verrannte sich Löhr in eine Idee, die sich später als nicht tragfähig erwies; manchmal aber, eigentlich meistens, besaß er ein sicheres Gespür dafür, wenn sich hinter einer scheinbar eindeutigen Sachlage etwas anderes, eine zweite Wahrheit verbarg. Esser schien sich unsicher, was er nun glauben sollte: ob Löhr sich verrannte oder die richtige Witterung aufgenommen hatte.

»Und auch das, was diese Saunaclub-Tante uns erzählt hat«, fuhr Löhr fort, »das stinkt zum Himmel. Und dann hat sie noch das Video gelöscht! Du mußt zugeben, da ist ‘ne ganze Menge faul an der Geschichte.«

Esser schüttelte den Kopf. Er hatte sich dafür entschieden, daß Löhr diesmal auf dem Holzweg war.

»Na schön. Wegen des Videos geb ich dir recht. Da stimmt was nicht. Da müssen wir noch mal nachbohren.«

»Aber *richtig* nachbohren!« sagte Löhr. »Diese beiden, Charly und seine Chefin, werden wir ordentlich in die Mangel nehmen. Und du wirst sehen, da kommt was ganz anderes raus, als sie uns bisher erzählt haben.«

»Gut. Möglich. Aber zuerst mal haben wir das Geständnis und ...«

»Und Füsser wandert in U-Haft!« Löhr erhob die Stimme. Die Vorstellung, daß Füsser gleich nach Ossendorf transportiert werden würde, daß sie für jedes weitere Verhör da hinaus müßten, in den Knast; die ganzen damit verbundenen Umstände und Formalitäten erzeugten in ihm einen wachsenden Unwillen. »Wenn Füsser erst einmal in U-Haft sitzt, du weißt, wie kompliziert dann alles wird und vor allem wie schwer es wird, ihn da wieder rauszukriegen.«

»Und was schlägst du vor?«

Statt zu antworten, durchblätterte Löhr das Protokoll von Füssers Geständnis und überlegte. »Unsere Geschäftsstelle zieht heute schon mit dem Präsidium um, oder?« fragte er schließlich.

»Ja und?«

»Fünfzehn Lastwagen fahren insgesamt siebzig Touren nach Kalk, mit fünfzehntausend Umzugskisten«, sinnierte Löhr.

Esser rieb sich das Kinn und zog die Stirn kraus. »Ich versteh nicht, Jakob ...«

»Vielleicht hab ich 'ne Idee.«

Rasch zog Löhr ein grünes Kuvert aus seinem Schreibtisch, einen der unverschließbaren, bloß mit einer Klapplasche versehenen Umschläge, in denen die Hauspost zwischen den Dienststellen des Präsidiums verschickt wurde, stopfte ein paar leere Schreibmaschinenblätter hinein, adressierte das Kuvert und ließ das Protokoll von Füssers Verhör unter anderen Akten in einer der unteren Schubladen des Schreibtischs verschwinden.

»Was hast du vor?« Essers Stimme klang heiser. Immer wenn Löhr Wendungen wie ›Vielleicht hab ich 'ne Idee‹ gebrauchte, witterte er Unheil.

»Ich bring das schnell zur Geschäftsstelle«, antwortete Löhr und war bereits auf dem Weg zur Tür.

»Aber da sind ja nur leere Blätter drin!« protestierte Esser.

»Eben«, antwortete Löhr und ging hinaus.

In der Geschäftsstelle war das Umzugsgeschiebe inzwischen in ein komplettes Chaos umgeschlagen. Engstfeld sah sich von vier, fünf Möbelpackern umzingelt, die alles, was nicht niet- und nagelfest war, wegschleppen wollten. Mit Zähnen und Klauen verteidigte Engstfeld jeden Karton. »Nein! Den noch nicht! Das Zeug brauch ich heute noch!« Gleichzeitig telefonierte er, notierte etwas in einen Aktenvermerk-Vordruck und versuchte, mit dem Ellbogen des Armes, in dessen Hand er den Telefonhörer hielt, auf seiner Theke verstreute Papiere vor dem Wegflattern zu bewahren. Das Hin und Her der Möbelpacker verursachte einen gewaltigen Durchzug.

Engstfelds Akrobatik war vergebene Liebesmüh, ein ganzer Stoß Papiere segelte durch den Raum. Engstfeld sah ihnen bloß resigniert bei ihrem torkelnden Flug zum Boden zu. Er kapitulierte vor dem Umzugschaos.

»Hier, Detlef«, sagte Löhr, so als wenn er in großer Eile wäre. »Das muß gleich rüber ins Polizeigewahrsam. Da ist in 'ner halben Stunde 'n Haftprüfungstermin.«

»Was?« Engstfeld sah irritiert auf das Kuvert, das Löhr auf die von Engstfeld entfernteste Kante des Tresens gelegt hatte; jene Kante, von der eben die Papiere zu Boden geflattert waren.

»Adresse steht drauf!« sagte Löhr bloß und war schon wieder aus der Tür. Da sah er, als er sich noch einmal umdrehte, wie einer der Möbelpacker einen Karton auf dem grünen Umschlag abstellte. Mit so etwas oder so etwas Ähnlichem hatte er gerechnet oder zumindest darauf gehofft.

Bei Löhrs Rückkehr in sein Büro war Paluchowski bereits da und blätterte mit schiefgelegtem Kopf in der dünnen Akte zum Liefers-Fall. Trotz der enormen Hitze trug Paluchowski seinen üblichen dunkelblauen Anzug und einen dünnen, seinen Hals zuknotenden, gleichfarbigen Binder. Löhr hatte ihn noch nie in einem anderen Aufzug gesehen.

Er schien ihn wie eine Art Panzer zu tragen, mit dem er nicht nur permanent sein Amt und die damit verbundene Macht und Würde zur Schau stellen wollte, sondern in und hinter dem er alles übrige, seine gesamte Person, zu verstecken suchte. Denn viel mehr als Amt und Würde und Macht hatte Paluchowski kaum zu bieten. Er war unsäglich häßlich. Sein Gesicht war völlig asymmetrisch, wie aus den Fugen geraten, so schief, daß die dicke randlose Brille nie einen geraden Sitz auf der höckrigen Nase fand und so ihren Träger zwang, sie ständig neu zu positionieren. Die fahrigen Bewegungen seiner gelben Hände beim Zurechtrücken der Brille bewirkten, daß Paluchowski aussah wie ein dürrer, dunkelblauer Vogel, der sich, nervös mit den Flügeln schlagend, von einem im Kopfgefieder sitzenden Ungeziefer zu befreien versucht.

Paluchowski ignorierte Löhr zunächst. Schließlich hob er den Kopf und sah Löhr aus durch die Brillengläser absurd vergrößerte Augen an.

»So. Wo ist das Verhörprotokoll mit dem Geständnis?«

Löhr hob die Schultern.

»Ich hab es gerade mit der Hauspost ins Polizeigewahrsam zum Haftrichter geschickt.«

»Waas?« Paluchowskis schiefer Mund senkte sich an der linken Seite noch etwas mehr, was ihm das Aussehen eines zutiefst gekränkten und enttäuschten Fisches verlieh.

»Tut mir leid«, Löhr hob und senkte noch einmal die Schultern. »Aber ich bin davon ausgegangen, daß Sie gleich rüber zum Haftrichter gehen und ihm den Antrag auf Erlaß eines Haftbefehls überreichen.«

»Ich hatte Ihrem Kollegen Esser gesagt, ich käme *hier* vorbei!« Paluchowskis Stimme nahm eine eisigschneidende Härte an.

Löhr blickte mit Unschuldsmiene zu Esser, der hinter seinem Schreibtisch saß, Löhrs Blick auswich, demonstrativ den Kopf senkte und schwieg. »Dann muß das wohl ein Mißverständnis gewesen sein«, sagte Löhr zu Paluchowski. »Tut mir leid. Aber sonst gehen Sie in solchen Fällen auch immer gleich zum Haftrichter und ...« Löhr ließ seinen Blick auf die Wanduhr neben der Tür wandern. »Und da es ohnehin allerhöchste Zeit ist, der Haftrichter ist ja nur von elf bis zwölf Uhr im Büro, dachte ich mir ...«

»Denken!« zischte Paluchowski, knallte die Akte auf Löhrs Schreibtisch und schritt an Löhr vorbei zur Tür. »Mißverständnis!« zischte er noch einmal, als er die Tür öffnete.

Grinsend setzte sich Löhr an seinen Schreibtisch, nachdem Paluchowski ohne ein weiteres Wort gegangen war und dabei die Tür kräftig ins Schloß hatte fallen lassen.

»Was ziehst du hier ab?« Esser war empört. Nervös entzündete er eine Zigarette.

»Hast du doch mitgekriegt«, antwortete Löhr gelassen. »Auf die Tour schaffen wir's, daß Füsser nicht gleich in U-Haft wandert, und außerdem haben wir Paluchowski 'nen netten Streich gespielt.«

»*Wir*? Du hättest mir sagen sollen, was du vorhast!« Essers Gesicht wurde rot vor Zorn.

»Das hast du doch mitgekriegt!«

»Aber beim Haftrichter kommen nur weiße Blätter an!«

»Da kommt gar nichts an«, entgegnete Löhr. »Es ist Umzugstag!

Und das Kuvert wird irgendwo zwischen den fünfzehntausend Umzugskisten verschwinden und nie wieder auftauchen.«

Esser konnte sich nicht beruhigen. Seine Zornesadern waren zwar abgeschwollen, aber er schüttelte den Kopf und pochte mit den Knöcheln sauer auf seinen Schreibtisch. »Du machst Dinger, Jakob! Das bringt uns in Teufels Küche! Das kann uns Kopf und Kragen kosten!«

»Überhaupt nicht«, entgegnete Löhr gemütlich. »Wenn, dann bleibt das an Engstfeld kleben. Dem hab ich nämlich das Kuvert gegeben. Und Engstfeld ist der letzte, den ein Anschiß von 'nem Staatsanwalt was kratzt.«

»Trotzdem!« Esser schüttelte, zunehmend verzweifelt, den Kopf. »Das setzt uns unheimlich unter Zugzwang. Wir haben nur vierundzwanzig Stunden Zeit, den Fall zu klären. Danach ist Füsser wieder auf freiem Fuß!«

»Na und? Laß ihn!« machte Löhr wegwerfend. »Meinst du, der haut ab? Und im übrigen: Ich glaub nach wie vor nicht an die Version, die er uns aufgetischt hat.«

»Du nicht. Aber *ich*! Wir sind 'n Team, Jakob! Und du fährst hier 'ne Solonummer! Auf meine Kosten!«

»Ich hab dir gesagt, daß der Umschlag niemals ankommt. Bleib mal locker.«

»Trotzdem! Und überhaupt ...«, murrte Esser weiter, drückte seine Zigarette aus und warf einen Blick auf die Armbanduhr. »Auf jeden Fall müssen wir richtig Gas geben. Noch mal die Sorgalla und Charly in die Mangel nehmen, danach noch mal bei der Liefers in der Uniklinik vorbei ...«

»Was? Jetzt? Das alles jetzt sofort?«

»Was dachtest du denn? Der Saunapuff macht um ein Uhr mittags auf und ...«

»Nee, Rudi, tut mir leid«, Löhr schüttelte bedauernd den Kopf. »Jetzt kann ich unmöglich.«

»Jakob!« Abrupt stand Esser auf, nahm die Zigarettenkippe, die er bereits ausgedrückt hatte, noch einmal aus dem Aschenbecher und drückte sie in Ermangelung eines anderen Gegenstandes, an dem er seinen erneut und nun um so heftiger aufflammenden Zorn hätte auslassen können, noch einmal zusammen, und zwar so, als zermalme er ein Ungeheuer. »Du wirst doch nicht etwa …?«

»Tut mir *wirklich* leid, Rudi«, sagte Löhr. »Aber es ist Mittag, und ich hatte nicht damit gerechnet, daß wir heute so 'ne Hektik hier haben; ich bin zum Mittagessen verabredet.«

Das war eine Lüge. Aber Löhr kam sie leicht und überzeugend von den Lippen, wie immer, wenn er solche von ihm als Notlügen klassifizierte Unwahrheiten von sich gab, denn es ging um eine Familienangelegenheit. Er hatte sich vorgenommen, heute mittag seine Mutter zu besuchen. Je schneller er sie von ihrer Schnapsidee, sich aktiv im Karneval zu beteiligen, abbringen konnte, um so geringer würde die Gefahr sein, daß ihr dabei etwas zustoßen würde. Gesundheitlich. Und auch sonst.

»Du? Zum Mittagessen?« fragte Esser höhnisch.

»Ja, Rudi. Zum Mittagessen. Und *nur* zum Mittagessen. Wir können den anderen Kram heute nachmittag erledigen.«

»Kram? Das ist unser Job! Und die Zeit drängt, Jakob!«

Das Klingeln des Telefons enthob Löhr vorläufig einer weiteren umschweifigen Ausrede. Paluchowski war am Apparat.

»Was ist mit dem Geständnis? Hier ist bisher noch nichts angekommen!«

»Das wird es noch, Herr Staatsanwalt«, sagte Löhr ruhig. »Heute ist Umzugstag im Präsidium. Da geht alles ein bißchen drunter und drüber. Das wird noch kommen. Ganz bestimmt.«

»Ich kann für Sie nur hoffen, daß das nicht wieder eine Ihrer Schlampigkeiten ist, Löhr!«

»Nein, ganz bestimmt nicht, Herr Staatsanwalt«, antwortete Löhr.

»Wissen Sie überhaupt, wer das ist, dieser Füsser?« Paluchowski dimmte seine Stimme zu einem gefährlichen Flüsterton.

Wer das ist? Hatten sie mit Füsser womöglich wieder einen Prominenten erwischt und es übersehen? Eins der großen Tiere der Stadt, mit denen Paluchowski und Klenk durch irgendeine Klüngelei verbunden waren?

Wieder so eine unappetitliche Geschichte wie damals mit Flaucher, dem Oberbürgermeisterkandidaten, dem auch sein Umgang mit einer Prostituierten zum Verhängnis geworden war, was aber auch Löhr und Esser fast Kopf und Kragen gekostet hätte?

»Nein«, antwortete Löhr. »Ich weiß nicht, wer das ist. Und ehrlich gesagt, interessiert mich das auch nicht. Oder gelten die Gesetze etwa nicht für alle gleich, Herr Staatsanwalt?«

***

»Dat ist et, Jakob! Dat Regelmäßige! Dem Heinz fehlt einfach dat Regelmäßige. Pünktlich morgens aufstehen, zur Arbeit fahren, pünktlich nach Hause, früh ins Bett. Dat Regelmäßige ist et, wenn der dat hätte, dann kriegte der dat mit dem Trinken auch in den Griff, glaub et mir, Jakob!«

»Aber er geht seit bald zwanzig Jahren regelmäßig ins Wettbüro«, wandte Löhr ein. »Ist auch 'ne Regelmäßigkeit.«

»Och Jakob!« Trudi verfiel vom Klage- in einen weinerlichen Jammerton. »Wann is dat denn? Mittags! Die machen erst mittags auf. Und vorher liegt er bis zehn, elf im Bett, dann steht er auf, liest seine ›Sportwelt‹, frühstückt noch nit emal richtig, trinkt nur seinen Kaffee.«

»Immerhin Kaffee!« bemerkte Löhr. »Also nicht schon morgens Alkohol?«

»Dat tät mir noch fehlen! Zu Hause kriegt er keinen Tropfen! Auch abends nit!«

»Na also. Dann kann's *so* schlimm nicht sein!«

»Hast du 'ne Ahnung. Schlimm? Dat ist schlimmer als schlimm! Der fängt schon nachmittags an, in der ›Alten Opernschänke‹, der Kneipe neben dem Wettbüro. Und wenn er abends um neun oder zehn nach Haus kommt, wat glaubst du, wat der für 'ne Fahne hat?«

»Jeden Abend?« fragte Löhr.

»Jeden Abend, den der liebe Jott jeschaffen hat. Ich schwör et dir!«

»Tja«, machte Löhr gedehnt und zwängte sich, während er den Telefonhörer von einem zum anderen Ohr balancierte, aus seinem durchgeschwitzten Hemd. Das Hemd war der Grund dafür gewesen, weshalb er noch einmal kurz zu Hause vorbeigeschaut hatte. Er wollte schnell unter die Dusche, das Hemd wechseln und dann zu seiner Mutter. Als er die Wohnungstür aufschloß, schrillte das Telefon. Er hatte keine Ahnung, warum Tante Trudi annahm, daß sie ihn um die Mittagszeit an einem Wochentag zu Hause erreichen würde. Jedenfalls war ihr Anliegen offenbar äußerst dringlich.

»Wenn Heinz wieder wat Regelmäßiges hätte«, wiederholte Trudi ihre Klage nun zum vierten Mal, »dann käm er auch wieder in den Tritt und würd die Trinkerei drangeben. Bestimmt.«

»Na gut«, sagte Löhr. »Mit ›was Regelmäßigem‹ meinst du sicher eine Arbeit, einen Job.«

»Genau dat! Heinz soll wieder arbeiten! Da kommt er auf andere Gedanken! Vor allem dat Regelmäßige. Und deswegen ruf ich dich auch an, Jakob, du hast Beziehungen, du kennst dich aus, du weißt doch bestimmt wat für Heinz?«

Da war es wieder! Löhr, der gute Geist der Familie, Beichtvater und Helfer in jeder Lebenslage eines Familienmitglieds, und sei es noch so entfernt verwandt. Beziehungskitter, Psychiater, Scheidungsanwalt, Kreditvermittler, jetzt auch noch Job-Börse! Wieso ausgerechnet er?

»Weißt du, Tante Trudi ...«, versuchte Löhr vorsichtig seinen Kopf aus der Schlinge zu ziehen.

»Du kommst so viel unter die Leute!« beharrte Trudi. »Du kennst Jott und die Welt. Vor allem in den Branchen, wo ich dachte, dat Heinz vielleicht noch mal unterkäme.«

»Und das wären?«

»Ja, ich dachte an Sicherheitsdienste oder so wat, Pförtner oder von mir aus auch Nachtwächter, obwohl er da abends nit zu Hause wäre, aber dafür könnt er tagsüber nix trinken.«

»Hm«, stöhnte Löhr. Möglich wäre das natürlich, Onkel Heinz einen solchen Job zu verschaffen. Es gab etliche Ex-Kollegen von der Kripo, die in solche Sicherheitsunternehmen abgewandert waren. Andererseits widerstrebte es ihm, sich über Onkel Heinz' Kopf hinweg um dessen von Tante Trudi angestrebtes Wohlergehen zu bemühen. Und Onkel Heinz als Nachtwächter konnte er sich auch nicht so richtig vorstellen.

»Und?« hauchte Trudi erwartungsvoll in die Leitung.

»Paß mal auf, Tante Trudi.« Löhr hatte sich gesammelt und einen Entschluß gefaßt. »Ich überleg mir das. Aber vorher möchte ich mit Onkel Heinz sprechen, weil ...«

»Dat hat keinen Sinn, Jakob! Der quasselt dich bloß wieder zu mit seinen Sprüchen, dat Arbeit sich heutzutage nicht mehr lohnt.«

»Trotzdem, Tante Trudi«, beharrte Löhr. »Zuerst muß ich mit ihm darüber sprechen. Das mach ich auch, ganz bestimmt. Ich weiß ja, wo ich ihn treffen kann, ist ja gleich bei mir die Ecke rum.«

»Aber Jakob!« startete Trudi einen letzten, verzweifelten Versuch, Löhr auf ihre Seite zu ziehen.

»Ich meld mich dann bei dir in den nächsten Tagen«. Löhr blieb hart. »Und jetzt muß ich wieder zur Arbeit.«

Als er eine halbe Stunde später vom Eigelstein in die Eintrachtstraße einbog, war sein frisches Hemd genauso durchgeschwitzt wie das, das er vorhin ausgezogen hatte. Hätte er sich auch sparen können. Das Azorenhoch hatte die Stadt immer noch im festen Griff. Wenigstens zweiunddreißig Grad im Schatten schätzte Löhr und schaute, bevor er bei seiner Mutter klingelte, zum Himmel. Kein Dunst, kein Schleier verdeckte das hell strahlende Blau, das lediglich von ein paar verirrten weißen Wolkenfetzchen ganz weit oben unterbrochen wurde.

Niemand öffnete. Löhr drückte ein zweites Mal auf den Klingelknopf und wartete. Immer noch öffnete sie nicht. Löhr besaß zwar einen Schlüssel zur Wohnung seiner Mutter, hatte ihn bisher aber noch niemals verwendet und beschloß, es auch heute nicht zu tun. Es bestand kein Anlaß zur Panik. Trotz der Hitze. Unmittelbar gefährdet, hatte der Arzt nach dem letzten leichten Vorfall gesagt, sei sie nicht. Und da er nicht ohne Not in die Privatsphäre seiner Mutter eindringen wollte, klingelte er beim Nachbarn, einem Junggesellen, ebenfalls im Rentenalter, der in regelmäßigem Kontakt zu ihr stand, weil er sie täglich mit seinem bereits gelesenen, in aller Frühe am Kiosk geholten Express versorgte. Ein paar Augenblicke später summte der Türöffner.

»Nä, dat Anita ist nicht zu Hause, dat ist in der Kirche.«

Ungläubig starrte Löhr den Nachbarn seiner Mutter, einen dickbäuchigen alten Mann im weißen Trägerunterhemd, an.

»In der Kirche? Was macht sie denn montags mittags in der Kirche?«

Der Alte hob die nackten, faltigen Schultern, auf denen ein Wald aus krausem weißem Haar wucherte. »Die han irgend so 'ne Möhneverein, die treffen sich do zwei-, dreimal in der Woch.«

»Möhneverein? *In* der Kirche? *In* Kunibert?«

»Nä, nä, im Gemeindehaus, gleich nebenan.«

Löhr bedankte sich für die Auskunft und stieg nachdenklich die Treppe hinunter. Unter anderen Umständen wäre er, nachdem er seine Mutter zu Hause nicht angetroffen hatte, nicht enttäuscht, sondern eher erleichtert gewesen, so wie man erleichtert ist, wenn man einen unangenehmen Entschluß zwar endlich ausgeführt hat, aber von den Konsequenzen verschont geblieben ist. Und eine Auseinandersetzung mit ihr über ihr Karnevalsengagement stellte er sich nun keineswegs als etwas Angenehmes vor.

In den meisten anderen Fällen wäre er froh gewesen, daß er sein Vorhaben nicht hatte ausführen können und hätte es danach auch prompt vergessen. Aber so, wie die Dinge lagen, bei ihrem angeknacksten Gesundheitszustand und bei der Hitze zwei-, dreimal in der Woche Proben für die Karnevalssitzung! Denn der »Möhnenverein«, von dem der Alte gesprochen hatte, konnte nichts anderes als die Truppe sein, mit der sie die Karnevalssitzung der Gemeinde vorbereitete. Nein, da half nichts, er konnte nicht umkehren, zurück ins Präsidium fahren und die Sache auf sich beruhen lassen. Es war höchste Zeit, daß er einschritt. Er mußte mit ihr sprechen. Jetzt.

St. Kunibert war die Kirche in Köln, die in Löhrs Leben die größte, ja sogar entscheidende Rolle gespielt hatte. Ganz in der Nähe, in der Dagobertstraße, war er aufgewachsen, und jeden Sonntagmorgen seiner Kindheit hatte er mit seinen Eltern die Messen in Kunibert besucht. In Kunibert war er getauft, in Kunibert war er kommuniziert, gefirmt worden, in Kunibert hatte er die donnerstäglichen Schulmessen über sich ergehen lassen müssen. Und in beziehungsweise an und vor Kunibert hatte er seinen kindlichen Glauben verloren. Was an Kunibert selbst gelegen hatte. Das heißt, an dem zerstörten, ruinösen Gebäude der Kirche. Denn der Westteil des Kirchenschiffs war während des Krieges zerstört worden, in Löhrs Kindheit und Jugend standen davon nur noch ein paar Außenmauern, in deren leeren Fenstern Sträucher wuchsen.

Als Kind hatte dieser verwüstete Anblick der Kirche bei Löhr zuerst Schauder, dann Mitleid hervorgerufen. In der Pubertät und der damit verbundenen Auseinandersetzung mit der eigenen Religiosität und der Amtskirche wandelte sich dies allmählich zu einer Art trotzigen Verachtung. Im zerstörten Bau Kuniberts meinte er ein Sinnbild für den Zustand der ganzen offiziellen Kirche zu sehen: Wie, so war es ihm damals in heftiger Aufwallung durch den Kopf gegangen, wie sollte etwas so offenbar Kaputtes irgendeine Autorität über ihn beanspruchen dürfen? Natürlich war das ein kindischer Gedanke gewesen, dessen er sich später immer wieder geschämt hatte. Aber so lächerlich diese Empfindung auch gewesen sein mochte, sie hatte am Anfang von Löhrs Distanzierung zum offiziellen Glauben gestanden.

Jedes Mal, wenn er vor St. Kunibert stand, fühlte er sich an den Verlust seiner kindlich-unschuldigen Frömmigkeit erinnert.

Jetzt war der Westteil des Baus wiedererrichtet, die Kirche vollständig restauriert. Trotzig, glatt und unnahbar hoch erhob sich der Westteil. Man hatte bei der Wiederherstellung auf den originalen, runden Vorbau vor der Westfront und somit auf eine besänftigende Gliederung der Fassade verzichtet. Hatte ihn als Kind und Jugendlichen die Ruine abgeschreckt, wirkte der durch den Neubau entstandene festungsartige Eindruck dieser an sich schönen Kirche jetzt fast ebenso abweisend auf ihn.

Löhr überquerte den westlichen Vorplatz vor St. Kunibert und steuerte auf den nördlich an die Kirche angebauten, ziegelverkleideten Flachbau zu, von dem er wußte, das darin ein Kindergarten und der Pfarrsaal untergebracht waren. Neben dem Eingang zu diesem Anbau waren in einem Glaskasten die üblichen Anschläge, Spendenaufrufe und Ankündigungen der Pfarrei, ausgehängt. Löhr studierte sie und wurde gleich fündig. »Alten-Arbeitskreis Fastelovend. Wir bereiten die Karnevalssitzung 2002 vor. Vorbereitungstreffen montags um zwölf Uhr, freitags um sechzehn Uhr. Viel Spaß und Alaaf!« Also doch. Löhr drückte gegen die Tür; sie war bloß angelehnt und sprang sofort auf.

Vorsichtig betrat Löhr das Gemeindehaus. Er mußte nicht lange suchen, brauchte nur dem durch den Flur hallenden und Schritt für Schritt lauter werdenden Karnevalsmarsch zu folgen, bis er zum Pfarrsaal gelangte, dessen breite zweiflügelige Tür ebenfalls bloß angelehnt war. Behutsam schob Löhr einen der beiden Flügel ein Stück auf, um einen Blick in den Saal werfen zu können. Was er sah, erschütterte ihn mehr als das meiste, was er in seinem Kriminalistenleben bisher zu Gesicht bekommen hatte. Mit hochrotem Kopf, das weiße Haar wirr in der verschwitzten Stirn klebend sah er seine Mutter, wie sie in der Mitte einer Reihe anderer, ebenfalls verschwitzter älterer Damen mit einer Partnerin den Stippeföttchetanz einübte. Ihr so weit nach hinten ausgestrecktes Hinterteil, daß der Stoff ihres hellblauen Sommerkleides zu platzen drohte, rieb sich im Takt der Marschmusik rhythmisch an dem ebenfalls ausgestreckten Hintern ihrer Partnerin. So hatte er seine Mutter noch nie gesehen. Unwillkürlich trat Löhr einen Schritt zurück.

Ein plötzlicher Ausbruch trieb ihm ganze Bäche von Schweiß über die Stirn und durchnäßte sein Hemd nun vollends. Er konnte das Gefühl nicht unterdrücken, daß er sich für seine Mutter schämte. Nicht nur wegen der lächerlichen Pose, in der sie sich ihm präsentierte, sondern vor allem deswegen, *wie* sie es tat. Mit fast obszöner Inbrunst gab sie sich jenen seltsamen Bewegungen hin, ihr altes, puterrot angelaufenes Gesicht war von einem jugendlichen, nahezu ekstatischen Glanz überzogen.

»So, und jetzt bewegt sich die erste Reihe langsam vor die zweite«, hörte Löhr plötzlich eine kräftige männliche Stimme. »Immer schön darauf achten, dat ihr auf Lücke zu stehen kommt. Genau. Und denkt dran: immer schön wibbele! Wibbele, wibbele, wibbele! Ja, jenau. Ihr macht dat großartig, Mädcher!«

Löhr trat wieder einen Schritt vor, lugte durch den Spalt und sah jetzt auch den zur Stimme gehörenden Mann. Es war ein Tanzoffizier im vollen, geschniegelten Ornat eines Funken, die smaragdgrüne Uniform hoch bis zum letzten Kragenknopf geschlossen, die schwarzen Schaftstiefel und die hochgezwirbelten Schnurrbartspitzen glänzten, als ginge es zum Rosenmontagszug.

In welcher Welt lebst du eigentlich? fragte sich Löhr. Im Hochsommer übt ein als preußischer Offizier verkleideter Karnevalist mit einer Schar klappriger alter Omas die Choreographie für eine Stippeföttchevorstellung ein!

Er trat den Rückzug an. Aussichtslos, in dieser Situation ein einziges vernünftiges Wort mit seiner Mutter zu sprechen. Das würde alles nur noch schlimmer, ja sogar völlig verfahren machen. Die Omas würden sich auf ihn stürzen, seiner Mutter den Rücken stärken, ihr Wahnsinnsvorhaben verteidigen, und er stände am Schluß als Spielverderber da.

Ratlos trat Löhr auf dem Platz vor dem Westbau der Kirche von einem Fuß auf den anderen. Sollte er hier auf seine Mutter warten, warten, bis sie herauskäme, und dann versuchen, ihr ihr verrücktes Unternehmen auszureden? Aber erstens würde er sie wohl kaum allein erwischen, sie wäre sicher immer noch in Begleitung ihrer Kumpaninnen. Und zweitens konnte das ewig dauern, bis sie da drinnen fertig sein würden. Irgendwann mußte er zurück ins Präsidium, wollte er es sich mit Esser nicht endgültig verscherzen. Plötzlich hörte er, wie sich die Tür des Gemeindehauses öffnete. Er drehte sich um und sah den Tanzoffizier mit eiligem Schritt das Gebäude verlassen. Löhr hatte eine Idee. Er trat dem Tanzoffizier in den Weg.

»Guten Tag, Löhr ist meine Name, ich bin der Sohn einer der, der Damen, die Sie gerade unterwiesen haben.« Löhr streckte dem Offizier seine Rechte hin.

»Josten«, stellte sich der hochgewachsene Mann in Uniform vor, schüttelte Löhrs Hand und sah ihn abwartend und mit gerunzelter Stirn an.

»Es geht um folgendes«, begann Löhr. »Ich weiß nicht, was in meine Mutter gefahren ist. Ich hab sie eben beobachtet, ich kann mir nicht vorstellen, daß diese Anstrengungen gut für sie sein sollen, weil sie hat ...«

»Sagten Sie Löhr?« unterbrach ihn der Tanzoffizier.

»Ja, Löhr«, antwortete Löhr irritiert.

»Der Löhr von der Kripo, Mordkommission?«

»Ja, ja«, stotterte Löhr.

»Ach!« sagte der Offizier, verschränkte die Arme vor der Brust und beugte sich mit einem breiten Grinsen zu Löhr hinunter und zwinkerte ihm zu. »Sagen Sie mal, stimmt dat eigentlich, dat Sie heute morgen den Füsser verhaftet haben?«

Löhr trat einen Schritt zurück. »Woher wissen Sie das?«

»Ach!« sagte der Offizier wieder, breitete die Arme aus und machte mit beiden Händen eine vage Geste. »Ich hatte heute morgen im Festkomitee zu tun. Und die haben sich da alle die Schnüß drüber fusselig jeschwad.«

»Festkomitee? Welches Festkomitee?«

»Festkomitee Kölner Karneval, Herr Löhr! Wat soll et dann für'n anderes Festkomitee jeben?«

»Und was hat Herr Füsser ...?«

»Ja wissen Sie dat etwa nit? Füsser ist der Vizepräsident und Schatzmeister des Festkomitees! 'n janz hohes Tier ist er im Kölner Karneval! Und dann so wat! Wejen 'ner Nutte!«

***

Ja und? Sie sei die Regste, die Lebendigste, die Talentierteste der ganzen Kunibert-Truppe, hatte der Tanzoffizier geplappert. Nie müde, immer gut gelaunt, erstaunlich beweglich und fit für ihr Alter.

Das konnten nur Lügen sein. Bestenfalls hatte der Kerl ihm Honig um den Bart schmieren wollen. Nie müde! Beweglich! Fit! Der konnte unmöglich seine Mutter meinen! Das paßte überhaupt nicht zu ihr! Seine Mutter saß für gewöhnlich in ihrer kleinen Küche, las den Express, kochte sich etwas, machte den Spül und die Wäsche und war ansonsten eine bescheidene alte Frau mit einer Menge gesundheitlicher Probleme. Was hatte dieser dämliche Tanzoffizier für eine Ahnung von den gesundheitlichen Problemen seiner Mutter! Dieser Schinder! Jagte bei hochsommerlichen Temperaturen alte Frauen in Stippeföttche-Formation übers Pfarrsaalparkett und verschwendete keinen Gedanken daran, daß sie jeden Augenblick tot umfallen konnten. Schlaganfallgefährdet war seine Mutter. Hochgradig. Nun nicht gerade hochgradig, aber trotzdem. Jedenfalls litt sie unter Bluthochdruck. Und sowieso war sie viel zu alt für einen solchen Unfug. Unverantwortlich dieser Blödmann mit dem hochgezwirbelten Schnurrbart und den Lackstiefeln.

Schlecht gelaunt stieß Löhr die Bürotür auf und sah sich einem hinter seinem Schreibtisch hockenden Esser gegenüber, der auch nicht gerade vor Sektlaune sprühte.

»Hat's geschmeckt, dein Mittagessen?« fragte Esser mit triefendem Unterton, während Löhr sich sein durchnäßtes Hemd auszog, vor den Spiegel, der über dem Waschbecken hing, trat und begann, sich mit dem Handtuch den schweißnassen Oberkörper abzutrocknen.

»Danke«, sagte er bloß. Im Winter, dachte er, während er sich beim Abtrocknen im Spiegel betrachtete, im Winter mußt du unbedingt was für deine Figur tun. Vielleicht joggen …

»Paluchowski hat noch mal angerufen.« Essers Ton war hinterhältig, fast hämisch.

»Und was wollte er?« fragte Löhr, um eine gleichmütige Stimme bemüht. Esser war offenbar mehr geladen, als er sich anmerken ließ.

»Das Geständnis wär immer noch nicht angekommen, und der Haftrichter hätte dementsprechend keinen Haftbefehl gegen Füsser erlassen können.«

»Das war doch das, was wir wollten«, sagte Löhr, öffnete den Wandschrank und zog eins seiner frischen blauen Hemden heraus, die er hier für Notfälle deponiert hatte.

»*Wir*?« Bebend vor Empörung zischte Esser das Wort durch den Raum; es traf Löhr wie eine Ohrfeige.

Löhr drehte sich um, ließ das Hemd in seiner Hand sinken und sah Esser an. Dann ging er mit nacktem Oberkörper langsam auf ihn zu. Er kannte diese Stimmung seines Kollegen. Vor ein paar Monaten, bei der Geschichte mit dem Oberbürgermeisterkandidaten, hatte Esser aus einer solchen Stimmung heraus einmal tagelang nicht mit ihm gesprochen. Und Löhr hatte sich seitdem vorgenommen, seinen Kollegen niemals mehr zu hintergehen. Denn genau das und eigentlich nur das konnte Esser an ihm nicht vertragen: Wenn er über seinen Kopf hinweg handelte oder Entscheidungen traf. Recht hatte er. Natürlich. Er mußte ganz ruhig bleiben. Mußte das wieder hinbiegen.

»Rudi!« sagte er in seinem weichsten Ton, dem, den er eigentlich sonst Irmgard vorbehielt. »Rudi, da hatten wir doch drüber gesprochen. Ich dachte, da wären wir uns einig gewesen.«

»Nein, überhaupt nicht!« schnappte Esser. »Du hast dir einfach den Umschlag genommen und bist damit zu Engstfeld rüber, ohne mir einen Ton zu sagen, was du vorhast.«

Ja, das stimmte. Und genau das war der Punkt. Manchmal gab es Dinge, die mußten einfach getan werden. Ohne Essers Einverständnis. Denn hätte er ihn eingeweiht, hätte Esser so viele Skrupel gehabt, daß er die Aktion verhindert oder durch stundenlange Diskussion so lange hinausgezögert hätte, bis es zu spät gewesen wäre. Aus dem Grund *mußte* er ihn manchmal einfach übergehen.

»Ich hab dir das erklärt«, sagte Löhr, immer noch in seiner weichsten Tonlage, »da kann überhaupt nichts schiefgehen.«

»Trotzdem! Und dann haust du einfach ab. Und wer kriegt den Anschiß von Paluchowski? Ich!« Essers Empörung verwandelte sich allmählich in gewöhnliches Beleidigtsein. Ein wenig hatte Löhrs Honigton also schon gewirkt.

»Tut mir leid«, sagte Löhr. »Aber er kann uns wirklich nichts.«

»Mittagspause!« grummelte Esser in sich hinein. »Ich lauf mir die Hacken ab, krieg den Anschiß ...«

»Apropos Hacken ablaufen«, sagte Löhr und zog das Hemd an. »Was hat unsere Puffmutter zu dem gelöschten Video gesagt?«

»Ha! Was wohl? Das wäre 'n Versehen gewesen. Sie hätte beim Zurückspulen gleichzeitig die Löschtaste gedrückt.«

»Und? Ist das möglich? Technisch, meine ich.«

Esser schüttelte den Kopf, steckte sich eine Zigarette an und lehnte sich zurück. Offenbar war er darum bemüht, sich zu beruhigen. »Nein. Ist es nicht. Ich hab mir das Gerät angesehen. Es gibt keine Schnellöschfunktion. Also haben sie uns belogen, die Kassette manipuliert. Und zwar, *bevor* wir da hinkamen. Das heißt ...« Esser stieß eine Rauchwolke aus und beugte sich wieder nach vorn über seinen Schreibtisch, »die waren vorgewarnt.«

Bedächtig nickte Löhr und knöpfte das Hemd zu. »Ja, den Eindruck hab ich auch.«

»Du? Wieso du?«

»Ich hab das Gefühl, daß da 'ne Menge Leute vor uns Bescheid wußten, und wahrscheinlich auch sehr viel mehr wissen als wir.«

»Und wie kommst du zu diesem Gefühl?« Mißtrauisch beobachtete Esser, wie Löhr das Hemd in die Hose stopfte.

»Nun«, sagte Löhr bedächtig. »Hab mich in der Mittagspause mit jemandem getroffen, der mir einiges geflüstert hat.«

»Wer? Was?« Esser war sichtlich erstaunt.

Löhr beschloß, die Umstände, unter denen er dem Tanzoffizier begegnet war, zu unterschlagen. Nicht nur, weil ihm das peinlich gewesen wäre, sondern auch, um Esser glauben zu machen, seine Mittagsverabredung hätte insgeheim dienstlichen Zwecken gegolten.

»Jedenfalls weiß ich jetzt, wer Dr. Hendrik Füsser ist.«

»Und?« Esser blieb der Mund offen stehen.

»Vizepräsident und Schatzmeister des Festkomitees des Kölner Karnevals!«

»Nein. Nicht wirklich, oder?«

»Doch!« Löhr nickte bekräftigend. »Und was ich noch rausgekriegt hab ist, daß der ganze Karnevalsverein, dieses Festkomitee, bestens darüber informiert ist, daß und weswegen wir Füsser heute morgen festgenommen haben.«

»Das können sie nicht wissen! Das weiß keiner! Woher soll das jemand wissen?« Erregt stand Esser auf und ging auf Löhr zu.

»Genau das frag ich mich auch«, entgegnete Löhr. »Wer hat ihnen das geflüstert?«

»Füsser selbst?« schlug Esser vor.

Löhr schüttelte den Kopf. »Dann müßte er telefoniert haben. Hat er aber nicht. Nicht von hier aus, und im Zellentrakt darf er das nicht. Ein Handy wäre ihm abgenommen worden.«

»Doch nicht etwa Paluchowski?« fragte Esser.

Wieder schüttelte Löhr den Kopf. »Das glaub ich nicht. Der hat zwar am Telefon so 'ne Andeutung gemacht, daß er weiß, wer Füsser ist. Aber selbst wenn Paluchowski zu diesem Karnevalisten-Verein Verbindungen hat, glaub ich immer noch nicht, daß er sich so weit aus dem Fenster lehnt, bevor er den unterschriebenen Haftbefehl in der Hand hat.«

»Also wer?« Esser stand immer noch in fast herausfordernder Haltung vor Löhr und stemmte die Hände in die Hüften.

Löhr zog sein Hemd glatt. »Ich habe keine Ahnung«, sagte er. »Die einzige Erklärung, die ich hab, ist die, daß diese Karnevalisten schon über die Geschichte Bescheid wußten, *bevor* wir Füsser heute morgen verhört und festgenommen haben.«

»Aber woher denn?« Esser war fassungslos.

»Das werden wir jetzt rauskriegen«, antwortete Löhr, in seiner Stimme schwang grimmige Entschlossenheit. Er ging zu seinem Schreibtisch und zog das Kölner Telefonbuch aus einer Schublade.

***

»Haus des Kölner Karnevals« prangte in leuchtend roten Lettern an der frisch getünchten weißen Fassade des zweistöckigen Flachbaus auf dem Braunsfelder Maarweg. Löhr blieb stehen und sah zwei Arbeitern zu, wie sie ein buntes, bleiverglastes Fenster im Erdgeschoß des Gebäudes montierten. Das mosaikartige Fensterbild glich einem Kirchenfenster, zeigte aber einen lachenden, dicken Mann mit einer prächtigen Narrenkappe auf dem Kopf, der ein Zepter schwang. Im Hintergrund war jubelndes närrisches Volk zu sehen.

»Bleiverglasung! Ganz schön teuer, so was«, wandte sich Löhr an Esser.

»Kannst du laut sagen«, antwortete Esser. »So wie das sollen alle Fenster im Erdgeschoß werden. Die komplette Geschichte des Kölner Karnevals soll da abgebildet werden. Kostenpunkt fünfhunderttausend Mark.«

»Ist ja wohl nicht wahr! Woher weißt du das?«

Esser zuckte die Schultern. »Aus der Zeitung.«

»Woher die das Geld haben!« brummte Löhr.

»Das möchte wohl jeder in Köln gern wissen«, sagte Esser.

Im Innern des »Hauses des Kölner Karnevals« sah es aus wie in der Lagerhalle einer Spedition. In den Fluren des Erdgeschosses stapelten sich bis hoch zur Decke Hunderte verpackter Kisten und Kartons.

»Schon wieder 'n Umzug?« wunderte sich Löhr. »Ich dachte, die sind vor anderthalb Jahren von der Antwerpener Straße hier rausgezogen?«

»Ja«, sagte Esser. »Aber hier unten im Erdgeschoß wird gerade das Museum eingerichtet, deswegen wahrscheinlich die ganzen Kisten.«

»Museum? Was denn *noch* für'n Museum? Haben wir nicht genug davon?«

»Museum des Kölner Karnevals«, wußte Esser.

»Du lieber Gott! Das auch noch«, Löhr schüttelte den Kopf und stieg die Treppe zum ersten Stock hinauf.

Zwar waren sämtliche vier Wände mit Aberhunderten von Karnevalsorden, Pokalen und sonstigen Devotionalien des Karnevals gleichsam tapeziert, ansonsten war es aber ein ganz normales, wenngleich auch reichlich überdimensioniertes Büro, in dem sie der Präsident des Festkomitees Kölner Karneval empfing: ein ausladender Schreibtisch, so vor der Fensterfront drapiert, daß der dahinter sitzende Präsident den gesamten Raum überblicken konnte; dem Schreibtisch gegenüber, gleich neben der Tür, ein deutlich kleinerer Schreibtisch, an dem eine etwas verwuselt wirkende, grauhaarige Sekretärin hinter einem Computerbildschirm saß; zwischen den beiden Schreibtischen, im Zentrum des großen Raumes eine ledergepolsterte Sitzgruppe um einen niedrigen runden Tisch, in dessen Mitte das Logo des Festkomitees, das Kölner Stadtwappen, gekrönt von einer Narrenkappe, als Intarsienarbeit aus verschiedenfarbigen Hölzern, prangte.

Heribert Lingohr, der Präsident, erhob sich beflissen hinter seinem monumentalen Schreibtisch, zupfte seine geblümte Krawatte zurecht und kam mit breitem Lächeln auf Esser und Löhr zu.

»Dat die Kölner Kripo sich endlich auch für der Fasteleer interessiert«, scherzte er, verbeugte sich theatralisch tief und schüttelte Löhr und Esser die Hände, so als begrüße er eine senegalesische Touristengruppe.

Löhr entzog seine Hand rasch dem unangenehm weichen Händedruck des Präsidenten. Der ganze Mann erschien ihm weich. Weder die blonde Föhnfrisur noch die überdimensionale Goldrandbrille vermochten seinem schwammigen Gesicht, in dem ein Dauergrinsen einprogrammiert schien, eine faßbare Kontur zu verleihen.

»Setzen wir uns«, sagte der Präsident mit einer einladenden Geste auf die Ledersessel. »Und Gitte«, wandte er sich an die Sekretärin. »Wenn du uns Kaffee bringen könntest?«

Die Sekretärin erhob sich und verschwand wortlos. Löhr, Esser und der Präsident setzten sich.

»Ich hab Ihnen ja schon am Telefon gesagt«, kam Löhr gleich zum Thema, »daß es im Zusammenhang mit der Festnahme Ihres Vizepräsidenten und Schatzmeisters heute morgen ein paar Merkwürdigkeiten gibt.«

Lingohr schüttelte mit ostentativem Bedauern den Kopf, wobei es ihm allerdings nicht gelang, sein Dauergrinsen ganz zu unterdrücken. »Schreckliche Sache. Ganz schreckliche Sache. Was das dem Kölner Karneval für 'nen Schaden zufügt, da darf ich überhaupt nicht dran denken.«

»Dem Kölner Karneval?« fragte Esser. »Zuerst wohl dem Festkomitee.«

Erstaunen blitzte in den goldgeränderten, hellblauen Augen des Präsidenten auf, der die in Essers Frage enthaltene Differenzierung offenbar nicht begriffen hatte. »Ja, ja«, stotterte er. »Wat für ein Imageverlust!«

Ungewöhnlich schnell kam die Sekretärin mit einem Tablett zurück, verteilte Kaffeetassen und goß ein. Löhr setzte währenddessen das Gespräch fort.

»Das Merkwürdige für uns an dieser Festnahme heute morgen ist der Umstand, daß sie hier im Haus bekannt war, *bevor* wir Herrn Füsser überhaupt festgenommen hatten.«

»Wie das denn? Das ist ja überhaupt nicht möglich! Wie kommen Sie denn darauf?«

»Kurz vor elf Uhr heute morgen«, fuhr Löhr fort, »haben wir Herrn Füsser ins Polizeigewahrsam bringen lassen. Aber bereits um zehn Uhr fand hier bei Ihnen eine Besprechung zwischen Vorstandsmitgliedern des Festkomitees und Sponsoren und Marketingfachleuten statt, und auf dieser Sitzung war die Festnahme Füssers bereits allgemeines Gesprächsthema.«

»Wer hat das behauptet?« Das dümmliche Hellblau war aus Lingohrs Blick mit einem Mal ebenso verschwunden wie das Dauergrinsen.

»Oh«, machte Löhr mit einem hintergründigen Lächeln. »Ein Teilnehmer an dieser Konferenz. Und ich bin überzeugt, daß andere das bestätigen können.«

»*Ich* war jedenfalls nicht dabei. Ich weiß davon nichts!« Das Blau der Augen des Präsidenten strahlte jetzt wieder so dumm wie zuvor, und auch das Dauergrinsen kehrte zurück.

Lingohr hatte einen sehr breiten Mund, wie Löhr feststellte, einen lustvollen, gefräßigen Mund.

»Sie als Präsident nehmen nicht an einer so wichtigen Sitzung teil, bei der es um die Vermarktung sämtlicher Aktivitäten Ihres Vereins geht?« mischte sich Esser ein.

Lingohr breitete seine weißen, weichen Hände aus und hob die Schultern. »Ich bin zu spät gekommen. Hatte noch 'nen Termin in meiner eigenen Firma. Und als ich dazukam, haben wir nur über Geschäfte gesprochen. Über sonst nichts.«

Die Sekretärin war fertig mit dem Einschenken des Kaffees und rückte eine Zuckerdose und eine Milchkanne in die Mitte des Tischs, beide aus schwerem Silber; auch hier war das Logo des Festkomitees eingraviert. Die Sekretärin hatte während ihrer Tätigkeit und dem Gespräch der Männer keine Miene verzogen, aber als Lingohr seine letzte Behauptung aufstellte, sah Löhr, daß sie den Präsidenten kurz anschaute; mit einem Blick, in dem Löhr einen Anflug von Unwillen, vielleicht sogar einen Hauch Verachtung zu erkennen glaubte.

»Also gut«, fuhr Löhr fort. »Sie haben heute morgen nichts von Dr. Füssers Festnahme gehört. Aber wie erklären Sie es sich, daß in Ihrem Haus ein solches Gerücht verbreitet werden konnte?«

»Was soll ich Ihnen dazu sagen?« Der Präsident kippte einen kleinen Schuß Milch in seinen Kaffee und rührte um. »Ich hab keine Ahnung, wie dat in die Welt gekommen ist. Vielleicht hat Hendrik jemanden angerufen und eingeweiht, bevor er zur Polizei ging.«

»Ach? Sie wissen also, daß er zu uns kam? Woher eigentlich?« fragte Esser scharf.

»Nachher, ich meine, nach der Sitzung, ist natürlich darüber gesprochen worden.« Lingohr rührte immer noch in seiner Kaffeetasse.

»Also«, sagte Löhr behaglich und lehnte sich im Ledersessel zurück. »Also wußten Sie doch von diesem Gerücht?«

»Ja, aber erst *nach* der Besprechung«, sagte Lingohr, nahm endlich den Löffel aus der Tasse und legte ihn sorgfältig auf die Untertasse.

»Das spielt wohl keine allzu große Rolle«, sagte Esser. »Sie wußten also ebenfalls über Füssers Festnahme Bescheid, *bevor* sie überhaupt stattgefunden hatte.«

»Ja, wat kann denn *ich* dafür?«

»Und Sie meinen, das Gerücht ist dadurch entstanden, daß Füsser ein Mitglied des Festkomitees informiert hat, bevor er zu uns kam?« fragte Löhr.

»Anders kann ich mir dat überhaupt nicht erklären.«

»Füsser ist Vizepräsident und Schatzmeister des Festkomitees?« fragte Löhr.

»Ja.«

»Und Sie sind der Präsident?«

»Selbstverständlich. Wieso …?

»Wäre es dann nicht naheliegend, *absolut* das Allernaheliegendste, daß er *Sie* zuerst informiert?«

Lingohr wußte nicht gleich eine Antwort, zog leicht die Schultern hoch, nahm den Löffel wieder auf und begann, erneut in seinem Kaffee zu rühren. »Da fragen Sie mich zu viel, warum er dat nicht gemacht hat.«

Löhr bemerkte, wie Lingohrs Blick für den Bruchteil einer Sekunde hinüber zu seiner Sekretärin blitzte, die inzwischen wieder vor ihrem Bildschirm saß und, so als interessiere sie das Gespräch nicht, auf den Monitor starrte. Ihre Hände bearbeiteten die Tastatur des Computers.

Löhr beugte sich vor, schob seine bisher unberührte Kaffeetasse ein Stück von sich weg und versuchte, Lingohrs Blick festzuhalten. »Kann es nicht sein, Herr Lingohr, daß jemand aus dem Komitee, womöglich Sie selbst, davon Kenntnis hatte, was in der Nacht von gestern auf heute in der Brabanter Straße 57 passiert ist?«

»Dat ist absolut ausgeschlossen!« kam es prompt zurück. Löhr erschien das ein bißchen zu prompt.

»Sie wissen also um die Örtlichkeit in der Brabanter Straße 57?« Löhr lächelte nachsichtig bei dieser Frage.

»Brabanter Straße 57? Wat soll da sein? Ich hab keine Ahnung.«

Löhr sah zu Esser. Der senkte betont langsam die Augenlider. Es war jetzt offensichtlich, daß Lingohr sie belog.

»Sie haben also keinerlei Kenntnis vom Privatleben Ihres Vizepräsidenten? Obwohl er nach Ihnen – und auch in seiner Funktion als Schatzmeister – der wichtigste Mann und damit ihr nächster Vertrauter im Festkomitee sein müßte?« Essers Frage klang hinterhältig, aber augenscheinlich brachte sie den Präsidenten zurück in vertrautes Fahrwasser. Lingohr lehnte sich weit zurück und breitete die Arme aus. Das Dauergrinsen war in voller Stärke in sein Gesicht zurückgekehrt.

»Ach wissen Sie, Herr Kommissar. Wir machen diesen Job hier alle ehrenamtlich. Wir stehen alle gleichzeitig im Beruf. Hendrik hat seine Zahnarztpraxis, und ich hab meinen Verlag und meine Werbeagentur. Wenn wir uns hier treffen, dann geht et nur um unsere Sache, den Kölner Karneval, danach und dazwischen bleibt so gut wie keine Zeit, sich auch noch um die Privatangelegenheiten der Kollegen Gedanken zu machen.«

»Gedanken machen vielleicht nicht gerade. Aber *wissen* kann man doch darum?« sagte Löhr.

»Nee, Herr Kommissar«, Lingohr klang jetzt freundlich und jovial. »Wenn ich mich mit all dem belasten würde, wat ich über die Leute wissen könnte, *könnte*, dann käm ich keine Minute mehr zu meinem Job. Dat können Sie mir glauben. Enä, Herr Kommissar. Ich *will* davon nix wissen, und ich weiß auch nix von dem, wat Hendrik privat gemacht hat.«

***

»Gemacht *hat*!« sagte Esser. »Er hat die Vergangenheitsform benutzt. Abgeschlossene Vergangenheit; als wenn Füsser nicht mehr existieren würde.«

Erstaunt ob solcher philologischer Spitzfindigkeit, die er ihm so ohne weiteres nicht zugetraut hätte, sah Löhr Esser von der Seite an. Dann nickte er. »Ja. Da ist irgendwas im Busch.«

»Gelogen hat er. Wie gedruckt. Da stimmte kein Wort von dem, was er gesagt hat«, ereiferte sich Esser.

»Aber du glaubst nach wie vor, daß Füsser unser Mann ist?«

»Ich weiß überhaupt nicht mehr, was ich glauben soll. Daß die Puffchefin und ihr Rausschmeißer, daß die lügen und Dreck am Stecken haben, das ist klar. Sonst hätten die nicht das Videoband gelöscht. Und Füssers Geständnis, da hast du vielleicht recht, da ist auch was faul.«

»Aha«, machte Löhr bloß und ging nachdenklich und mit gesenktem Kopf weiter.

Esser blieb stehen. »Jetzt erzähl mir endlich, was *du* denkst!«

Löhr blieb ebenfalls stehen, hob den Kopf und drehte sich zu Esser um. »Ich bin mir nicht sicher. Aber ich habe den Verdacht, daß dieser Lingohr in der Geschichte mit drin steckt.«

»Du meinst, er war's, der Nicole Liefers …?«

»Nein, nein, nein. So weit würde ich nicht gehen. Aber ich bin sicher, der wußte als erster, was, wie, wo und warum gestern nacht mit ihr passiert ist. Davon bin ich überzeugt. Und auch davon, daß er's im ganzen Festkomitee«, Löhr zeigte auf das Gebäude, das sie bereits etliche Meter hinter sich gelassen hatten, »daß er das jedem, ob er's wissen wollte oder nicht, brühwarm unter die Nase gerieben hat.«

»Aber warum?« fragte Esser.

Sie gingen weiter.

»Das ist die eine Frage«, sagte Löhr. »Und die andere Frage ist, wieso er überhaupt und wieso er so schnell Bescheid wußte.«

»Und was denkst du? Hast du schon 'ne Theorie?« Esser war an ihrem Dienstwagen, den er hundert Meter vom »Haus des Kölner Karnevals« entfernt auf einem Seitenstreifen des Maarwegs geparkt hatten, angekommen und sperrte für Löhr die Beifahrertür auf.

Löhr schüttelte den Kopf und drückte die Tür sanft wieder zu. »Nee, nee, laß mal, Rudi. Fahr allein zurück.«

Esser sah Löhr fragend an. »Willst du etwa zu Fuß nach Hause gehen?«

»Ja, vielleicht. Später«, sagte Löhr nachdenklich. »Aber ich denke, ich kann vorher noch was erledigen.«

Eine halbe Stunde war Löhr auf der Seite des Maarwegs entlangspaziert, an der sich der Parkplatz des »Hauses des Kölner Karnevals« befand. Dann endlich sah er die verwuselte, grauhaarige Sekretärin aus dem Haus kommen und auf einen weißen Fiesta zusteuern. Löhr ging ein paar Schritte zurück zur auf den Maarweg mündenden Ein- und Ausfahrt des Parkplatzes und wartete dort, bis der Fiesta vor ihm hielt, halten mußte, weil Löhr ihm den Weg versperrte. Die Sekretärin kurbelte das Fenster hinunter.

»Entschuldigen Sie«, sagte Löhr. »Fahren Sie zufällig Richtung Innenstadt?«

»Nein«, die Frau blinzelte Löhr mißtrauisch an. »Ich wohne in Lövenich. Ich fahre stadtauswärts.«

»Meinen Sie, Sie könnten heute einen kleinen Umweg fahren, Frau ... Wie heißen Sie eigentlich? Bisher kenne ich nur Ihren Vornamen?«

Hinter der nach wie vor mißtrauisch gerunzelten Stirn der Frau sah Löhr förmlich, wie sich ein das Mißtrauen nicht ganz zügelnder, aber es zumindest besänftigender Gedanke formte, ein Gedanke vielleicht, der ihr schon früher einmal gekommen sein mochte, den sie aber bisher in der dunkelsten Ecke ihres Gehirns verborgen gehalten hatte.

»Ist gut«, sagte sie unwillig, »Steigen Sie ein. Obwohl bei dem Verkehr, in der Rush-hour. Ich heiße übrigens Gitte Bueren.«

Löhr stieg ein, und die Frau fuhr los. Löhr sagte nichts, beobachtete nur die Ampel, wie sie von Rot auf Gelb und dann auf Grün sprang. Die Sekretärin bog vom Maarweg nach rechts in die Widdersdorfer Straße stadteinwärts und kam an der Ecke zur Oskar-Jäger-Straße wieder vor einer roten Ampel zu stehen. Sie wandte ihr Gesicht Löhr bloß halb zu und behielt, während sie sprach, die Ampel im Auge.

»Sie wollen doch nicht nur in die Stadt gefahren werden?«

Löhr lächelte Gitte Bueren an. Er bemerkte plötzlich, daß die verwuselten grauen Haare und der mißmutige Gesichtsausdruck offenbar nur Tarnung waren. Im Grunde war sie richtig hübsch, und daran hatte das Alter, sie ging sicher auf die fünfzig zu, kaum etwas geändert. Ein bißchen erinnerte sie ihn an Irmgard. Die skeptischen Falten über der Nasenwurzel, die Lachfältchen um die Augen.

»Nein«, sagte Löhr. »Ich wollte mit Ihnen über das Verhältnis von Lingohr und Füsser reden.«

Im Gesicht Gitte Buerens erschien ein angedeutetes, ein wenig grimmiges Lächeln. Sie sagte jedoch nichts. Die Ampel sprang auf Grün, und sie fuhr los, bog rechts in die Oskar-Jäger-Straße ein.

»Wohin müssen Sie eigentlich?«

»Irgendwo am Rudolfplatz können Sie mich rauslassen.«

»Gut.«

Die Ampel an der Kreuzung Melatengürtel und Oskar-Jäger-Straße stand wieder auf Rot. Diesmal zog die Sekretärin mit einem festen Ruck die Handbremse an.

»Das Verhältnis von Füsser und Lingohr? Lingohr hat Ihnen alles gesagt!«

»Nein«, entgegnete Löhr. »Er hat gelogen. Und Sie wissen, daß er gelogen hat. Und ich habe gesehen, daß Sie das mißbilligt haben. Deshalb wollte ich mit Ihnen sprechen.«

Gitte Bueren entgegnete nichts, beobachtete nur die Ampel. Löhr sah, daß sie überlegte.

»Nächste Woche ist Jahreshauptversammlung im Festkomitee«, begann sie schließlich. »Der ganze Vorstand wird neu- und umbesetzt, oder auch nicht.«

»›Oder auch nicht‹? Soll das heißen, Lingohr bleibt Präsident?«

Sie nickte bitter. »Er will und *muß* es bleiben.«

»Wieso muß er?«

»Weil sonst sein ganzes Geschäft den Bach runtergeht.«

Hinter ihnen hupte jemand. Die Ampel zeigte Grün. Gitte Bueren löste die Handbremse und fuhr an.

»Ich kenn mich nicht so aus bei den Herren im Festkomitee«, sagte Löhr. »Inwieweit hängen Lingohrs Geschäfte von seiner Funktion als Präsident des Festkomitees ab?«

»Sein Verlag und seine Werbeagentur leben ausschließlich von Aufträgen, die über den Karneval, das heißt, von Leuten aus dem Komitee oder den Vereinen vermittelt werden.«

»Verstehe«, sagte Löhr. »Und weil Lingohr deshalb Präsident bleiben will, fingert er vor den Vorstandswahlen ein bißchen rum.«

»Fingert!« Die Sekretärin lachte auf. »Fingert ist gut! Wenn er bloß mit spitzen Fingern da rumstochern würde, das wär ja noch okay. Mit der blanken Faust schlägt er rein. Letzte Woche hat er den Becker einfach entlassen! Entlassen!«

»Wer ist Becker?«

»Horst Becker war jahrelang der Programmgestalter des Festkomitees. Und als er angekündigt hat, er wolle bei der Jahreshauptversammlung gegen Lingohr kandidieren, war er weg vom Fenster.«

»Und Lingohr kann jemanden einfach abservieren?«

»Wenn er hinter den Kulissen die Strippen zieht und seine Seilschaften zusammenhalten.«

»Plant auch Hendrik Füsser, gegen Lingohr zu kandidieren?«

Die Sekretärin sah Löhr an. »Ja!« sagte sie bitter und verächtlich. »Sonst wär das alles nicht passiert!«

»Hm«, machte Löhr. Dann schwieg er. Er wollte ihr die weitere Initiative überlassen.

Sie waren von der Aachener auf die Richard-Wagner-Straße eingebogen und näherten sich dem Rudolfplatz. An der Ecke zur Händelstraße zeigte die Ampel wieder Rot.

»Wenn Sie rechts in die Händelstraße einbiegen könnten«, bat Löhr.

»Ist in Ordnung«, sagte Gitte Bueren.

Gegenüber vom »Café Central« war eine Parktasche frei.

»Da.« Löhr wies auf den Parkplatz. »Wenn Sie mich hier rauslassen ...«

Sie fuhr in die Parktasche, nahm den Gang heraus und zog die Handbremse an. Sie sah geradeaus und vermied es, Löhr anzublicken. Sie schien zu überlegen. Löhr blieb sitzen, wartete ab. Schließlich schaltete sie den Motor ab.

»Aber was ich Ihnen jetzt sage, das wissen Sie nicht von mir!« Sie sah Löhr an, ihre Miene zeigte keine Angst. Es war ihr aber offenbar sehr ernst.

»Das ist selbstverständlich«, sagte Löhr.

Sie wandte den Blick von Löhr ab und betrachtete die Papiercontainer, vor denen sie geparkt hatte. Sie waren mit Plakaten für eine »Groove Night« beklebt, die einen schwarzen Sänger mit weit geöffnetem Mund zeigten.

»Hendrik«, begann sie, »ich meine Dr. Füsser, hatte bis heute morgen die besten Chancen, der neue Präsident zu werden. Er hat den erweiterten Vorstand, den Ehrenrat, das Literarische Komitee, die meisten stehen hinter ihm.«

»Sehr zum Mißfallen Lingohrs«, ergänzte Löhr.

»Und deswegen verbreitet Lingohr seit Wochen, daß Hendrik regelmäßig in den Puff geht.«

»Und?« fragte Löhr. »Hat er damit Wirkung erzielt?«

»Nein! Eben nicht!« Zum ersten Mal überschlug sich die Stimme der Sekretärin. »Den meisten ist das piepegal. Sie kennen ja die Kölschen. Jeck loß Jeck elans. Soll Hendrik machen, wat er will, sagen sie. Hauptsach, er hat sein Freud dabei und tut keinem anderen damit weh, vielleicht mal abgesehen von seiner Frau.«

***

Vor dem Schaufenster des Wettbüros auf der Aachener Straße zog Löhr sein Taschentuch aus der rechten Hosentasche und wischte sich, zum dritten oder vierten Mal, seit er sich vor ein paar Minuten von Gitte Bueren verabschiedet hatte, den Schweiß von der Stirn. Das Taschentuch war naß und trotz des fortgeschrittenen Nachmittags keine Kühlung in Aussicht. Das Thermometer stand immer noch eisern auf über dreißig Grad im Schatten, und immer noch trübte keine einzige Wolke das unerbittliche Blau des Himmels. Löhr hatte kurz überlegt, ob er sich zu Hause einem weiteren Duschgang unterziehen und den dritten Hemdenwechsel an diesem Tag in Angriff nehmen sollte. Aber sowohl die schnelle Einsicht der Zwecklosigkeit dieses Unterfangens wie die trübe Aussicht, den frühen Abend in den aufgeheizten Zimmern seiner Wohnung zu verbringen, hatten ihn von diesem Plan ab- und auf den Gedanken gebracht, Onkel Heinz an seiner Wirkungsstätte aufzusuchen.

Die im Schaufenster ausliegenden Programme der Rennen vom letzten Tag waren Hieroglyphen für Löhr. Das einzige, was er entziffern konnte, waren die Rennplätze: Hoppegarten, Gelsenkirchen-Horst, Iffezheim. Alles andere blieb ihm auch nach eingehenderem Studium ein Rätsel. Die Zahlen, die unter den Rubriken »Sieg«, »Platz«, »Zweier«, »Dreier« und »Italo« mal in blauer, mal in roter Schrift eingetragen waren, waren sicher die Quoten, aber was genau eine Quote war, davon hatte Löhr keine Ahnung.

Noch nie hatte er sich für Wetten interessiert, noch nicht einmal Lotto spielte er. Sicher, dachte er, während seine Augen verständnislos die Zahlenkolonnen auf den Programmzetteln abfuhren, sind die Chancen, beim Pferderennen etwas zu gewinnen, weitaus höher als beim Lotto. Aber dafür gewinnt man auch erheblich weniger. Außerdem ist die Verführung, den Gewinn im nächsten Rennen wieder zu verspielen, weitaus größer. Bis zu zehn Rennen, das immerhin konnte er den Programmzetteln entnehmen, fanden an einem Renntag statt. Kaum vorstellbar, daß jemand in allen zehn, auch nur in sieben oder acht Rennen gewinnen konnte. Und mußte man nicht, um überhaupt in nur einem Rennen auf das richtige Pferd zu setzen, über ungeheure Sachkenntnisse verfügen? Onkel Heinz würde es ihm sicher erklären.

Löhr trat in den Rauchnebel, der das Innere des Wettbüros so vollständig einhüllte, daß kaum etwas zu erkennen war. Keiner des knappen Dutzend Männer, die auf die unter der Decke aufgehängten Fernsehmonitore oder auf ihre Tippzettel starrten, beachtete ihn. Löhr sah sich um. Gewinnertypen waren das alle nicht. Die meisten hatten die sechzig überschritten, ihre Hemden spannten über Bierbäuchen, aus ihren Gesäßtaschen ragte, wenn sie nicht gerade darin blätterten, die Galopperzeitung, und alle rauchten, als gelte es, den kleinen Raum unter Dampf zu halten.

Onkel Heinz war nicht unter ihnen. Um aber sicherzugehen, ging Löhr ein paar Schritte in das Büro hinein, auf einen gläsernen Käfig, die eigentliche Wettannahme, zu, hinter der zwei Frauen die Wettscheine entgegennahmen. Im Augenblick hatten sie nichts zu tun, denn es lief gerade ein Rennen, das über die Lautsprecher von einem Mann mit sich überschlagender Stimme kommentiert wurde und das offensichtlich nun in die entscheidende Phase ging. Löhr drehte sich um und sah in die Gesichter der Männer, die alle wie gebannt auf die Monitore starrten und das Geschehen lautstark mitkommentierten. Verbissene, wütende Gesichter, die zusammengekniffenen Augen auf ihren jeweiligen Gaul fixiert. »Scheiß Töle, Altana!« »Warum geht die wieder innen? Ich wette nie mehr auf 'nen Gaul, der innen läuft!« »Kasimir, komm, komm, komm, komm nach Hause, komm nach Hause!« – ein Betteln, ein Flehen im bruchlosen Übergang zum Fluchen, denn alle anderen Stimmen übertönend verkündete die Lautsprecherstimme, daß Kasimir, offenbar der Geheimfavorit der meisten anwesenden Wettenden, geschlagen und nun, kurz vorm Zieleinlauf, *restlos* geschlagen sei, abgehängt von »Besten Dank« und »Fanny«, auf den vierten Platz verwiesen vom Dritten, »Silky Oak«.

Das Rennen war gelaufen. Die Männer wandten sich von den Monitoren ab, starrten auf die Wettzettel in ihren Händen, zerknüllten sie, warfen sie in die überall herumstehenden, vor weggeworfenen Wettscheinen überquellenden Papierkörbe, steckten sich neue Zigaretten an und begannen, den Rennverlauf so hitzig zu diskutieren, als könnten sie durch ihr lautes Zetern und Fluchen das Geschehene rückgängig machen. Keinen sah Löhr, der mit dem eben aus dem Lautsprecher verkündeten, offiziellen Ergebnis zufrieden war. Konnte das wirklich sein, daß sie *alle* verloren hatten?

Einige der Männer verließen das Wettbüro, und Löhr folgte ihnen. Draußen schwenkten sie nach rechts und verschwanden nach ein paar Schritten in einer Kneipe. Wenn er Onkel Heinz dort nicht antreffen würde, mußte er krank sein oder sonst irgend etwas mit ihm nicht stimmen. Löhr betrat die Kneipe, die den für Uneingeweihte merkwürdigen Namen »Alte Opernschänke« trug. Nur wer noch wußte, daß bis zum Ende der vierziger Jahre gleich gegenüber, am Rudolfplatz, noch das Opernhaus gestanden hatte, vermochte ihn zu deuten. Dem Ambiente des vorderen Bereichs der Kneipe nach schien es sich um ein Künstlerlokal zu handeln: An den Wänden hingen Fotos von den Millowitschs, den »Bläck Fööss«, den »Höhnern« und Schauspielern des Bauturm-Theaters. Der hintere Teil erinnerte, durch Plastikweinlaub und ein wandfüllendes Gemälde der Akropolis, eher an ein griechisches Restaurant. In Wahrheit aber war es wohl eine Zockerkneipe: Alle Tische waren mit Backgammon oder Karten spielenden Männern besetzt. Alle, bis auf einen, und an dem saß Onkel Heinz.

Er hatte vor sich die Galopperzeitung, ein halbvolles Kölschglas zu seiner Rechten und malte mit einem Kugelschreiber Zahlen und mysteriöse Zeichen an den Rand der Zeitung. Onkel Heinz' Bierdeckel trug ebenfalls Zeichen, allerdings keine mysteriösen, sondern einmal rundum zu Fünferblocks angeordnete Striche. Siebzehn Kölsch, schätzte Löhr. Er setzte sich Heinz gegenüber, der jetzt erst, und zwar ziemlich unwillig – offenbar war er gerade in eine komplizierte Berechnung vertieft –, aufblickte.

»Jakob?« Der Unwille verschwand aus Heinz' Miene und machte einem Staunen Platz. »Wat machst du denn hier?«

Löhr zuckte die Schultern. »'n Kölsch trinken.«

»Du? In *so* 'ner Kneipe?« Das Staunen wich einem kaum verhohlenen Mißtrauen.

»Ich wohn doch gleich um die Ecke«, sagte Löhr leichthin.

»Aber *hier* hab ich dich noch nie gesehen! Dich schickt nicht etwa dat Trudi?«

»Onkel Heinz!« Löhr legte einen Halbton aufrichtig klingender Empörung in seine Stimme. »Seh ich etwa so aus, als ob ich mich von jemandem schicken ließe?«

In Heinz' Gesicht bereitete sich ein mißmutiges »Ja« vor, doch bevor er es aussprechen konnte, kam ein hochgewachsener grauhaariger Kellner an ihren Tisch und fragte Löhr mit übertriebener Höflichkeit: »Was darf ich Ihnen bringen, mein Herr?«

»Tu uns zwei Kölsch, Nagib. Gehn auf mich.« Onkel Heinz kippte den Rest seines Kölschs herunter und reichte das leere Glas dem Kellner.

Löhr tippte, um eine Fortsetzung des unangenehmen Themas, ob er jemand sei, der sich schicken ließe oder nicht, zuvorzukommen, auf die Zeitung vor Heinz. »Hast du in dem Rennen eben auch auf Kasimir gewettet?«

Der Trick gelang, Onkel Heinz lachte laut und überheblich auf. »Kasimir? Bin ich bekloppt? Der hat bisher nur auf den kurzen Strecken gewonnen. Und auch nur, wenn der Boden tief war. Bei zweitausendvierhundert Metern verhungert er auf der Zielgeraden.«

Genau so war es gewesen. Kasimir war auf den letzten dreihundert Metern von drei anderen Pferden abgefangen worden. »Woher weißt du das?« fragte Löhr. »Du warst gar nicht im Wettbüro.«

»Ich guck mir dat *nie* an«, antwortete Heinz. »Wenn ich zugucke, verlieren meine Gäule.« Er kramte einen Wettschein aus seiner Hosentasche und zeigte ihn Löhr. »Hier. Die elf und die sieben waren vorne, stimmt et?«

»Elf und sieben?«

»›Fanny‹ und ›Besten Dank‹. Hab ich im Zweier. Vor und zurück.«

Erstaunt nickte Löhr. »Ja, das stimmt. ›Besten Dank‹ war erster, ›Fanny‹ zweiter. Woher weißt du das?«

Onkel Heinz hob seine rechte Pranke leicht an und beschrieb damit eine vage Kurve durch die Luft. »Hab eben 'n bißchen Ahnung von Pferden«, sagte er mit falscher Bescheidenheit und entblößte dabei seine kräftigen weißen Zähne zu einem breiten Grinsen.

Der Kellner brachte die beiden Kölsch, Heinz reichte ihm seinen Deckel. »Wohl bekomm's, meine Herren.«

»Wieso redet der so geschwollen?« fragte Löhr, nachdem sich der Kellner entfernt hatte.

»Dat es ene Araber, der Nagib«, sagte Heinz schulterzuckend. »Die wissen eben noch, wat Höflichkeit ist.« Er hob sein Glas. »Prost dann!« Löhr stieß mit ihm an und nahm einen kräftigen Schluck. Das Bier tat ihm gut. Jetzt erst fiel ihm auf, wie durstig er gewesen war und daß er den ganzen Nachmittag über nichts getrunken hatte. Er hob das Glas noch einmal und trank den Rest. Heinz beobachtete ihn.

»Du hast 'nen ganz schönen Zug am Leib, Jakob. Noch eins?«

Löhr nickte, und in Heinz' Miene machte sich wieder ein Grinsen breit, das wissend-verschwörerische Grinsen eines Menschen, der jemand anderen dabei ertappt hat, dem gleichen Laster wie er selbst zu frönen. Aber bevor Löhr dieses Mißverständnis aufklären konnte, hatte Nagib auf Heinz' Wink hin bereits ein weiteres Kölsch vor Löhr gestellt, und Heinz schob seinen kantigen Kopf nah an Löhrs Gesicht heran.

»Du sollst mich also dazu bringen, dat ich irgend 'nen blödsinnigen Job annehme. Richtig?«

»Von ›sollen‹ kann überhaupt nicht die Rede sein«, protestierte Löhr. Aber um das Verfahren abzukürzen, beschloß er, gleich zum Kern der Sache zu kommen. Auch und auf die Gefahr hin, dabei lehrmeisterhaft zu erscheinen. Er tippte auf Heinz' Bierdeckel.

»Schau dir das mal an, Onkel Heinz. Siebzehn, achtzehn Kölsch. Und es ist noch nicht mal sechs Uhr abends. Das, denke ich, ist das Problem.«

»Na und?« Onkel Heinz lehnte sich zurück und blies aus aufgeblähten Backen einen Stoß Luft. »Dat werden auch noch 'n paar mehr.«

»Deine Frau macht sich große Sorgen deswegen, Onkel Heinz.«

»Guck mich an, Jakob!« Onkel Heinz lehnte sich noch ein Stück zurück, breitete leicht die Arme aus und präsentierte Löhr ein weiteres, breites Grinsen in seinem gesunden Waldarbeitergesicht. »Seh ich aus, als wär ich besoffen?«

»Nein«, gab Löhr zu. »Aber gut für deine Gesundheit ist das mit Sicherheit nicht.«

»Wat sagst du? Da hab ich dir gestern schon wat drüber erzählt, Jakob. Meinst du, die dämliche Schufterei wär gesund?«

»Gesünder als der viele Alkohol. Und es würde ein bißchen mehr ...« ›Regelmäßigkeit‹ wollte Löhr sagen, kam aber nicht dazu, denn eine ziemlich massive, rotblonde Frau in einer smaragdgrünen Bluse und mit einem mittelgroßen schwarzen Hund an der Leine hatte die Kneipe betreten. Sie kam direkt auf Onkel Heinz zu und begrüßte ihn mit einer Serie von Wangenküssen.

»Heinzi! Wie geht et dir?«

»Bluna! Wat biste heute spät dran!«

»Ach!« stöhnte die Frau, setzte sich an den Tisch und wies auf den Hund. »Ich war gestern mit Dragan nit richtig draußen. Dafür mußte ich heute die große Runde mit ihm gehen. Unter drei Stunden tut er et nit.«

Dragan, ein Mischling mit deutlichem Cockerspaniel-Anteil, hatte sich unterm Tisch zu Heinz' durchgearbeitet, erhob sich auf die Hinterläufe, legte Vorderläufe und Kopf auf Heinz' Schoß und ließ sich kraulen.

»Darf ich übrigens vorstellen.« Heinz' freie Hand wies auf Löhr. »Mein Neffe Jakob. Und dat«, Heinz' Hand schwenkte zu der Frau, »dat ist et Bluna.«

»Freut mich«, sagte Löhr und mußte schlucken, als die Frau ihm lächelnd zuzwinkerte. Einer solch vollständigen Übereinstimmung zwischen Namen und Äußerem seines Trägers war er bisher noch nicht begegnet. Die Frau sah tatsächlich aus wie »Bluna«, diese ungeheuer süße, sattgelb bis orangefarbene und nur wenig prickelnde Limonade, die in den sechziger Jahren in gewesen war.

»'tschuldigung«, sagte Bluna, stemmte ihren fülligen Leib vom Stuhl hoch und fuhr sich mit beiden Händen auflockernd durch die Haare, die früher einmal von kräftigem Rot gewesen sein mußten, das jetzt allerdings ein wenig ausgeblichen, in einen verwaschenen, blassen Orangeton übergegangen war. »Ich muß mal für kleine Mädchen.« Sie warf Löhr ein süßliches Lächeln zu. »*Drei* Stunden im Park, mit dem Monster da!«

Löhr schaute dieser Erscheinung mit leicht geöffnetem Mund hinterher. Dann wandte er sich wieder Heinz zu, dem Dragan die Hände leckte.

»Ist das etwa ...?« begann Löhr, ohne den Satz zu vervollständigen.

Onkel Heinz lachte. »Nä, nä! Um Jottes Willen! Nit wat du denkst! Mit dem Bluna spiele ich abends hier nur Klammerjaß. Du kannst dir überhaupt nit vorstellen, wat für'n abgezocktes Luder dat ist – beim Klammerjaß!«

***

Die Sonne malte durch das vertrocknende Blattwerk der Plantanen große hellgrüne Kringel auf das Pflaster der Beethovenstraße. Noch hatte sie ihre volle Kraft nicht erreicht. Es war noch erträglich kühl.

Löhr hatte ausgezeichnet geschlafen und zuvor einen entspannten und, obwohl er ihn allein verbracht hatte, sogar vergnüglichen Abend erlebt. Nach dem Treffen mit Onkel Heinz hatte er geduscht, sich eine seiner Honduras-Longfiller angesteckt und Irmgard in ihrem Ferienhaus in der Toskana angerufen. Sie war gerade von einem ganztägigen Stadtbummel durch Lucca zurückgekehrt. Noch völlig aufgekratzt von ihren Erlebnissen berichtete sie ihm von Steineichen, die auf dem Dach eines Palazzos aus dem vierzehnten Jahrhundert wucherten, von baumbestandenen Piazzas, der berühmten ziegelsteinernen Stadtmauer und köstlicher Pasta, die sie zusammen mit ihren Künstlerfreunden in einem Restaurant auf eben dieser Stadtmauer gegessen hatte. Löhr hatte aufmerksam zugehört, launige Nach- und Zwischenfragen gestellt, war aber, nachdem das Gespräch beendet war, wieder einmal in seinem Verdacht bestätigt worden, daß, wäre er mit Irmgard gefahren, er nicht von ihren kunsthistorischen Exkursionen verschont geblieben wäre, und war trotz aller Sehnsucht, die er während des Gesprächs nach Irmgard empfunden hatte, froh, zu Hause geblieben zu sein.

Morgen, hatte Irmgard gesagt, ginge es nach Pisa, und Löhr graute allein bei der Vorstellung, sich inmitten Tausender Touristen und unter glühender Sonne den Hals nach dem Schiefen Turm verrenken zu müssen. Italien, das konnte er auch zu Hause haben. Den Rest des Abends hatte er mit dem Hören seiner Lieblingsoper »Rigoletto« und dem Blättern in einem seiner zahllosen Familien-Fotoalben verbracht. Und dabei, während er eine Fotografie betrachtete, die seine Mutter inmitten ihrer Geschwister zeigte, darunter auch Tante Trudi, war ihm eine Idee gekommen, wie Tante Trudi und gleichzeitig Onkel Heinz zu helfen sei, *ohne* Heinz zu einer Lohnarbeit zu nötigen. Voller Optimismus, diese Idee im Lauf der Woche in die Tat umzusetzen, setzte Löhr seinen Weg ins Büro fort.

Schuhmacher, der Leiter des KK11, hatte bei der Frühbesprechung einen Stapel Zeitungen vor sich liegen. Als erstes hob er den Express hoch und zeigte den Kollegen am Tischkarree die Titelseite. »JECKEN-

BOSS VERPRÜGELT PROSTITUIERTE«, lautete die tiefschwarze, balkengroße Schlagzeile. Darunter, nur wenig kleiner und unter einem Foto, das Füsser mit prunkvoller Karnevalsmütze und roter Pappnase zeigte, stand: »KRISENSITZUNG IM FESTKOMITEE«.

»Wieso erfahren wir aus der Zeitung von eurem Fall, Jakob?« Schuhmacher hatte dabei seinen jovialen Tonfall angeschlagen, sah aber Löhr an, als habe der und nicht Füsser sich für ein Verbrechen zu verantworten.

»Tja, Heribert«, imitierte Löhr Schuhmachers jovialen Ton. »Das wüßte ich auch gern. Als wir Hendrik Füsser gestern vormittag festgenommen haben, hatten wir noch keine Ahnung, wer der Mann ist.«

»Ihr wißt nicht, wer Hendrik Füsser ist?«

»Nein. Tut mir leid. Ich bin Polizist und kein Lokalreporter.«

Schuhmachers linkes Augenlid begann zu zwinkern, ein Tic, der immer dann auftrat, wenn er sich aufregte, und der sich in der letzten Zeit verstärkt hatte, genauer gesagt, seit sich Schuhmacher Hoffnung auf die demnächst vakant werdende Stelle des Leiters der gesamten Kripo machte.

»So jemanden muß man kennen! Einer der wichtigsten Männer des Festkomitees! Das ist in Köln so was wie ein öffentliches Amt!«

»Du meinst nicht etwa, weil der Karneval in Köln so was wie 'ne heilige Kuh ist, sollen wir 'nen Karnevalspräsidenten anders behandeln als 'nen anderen Tatverdächtigen?«

Ein heftiges Flattern bemächtigte sich Schuhmachers Augenlid. »Jakob! Das hab ich jetzt überhört!«

Einige der Kollegen schmunzelten, und Esser, der neben Löhr saß, trat ihm unterm Tisch auf den Fuß.

»Das ist ein Unding«, fuhr Schuhmacher mit mühsam beherrschter Stimme fort, »daß die Zeitungen besser über einen unserer Fälle Bescheid wissen als wir selbst! Unsere Presseabteilung jedenfalls ist da überhaupt nicht eingeschaltet worden. Das hätte ja auch über meinen Schreibtisch gehen müssen.«

Immer hat Schuhmacher Angst, dachte Löhr, daß er übergangen wird, daß er etwas nicht mitbekommt, vor allem, wenn es um öffentliche Angelegenheiten geht, bei denen das KK11 ins Rampenlicht gerät und Gefahr läuft, schlecht auszusehen. Die Ängste eines Chefs. Wenn er tatsächlich der neue Kripoleiter wird, wird er keine Nacht mehr schlafen können. »Von uns«, sagte er laut und nickte dabei zu Esser hinüber, »ist auf jeden Fall nichts an die Presse gegangen.«

»Dann frag ich mich aber«, Schuhmacher hob noch einmal den Express hoch, »wie das alles hier reinkommt!«

»Das versuchen wir gerade herauszufinden. Es sieht nämlich so aus, als ob die Mitglieder des Festkomitees über Füssers Festnahme und vielleicht auch schon über die fragliche Tat informiert waren, bevor wir es waren.«

»Waas? Und wie erklärt ihr euch das?«

»Im Moment können wir nur spekulieren. Wenn wir dahintergekommen sind, wirft das vielleicht auch auf den Tathergang ein anderes Licht. Jedenfalls«, Löhr wies auf die vor seinem Chef liegenden Zeitungen, »denken wir, daß die Presse von jemandem aus dem Festkomitee informiert worden ist.«

»Aber wieso? Warum sollten die sich selbst mit Dreck bewerfen?«

»Das finden wir noch heraus«, sagte Löhr knapp. Er hatte keine Lust, Schuhmacher jetzt schon in seinen Kenntnisstand einzuweihen. Er mußte sich zuerst mit Esser besprechen.

»Und, und«, stotterte Schuhmacher, zunehmend aufgeregter, »was ist dran an der Vorhaltung, Füsser habe die Prostituierte krankenhausreif geschlagen?«

»Er hat ein Geständnis abgelegt«, antwortete Löhr trocken.

»Tatsächlich? Das heißt, er kommt in U-Haft?«

»Nein. Aus einem …«, Löhr zögerte, »aus einem technischen Grund konnte der Haftrichter gestern keinen Haftbescheid gegen Füsser erlassen. Er müßte heute mittag aus dem Polizeigewahrsam entlassen werden.«

Schuhmacher reagierte nicht gleich, ließ einen mißtrauischen, von Liderzucken begleiteten Blick von Löhr zu Esser wandern, und Löhr fürchtete schon, er würde so lange nachfragen, bis er ihm vor versammelter Mannschaft die Geschichte mit dem auf dem Dienstweg verschwundenen Geständnis auftischen mußte, aber dann gewann Schuhmacher dem eben Erfahrenen noch eine positive Seite ab. Mit halbwegs erleichtertem Aufatmen sagte er: »Dadurch gewinnen wir erst mal 'n bißchen Zeit.«

»Möglich«, antwortete Löhr. Ausnahmsweise war er in diesem Punkt einer Meinung mit Schuhmacher, wenn auch aus anderen Gründen. Aber die offenzulegen, hütete Löhr sich natürlich.

»Ganz schön frech bist du geworden«, sagte Esser mäkelig auf dem Weg vom Besprechungszimmer zum Büro, vorbei an den Stapeln von Umzugskartons.

»Soll ich etwa nicht?« protestierte Löhr. »Dem geht's gar nicht um den Fall! Dem geht's bloß ums Image und darum, daß er vielleicht 'nen Stolperstein übersehen könnte auf seinem Weg nach oben. Karrierist!«

»Freunde machst du dir jedenfalls nicht damit.«

»Der kann mir gar nichts! Solange ich meine Arbeit ordentlich mache, kann der mir gar nichts. Und dir auch nicht.«

»Und wenn er und Paluchowski hinter die Geschichte mit dem nicht abgeschickten Geständnis kommen?«

»Rudi! Ich hab dir schon mal gesagt, das Ding ist wasserdicht! Und außerdem war's genau das richtige, was wir gemacht haben.«

»*Du* gemacht hast«, wandte Esser ein.

Löhr überhörte Essers Bemerkung. »Weil nämlich«, fuhr Löhr fort, »ich mir inzwischen fast sicher bin, daß wir mit Füsser den falschen Mann in U-Haft geschickt hätten.«

»Ach?« machte Esser.

Sie waren im Büro angekommen, und Löhr öffnete gleich sämtliche Fenster, um den stickigen Raum durchzulüften, bevor die Sonne auf den Bürofenstern stand und sie die Jalousien herunterlassen mußten.

»Also hast du gestern was von der Sekretärin erfahren?«

»Woher weißt du, daß ich mit ihr gesprochen hab?«

»Jakob!« Esser sah Löhr mit schiefgelegtem Kopf an. »Ich kenn dich! Ich hab gesehen, wie du sie in Lingohrs Büro angeguckt hast.«

»Na schön«, Löhr grinste und setzte sich hinter seinen Schreibtisch. Esser kannte ihn manchmal besser als er sich selbst und durchschaute ihn öfter, als ihm lieb sein konnte. Wenn er nur ein bißchen mehr Vertrauen in seine Methoden haben, wenn er nicht immer so ängstlich sein würde! Andererseits war Essers Vorsicht zuweilen auch ein gutes Korrektiv, das ihn davor bewahrte, sich zu vergaloppieren. Er erzählte Esser, was er von Gitte Bueren erfahren hatte.

»Und daraus schließt du«, sagte Esser, der sich inzwischen auch an seinen Schreibtisch gesetzt hatte, »daß Lingohr, als er mit seinen über Füsser in die Welt gesetzten Gerüchten nicht punkten konnte, Nicole Liefers zusammengeschlagen und dann versucht hat, Füsser die Sache in die Schuhe zu schieben?«

Löhr schüttelte den Kopf. »Nicht er selbst, das kann ich mir nicht vorstellen. Er hat jemanden dafür bezahlt. Vielleicht sogar Charly.«

Esser sah auf die Uhr. »Den Typen können wir gleich mal darauf anbohren. Ich hab ihn und die Sorgalla für halb zehn zur Vernehmung bestellt.«

Löhr kratzte sich an der Nase. »Da bin ich skeptisch, ob wir aus den beiden was rauskriegen.«

»Und wenn wir die getrennt auf den Stuhl setzen und ordentlich in die Mangel nehmen?«

»Versuchen können wir's«, sagte Löhr.

»Selbst wenn du recht hast und Lingohr steckt hinter dem Ganzen, versteh ich nicht, wieso Füsser uns ein Geständnis erster Klasse abgeliefert hat.«

»Tja«, sagte Löhr. »Das ist ein Punkt, über den ich auch die ganze Zeit nachdenke.«

Er bückte sich, öffnete die unterste Schreibtischschublade und zog das Protokoll hervor, das er gestern hatte verschwinden lassen. Er blätterte darin.

»Zuerst«, sagte er, während er die Seiten überflog, »hat er alles abgestritten. Und erst ...« Er hatte die gesuchte Stelle gefunden und tippte mit dem Zeigefinger darauf. »Erst, als ich ihm weisgemacht habe, die Liefers würde an den Verletzungen sterben, da erst ist er mit seinem Geständnis herausgerückt.«

»Und was schließt du daraus?« fragte Esser.

***

Das Verhör der Puffmutter und ihres Rausschmeißers hatte länger als eine Stunde gedauert, und es war, wie Löhr befürchtet hatte, nichts dabei herausgekommen. Stur waren beide, obwohl Esser und Löhr sie getrennt vernommen hatten, bei der Version geblieben, die sie ihnen bereits am Sonntagabend aufgetischt hatten: Füsser habe gemeinsam mit Nicole Liefers den Saunaclub verlassen – und zwar beide völlig unversehrt. Selbst als Esser Frau Sorgalla drohte, sie wegen Unterschlagung beziehungsweise Vernichtung von Beweismaterial anzuzeigen, beharrte sie darauf, das Videoband aus Versehen gelöscht zu haben.

Nachdem sich die Bürotür hinter ihnen geschlossen hatte, setzte sich Esser wutschnaubend hinter die Schreibmaschine und begann, die Anzeige gegen Teresina Sorgalla zu tippen. Löhr betrachtete ihn nachdenklich. Schließlich schüttelte er den Kopf.

»Auf die Tour kommen wir nicht weiter.«

»Und was schlägst du vor?« keifte Esser. »Die lügen wie gedruckt! Wenn wir sie nicht unter Druck setzen, spucken sie nie was aus!«

»Daß sie lügen, ist mir auch klar«, sagte Löhr und umkreiste seinen Schreibtisch. »Die Geschichte ist absolut unglaubwürdig. Aber mit so 'ner läppischen Anzeige, die dann eh nach 'nem halben Jahr versandet, kann man diesen Leuten nicht die Daumenschrauben anlegen. Das können wir vergessen.«

»Ach?« machte Esser und tippte wütend weiter. »Und womit dann?«

Löhr hatte sich inzwischen an seinen Schreibtisch gesetzt und schlug das interne Telefonverzeichnis auf. »Ich sprech mal mit Weber von der Sitte. Vielleicht liegt von deren Seite aus was gegen den Saunaclub vor.«

»Weber! Der sitzt bestimmt wieder in seiner verschimmelten Fischerhütte an der Sieg, wie letztes Mal, beim Flaucher-Fall!« bemerkte Esser mißmutig. Aber Löhr hatte bereits Webers Nummer gewählt; er war tatsächlich nicht an der Sieg, sondern in seinem Büro und nahm sogar ab.

»Haben Sie 'ne Sekunde Zeit, Herr Kollege? Gut. Dann komm ich gleich vorbei.«

»Warte mal«, sagte Esser, als Löhr die Türklinke bereits in der Hand hatte. Löhr drehte sich um. Esser kam auf ihn zu.

»Es geht um heute abend«, murmelte er. Er schaute Löhr dabei nicht an.

Löhr wußte sofort Bescheid. Essers Freundin. Er nickte. »Geht klar. Und was soll ich sagen, falls es Nachfragen geben sollte?«

»Wir beide sind heute abend zu 'nem Geburtstagsumtrunk bei 'nem Kollegen eingeladen.«

»In Ordnung«, sagte Löhr. »Ich bin zwar heute abend wahrscheinlich zu Hause, geh aber nicht ans Telefon, falls deine Frau 'nen Kontrollanruf macht.«

»Und wenn Irmgard anruft?«

»Die ruft nicht an«, sagte Löhr. »Die ist heute den ganzen Tag mit Freunden in Pisa, und sie planen, dort heute abend auch essen zu gehen. Das wird zu spät.«

Esser legte seine Rechte auf Löhrs Schulter und sah ihn mit Dakkelblick an. »Danke dir. Ist nämlich wichtig.«

»Wann ist es das nicht?« sagte Löhr.

Trotz der mittlerweile wieder fast unerträglichen Temperatur trug Weber sein übliches dunkelgrünes kariertes Anglerhemd aus dickem Flanellstoff. Mit seinen wie meist leicht schmutzigen Händen öffnete er bereits den dritten Karton, um die darin gestapelten Akten durchzusehen. Auch sein Büro stand kurz vor dem Umzug ins neue Präsidium, die Regale waren geräumt und ihr Inhalt in vierzig oder fünfzig Kartons verpackt. Sitzgelegenheiten gab es keine mehr, also trat Löhr von einem Bein aufs andere und sah Weber zu, wie er in aller Gemütsruhe Akte um Akte durchblätterte.

»Hier muß sie drin sein«, sagte Weber, »ein bißchen Geduld noch.«

Weber war einer der bedächtigsten, um nicht zu sagen langsamsten Kommissare, die Löhr kannte. Wahrscheinlich hing das mit seinem Hobby, dem Angeln, zusammen. Genau betrachtet war das Angeln sein Hauptberuf und seine Tätigkeit als Polizist eher ein Nebenjob. Weber hatte nämlich die Angewohnheit, das Aktenstudium in seiner Anglerhütte zu erledigen. Also war er oft nur auf einen Sprung oder gar nicht im Büro, sondern in seiner Hütte an der Sieg, und dort fast unerreichbar.

Denn, und das war einer der Gründe, weshalb Löhr Weber schätzte, er lehnte wie er den Gebrauch eines Handys strikt ab. Der andere Grund für Löhrs Achtung war, daß Weber sich trotz seiner oftmaligen Absenzen in seinem Fach auskannte wie kein zweiter bei der Sitte. Es gab keine Animierbar, keinen Puff, keinen Saunaclub, keinen Zuhälter, kein Wohnungsbordell, kein Mädchen vom Drogenstrich, die Weber nicht kannte oder über die er nicht eine kleine Handakte parat hatte.

»Sag ich doch«, brummte Weber. »Hier ist sie. Brabanter Straße 57.« Er klappte die Akte auf und setzte sich damit auf einen der Kartons. Löhr trat hinter ihn und schaute ihm über die Schulter.

»Ordnungsgemäß angemeldet. Inhaberin Sorgalla, Teresina, geboren am 16. Mai 1959 in Craiova, Rumänien. Kam vor acht Jahren von Bukarest nach Köln. Deutsche Staatsbürgerin seit 1997 durch Heirat mit einem Heintz, Wulf Dieter, geboren ...«

»Ich wollte eigentlich nur wissen«, unterbrach ihn Löhr, »ob gegen Frau Sorgalla etwas vorliegt. Irgendein Verstoß, 'ne Ordnungswidrigkeit, womit wir sie drankriegen, ihr drohen könnten, den Laden dichtzumachen, zum Beispiel.«

»Ja, ja«, antwortete Weber, »hab schon kapiert. Muß mich aber erst 'n bißchen einarbeiten.« Er blätterte weiter, hielt dann inne und tippte auf ein Aktenblatt. »Genau. Ich wußte es. 1998 gab's da mal Schwierigkeiten. 'ne Anzeige, weil sie Minderjährige, darunter angeblich auch ihre eigene Tochter, in ihrem Laden hat arbeiten lassen.«

»Und?« fragte Löhr. »Was ist daraus geworden?«

»Nichts«, sagte Weber, während er weite blätterte. »Als wir hinkamen, waren dort keine Minderjährigen. Wir haben die Papiere der Mädchen kontrolliert. Wahrscheinlich hat die Sorgalla von der Sache Wind gekriegt und die Mädels in die Walachai zurückgeschickt.«

»Walachai?«

»Craiova liegt in der Walachai. Siebzig Prozent der Menschen sind arbeitslos. Da blüht der Menschenhandel.«

»Und wieso hat sie Wind von der Anzeige gekriegt?«

Weber sah auf. Er wiegte den Kopf. »Schwierige Sache. Intern.«

»Ach?«

»Tja«, sagte Weber gedehnt und ließ den Blick über sein verwüstetes Büro schweifen. »Das Übliche. Ich nehme an, ein paar Kollegen, vielleicht auch nur einer, bedienen sich in dem Puff für lau. Der oder die haben ihr den Tip gegeben. Nachweisen kann man so was schwer.«

Löhr hakte nicht weiter nach. Keiner ermittelt gern gegen schwarze Schafe in den eigenen Reihen. Also werden sie geduldet, solange sie es nicht übertreiben und richtig kriminell werden. »Die ist also mit allen Wasser gewaschen, unsere Teresina Sorgalla?« sagte er laut.

»An die ist so ohne weiteres nicht ranzukommen, richtig«, sagte Weber.

»Steht auch was über das Opfer, Nicole Liefers, in Ihrer Akte über die Sauna in der Brabanter Straße?« fragte Löhr.

Weber blätterte bis zum Ende des Ordners. »Wenig«, sagte er schließlich. »Geboren am 17. Juni 1969 in …«

»Das wissen wir«, unterbrach ihn Löhr wieder. »Ich meine etwas, was uns in bezug auf den Fall interessieren könnte.«

Weber überflog seine Aktennotiz und schüttelte den Kopf. »Braves Mädchen. Geht regelmäßig zum Gesundheitsamt, immer negativ, sonst nichts.«

»Irgendwas zu ihrer Biographie?«

»Nein. Nichts. Wenn die Mädels nicht auffällig werden, und das ist bei Nicole Liefers der Fall, legen wir nichts über sie an. Dürfen wir ja auch gar nicht. Sogar das hier«, Weber pochte auf seine Akte, »existiert eigentlich gar nicht.«

»Ich weiß«, sagte Löhr. »Bin trotzdem froh, daß es wenigstens ein bißchen existiert.«

Sie grinsten einander an.

»Und was ist mit diesem Charly, ich kenne nur den Vornamen, dem Rausschmeißer? Haben Sie über ihn auch was in Ihrer Akte?« fragte Löhr.

»Charly, Charly«, murmelte Weber und begann wieder, in seiner Akte nach vorn zu blättern, sorgfältig und in Zeitlupentempo Seite um Seite umschlagend. »Da war mal was.«

Löhr atmete, sich zur Geduld zwingend, tief durch.

»Ja! Genau! Wußte ich's! Karl-Egon Höppner, genannt Charly. Letzten Monat, Anfang Juni war das!«

»Was?«

»Da haben wir in dem Puff 'ne Kontrolle durchgeführt. Ich war dabei. Und Reich, 'n Kollege, stößt die Tür eines der Séparées auf, und wen sieht er da? Charly Höppner, wie er sich gerade 'ne *line* Koks reinzieht.«

»Aha!« Löhr beugte sich näher zur Akte auf Webers Schoß. »Und was ist daraus geworden?«

Weber blätterte weiter. »Nichts. Wir haben den Kerl durchsucht, der hatte noch zirka fünf weitere Gramm dabei. Das reicht für 'nen Anfangsverdacht auf Drogenhandel nach Betäubungsmittelgesetz, aber ...«, er blätterte noch eine Seite weiter, Löhr erkannte das ausgefüllte Formular einer polizeilichen Anzeige. »Soweit ich sehe, ist die entsprechende Anzeige noch nicht raus und weiter an die Drogenfahndung geleitet worden.«

»Wieso ist die noch nicht rausgegangen?« fragte Löhr.

Weber hob bedächtig seine breiten Schultern. »Keine Ahnung. Das kommt jeden Tag vor, daß wir bei Kontrollen im Milieu auf BTM-Delikte stoßen. Dann setzen wir zwar 'ne Anzeige auf, aber oft wird die nicht unmittelbar weitergeleitet.«

»Weil ihr gern was in der Hand behalten wollt gegen eure Kunden« ergänzte Löhr.

»Unter anderem«, nickte Weber.

»Und in dem Fall könnte es uns sogar sehr nützen, etwas in der Hand zu haben gegen Frau Sorgalla und Charly.«

Weber sah Löhr an. »Drogendelikte fallen nicht in eure Zuständigkeit, und das hier hat gar nichts mit eurem Fall zu tun.«

»Das ist richtig«, entgegnete Löhr. »Man müßte da was drehen.«

»Kommt auf den Staatsanwalt an. Wer ist zuständig?«

»Paluchowski«, antwortete Löhr.

Weber verdrehte die Augen und schnitt eine Grimasse. »Paluchowski! Mannomann!«

»Hatten Sie mal beruflich mit ihm zu tun?«

»Nein. Der ist ja nur für Kapitaldelikte zuständig. Aber privat. Früher. Wir waren mal zusammen in 'ner Tennismannschaft.«

»Sie?« staunte Löhr und blickte auf die gedrungene, fast plumpe und an den Hüften gewaltig aus den Fugen geratene Gestalt Webers. »Sie spielen Tennis?«

»Nicht mehr«, sagte Weber. »Um Gottes Willen. Aber als Jugendlicher. Paluchowski und ich sind ein Jahrgang, und wir haben so als Zwölf-, Dreizehnjährige zusammen gespielt.«

»Und?« fragte Löhr neugierig. Es ist, dachte er, immer gut, so viel wie möglich über seine Feinde zu wissen.

Weber senkte den Kopf und griemelte. »Paluchowski war immer und mit Abstand der Beste.«

Löhr fragte wieder. »Und?«

»*Wie* er der Beste geworden ist! Das ist der springende Punkt!«

»Und wie?«

Weber antwortete nicht gleich, sah Löhr an, als überlege er, ob er ihm ein Geheimnis anvertrauen könne. Dann sagte er, seinen Gedanken laut fortsetzend: »Ist ja auch egal. Weiß ja jeder, daß Paluchowski 'n fieser Möp ist, und es ist vielleicht gut, daß Sie wissen, warum. Also, Paluchowskis Eltern haben ihren Sohn in den Tennisclub gesteckt, weil er ihnen leid tat und sie ihm helfen wollten.«

»Leid tat?« fragte Löhr.

»Ja. Er ist ja auch heute noch keine Schönheit, wie Sie wissen. Aber als Kind, als Jugendlicher, da war er so häßlich, das war unbeschreiblich. Er hatte ein Maul wie ein Frosch, und die Lider über den Glubschaugen saßen voller schwarzer Warzen. Kein Mensch wollte mit ihm etwas zu tun haben, niemand wollte mit ihm spielen. Er hatte keinen einzigen Freund. Also saß er immer zu Hause und hat für die Schule gebüffelt. Aber daß er dadurch Klassenprimus wurde und es auch bis zum Abitur geblieben ist, das hat ihm natürlich auch keine Freunde gebracht. Im Gegenteil. Bis die Eltern es nicht mehr mitansehen konnten, ihn jede Menge Trainerstunden haben nehmen lassen und ihn dann in den Tennisclub gesteckt haben.«

»Ich versteh nicht ganz«, sagte Löhr. »Wieso ausgerechnet in einen Tennisclub?«

»Weil wir da mit ihm spielen *mußten*!« grinste Weber. »Verstehen Sie? Durch die vielen Trainerstunden war er so gut, daß wir ihn in der Mannschaft spielen lassen und in allen Forderungsspielen gegen ihn spielen mußten. Jetzt hatte er endlich Jungs zum Spielen. Wir hatten keine Wahl mehr!«

»Verstehe«, sagte Löhr. Trotz all der Schwierigkeiten, die Paluchowski ihm bisher gemacht hatte, empfand er aufgrund von Webers Geschichte Mitleid mit dem Staatsanwalt. »Tja«, sagte er ein wenig traurig, »Paluchowski kommt mir auch immer ein bißchen isoliert vor.«

»Leid braucht er Ihnen nicht zu tun«, sagte Weber, erhob sich von seinem Karton und klappte die Akte zu. »Zu dessen Häßlichkeit kam ja noch dazu, daß er 'nen ziemlich fiesen Charakter hatte. Und wahrscheinlich immer noch hat. Hab ich recht?«

»Möglich«, nickte Löhr. »Aber ist vielleicht auch nur was Persönliches zwischen uns beiden.«

»Egal. Jedenfalls werden Sie mit ihm die Sache hier nicht so durchziehen können, wie Ihnen das vorschwebt, Charly Höppner unter Druck zu setzen.« Weber wog seine Akte in der Hand.

»Haben Sie einen anderen Vorschlag?«

»Ich hab 'nen ganz guten Kontakt zu 'nem Drogenfahnder«, antwortete Weber grinsend. »Der ist mir noch 'n Gefallen schuldig.«

»Dann bin ich Ihnen jetzt auch einen schuldig«, sagte Löhr.

***

Als Löhr wenig später wieder sein Büro betrat, stand der, über dessen Biographie er auf dem Weg vom Präsidium zur Löwengasse gegrübelt hatte, mitten im Raum: Paluchowski. Paluchowski war kreidebleich und zitterte vor Wut so, daß es die Brille auf seiner Nase nicht hielt und er sie ständig wieder hochschieben mußte. In einer Hand hielt er einen Hauspostumschlag, den er Löhr entgegenstreckte, als stieße er mit einem Schwert nach ihm.

»Wissen Sie, was da drin ist, Löhr?« Paluchowskis Stimme glich dem beleidigten Keckern einer aufgescheuchten Elster.

Bevor Löhr antwortete, sah er zu Esser hinüber, der, fast genauso bleich wie Paluchowski, aber mit unbeweglicher Miene, hinter seinem Schreibtisch saß. Löhr suchte Essers Blick; der war absolut undurchdringlich. Löhr schloß daraus, daß er standgehalten hatte, sonst hätte er wahrscheinlich zur Seite geguckt.

»Füssers Geständnis, nehme ich mal an«, antwortete Löhr in aller Ruhe und schloß die Tür hinter sich.

Paluchowski zerrte die weißen unbeschriebenen Blätter aus dem Umschlag, die Löhr dort hineingesteckt hatte. »Nichts ist da drin! Nichts! Gar nichts! Leeres Papier! Haben *Sie* vielleicht eine Erklärung dafür? Ihr Kollege Esser hat keine!«

Mit vor Zorn sprühenden Augen warf Paluchowski dem immer noch zur Salzsäule erstarrten Esser einen vernichtenden Blick zu.

»Es tut mir leid«, sagte Löhr, ging um seinen Schreibtisch herum und setzte sich. »Ich habe auch keine. Die einzige Möglichkeit ist, daß der Umschlag bei dem Umzugschaos unterwegs verschütt gegangen ist.«

»Verschütt gegangen? Und was ist das hier?« Paluchowski hob den Umschlag in die Höhe und drehte sich, ihn wie das entscheidende Beweisstück in einem Indizienprozeß präsentierend, zu Esser um. Trotz dieser theatralischen Geste kam Paluchowski Löhr sehr klein und ziemlich lächerlich vor, wie er da zwischen zwei hinter ihren Schreibtischen und ihren eisernen Mienen sich verbarrikadierenden Männern herumfuchtelte wie Rumpelstilzchen. Paluchowski näherte sich, den Umschlag ausgestreckt vor sich her tragend, Löhr und hielt ihn ihm unter die Nase.

»Das ist Ihre Handschrift, oder?«

Löhr nahm den Umschlag und betrachtete die ungefügen Blockbuchstaben, die er darauf gemalt hatte. »Nein«, sagte er gelassen, »das ist nicht meine Handschrift. Ich schreibe nie in Blockbuchstaben.«

»Das ist lächerlich! Was spielen Sie für ein Spiel, Löhr? Was ist mit dem Geständnis? Warum halten Sie es zurück? Geben Sie mir auf der Stelle den Durchschlag!«

»Es gibt keinen Durchschlag«, sagte Löhr und lehnte sich in seinem Bürostuhl zurück.

Ruckartig sperrte Paluchowski sein Froschmaul auf, was eine solche Turbulenz in seinem Gesicht zur Folge hatte, daß die Brille über die Nasenspitze hinwegrutschte und der Staatsanwalt sie erst in letzter Sekunde durch eine rasche Handbewegung vor dem endgültigen Absturz bewahren konnte.

»Sagen Sie das noch mal!« Seine Stimme war kein Krächzen oder Keckern mehr, sondern ein hohles, eisiges Raunen.

»Wir hatten hier im Büro kein Durchschlagpapier mehr. Und in der Geschäftsstelle war auch keins zu finden, wegen des Umzugs, Sie wissen ja. Und der Kopierer war auch schon unterwegs nach Kalk. Und weil ich Ihnen gestern so schnell wie möglich das Geständnis zukommen lassen wollte, hab ich Ihnen das Original ...«

Paluchowski unterbrach Löhr, der sich gerade darüber wunderte, mit welcher Geläufigkeit er eine komplette Lügengeschichte zu erzählen vermochte.

»Nein! Nicht das Original! Leere Blätter!«

»Wie ich schon sagte«, fuhr Löhr ruhig fort, »das kann ich mir überhaupt nicht erklären. Die einzige Erklärung dafür ...«

»Von Ihnen will ich überhaupt keine Erklärungen mehr!« Paluchowskis Stimme war nun eiskalt. Der Mann hatte sich wieder vollständig unter Kontrolle. »Die können Sie sich für Ihre Vorgesetzten aufbewahren. Ich werde beantragen, Sie von diesem Fall abzuziehen.«

Damit ging Paluchowski. Stocksteif und ohne daß seine Brille ein weiteres Mal verrutschte. Löhr war sich nicht sicher, ob sich das Gefühl des Mitleids, das er zwischenzeitlich für den einsamen, unansehnlichen Jungen, mit dem keiner spielen wollte, empfunden hatte, noch sehr viel länger würde halten können.

»Mach dir mal nicht ins Hemd, Rudi! Nichts wird so heiß gegessen, wie's gekocht wird. Apropos heiß, kann ich dich zu 'nem Eis einladen?«

Löhr zeigte auf die Eisdiele gegenüber dem Präsidium, Ecke Blaubach/Hohe Pforte. Dort stand zwar eine Menschenschlange bis auf die Straße hinaus, aber Löhr hegte die Hoffnung, ein Eis könnte seinem dampfenden Körper ein wenig Linderung verschaffen. Jede Pore seiner Haut schien von einem klebrigen Schweißfilm verschlossen.

Esser schüttelte griesgrämig den Kopf. »Hör auf, mir Honig um den Bart zu schmieren, Jakob! Als wenn ein Eis was dran ändern könnte, daß wir uns unsere Pension von der Backe putzen können!«

»'n Eis könnte aber dazu beitragen, daß du das alles mal ein bißchen gelassener siehst.«

»Ich *will* kein Eis!«

»Na schön, dann will ich auch keins«, sagte Löhr gespielt gleichmütig und schwenkte, dann doch ein wenig trotzig, auf die andere Straßenseite. Er hatte sich eigentlich auf ein Eis gefreut. Aber einen Alleingang konnte er angesichts der katastrophalen Stimmung Essers im Augenblick nicht wagen. Sie waren auf dem Weg zum Polizeigewahrsam. Füsser würde in einer Viertelstunde entlassen werden, und sie wollten vorher noch einmal mit ihm sprechen. Vielleicht war ihm während der vierundzwanzig Stunden im Zellentrakt noch etwas eingefallen.

»Etwas Kühles im Mund und im Magen würde dir vielleicht langsam wieder zu 'nem kühlen Kopf verhelfen«, begann Löhr wieder. »Überleg mal! Was kann uns dieser Gartenzwerg überhaupt?«

»Der wird bloß 'n Disziplinarverfahren gegen uns erwirken. Weiter nichts.«

»Unsinn, Rudi! Weswegen denn? Ein Disziplinarverfahren wär bloß möglich, wenn 'ne Gesetzesverletzung unsererseits vorläge. Und die liegt nicht vor.«

»Ach? Und was ist mit Begünstigung eines geständigen Verdächtigen in einem Fall von schwerer Körperverletzung, vielleicht sogar versuchtem Mord?«

»Ist absolut nicht zu beweisen.«

»Dann wird er uns den Fall entziehen. Und wie stehen wir dann da?«

»Er kann uns den Fall nicht entziehen, Rudi! Der Staatsanwalt ist bloß Herr des Verfahrens, uns gegenüber aber nicht weisungsbefugt. Das ist nur der Dienststellenleiter, also Schuhmacher.«

»Ach ja. Und mit dem verbinden dich die allerfreundschaftlichsten Bande. Hab ich heute morgen mitgekriegt.«

»Klar beschwert sich Paluchowski bei Schuhmacher über mich und wird verlangen, daß er uns von dem Fall abzieht.«

»Na bitte!«

»Ich glaub aber nicht, daß Schuhmacher das tun wird.«

»Ach? Und wieso nicht?« krächzte Esser höhnisch. »Weil du sein Lieblings-Kommissionsleiter bist?«

»Nein. Weil Schuhmacher im Moment so 'n Scharfmacher wie Paluchowski nicht in den Kram paßt. Vergiß nicht, daß unser Fall sich auf der höchsten Ebene des Karnevals abspielt, Rudi. Das ist in Köln 'ne hochbrisante politische Angelegenheit. Da will Schuhmacher jetzt, wo er scharf auf den Kriminaldirektorposten ist, das KK11 aus den Schlagzeilen raushalten.«

»Und das kannst du ihm garantieren? Ausgerechnet du!«

»Garantieren vielleicht nicht. Aber versprechen.«

»Du und versprechen, Jakob! Du als Kölscher«, sagte Esser mit fast gehässigem Grimm, »müßtest doch am besten wissen, daß für Kölner Versprechen und Halten zwei völlig verschiedene Dinge sind.«

»Das kann man so oder so sehen«, antwortete Löhr, aber nur, um das letzte Wort zu behalten.

Sie waren zum ersten Stock des Anbaus neben dem Präsidium hochgestiegen und an der vergitterten Eingangstür des Zellentrakts, so wurde das Polizeigefängnis genannt, das offiziell »Gewahrsamsdienst« hieß, angekommen. Der diensthabende Uniformierte schloß ihnen auf.

»Ist Dr. Füsser noch bei euch?« fragte Löhr.

»Der packt gerade seine Klamotten. Zelle neun. Ist unser letzter Kunde. Alle anderen sind heute morgen ab nach Kalk«, antwortete der Polizist.

Löhr und Esser gingen den gekachelten Flur hinunter. Überall standen die Türen der leeren Zellen offen. Auch die Tür zur Zelle Nummer neun stand auf, trotzdem klopfte Löhr, bevor er mit Esser eintrat.

Füsser, der tatsächlich gerade den Reißverschluß einer kleinen ledernen Reisetasche zuzog, war nicht allein. Neben ihm stand eine Frau mit kastanienbrauner Hochsteckfrisur, etwa im gleichen Alter wie Füsser, die sich mit feindseliger Miene zu Esser und Löhr umdrehte.

»Ich hoffe, wir stören nicht«, sagte Löhr.

»Nicht, wenn Sie mich nicht wieder festnehmen wollen«, antwortete Füsser. Nach einem Tag und einer Nacht in der Zelle kam er Löhr abgemagert, hohlwangig vor. Der Bauch unter seinem hellblauen Hemd schien eingefallen, und die langen, kräuseligen Haare sahen strähnig und fettig aus. Noch müder, noch resignierter als gestern erschien er ihm. Der Schatten eines Mannes, erst recht der Schatten eines Karnevalspräsidenten.

»Nein, das haben wir nicht vor«, entgegnete Löhr. »Wir wollten nur noch einmal mit Ihnen sprechen.«

»Geht das nicht auch später?« sagte Füsser. Den Blick, den er dabei mit der Frau tauschte, deutete Löhr nicht nur als einen des Einverständnisses. Es schien Löhr etwas hündisch Unterwürfiges, aber zugleich dumpf Aufbegehrendes in diesem Blick zu liegen, während der der Frau nach wie vor feindselig blieb. »Ich möchte zuerst mal wieder nach Hause.«

»Das verstehe ich«, sagte Löhr und sah die Frau an. »Sie sind sicher die Ehefrau von Herrn Dr. Füsser?«

»Ja«, antwortete sie knapp.

»Was mich noch interessiert, Frau Füsser ...« Löhr ignorierte die abweisende Haltung der Frau und versuchte es mit einem verbindlichen Plauderton. »Als wir Sonntag nacht, kurz nach der Tat, bei Ihrem Haus in Junkersdorf waren, da war niemand da. Jedenfalls hat niemand aufgemacht.«

»Ja und? Was wollen Sie damit sagen?« Die Frau blieb kalt und feindlich-reserviert.

»Gar nichts«, entgegnete Löhr freundlich. »Nur, daß Ihr Mann uns das damit erklärt hat, daß er zu der Zeit in Kölner Krankenhäusern nach dem Opfer, Nicole Liefers, gesucht hat.«

»Wenn er das sagt.«

»Und Sie können uns dazu nichts sagen? Vielleicht war er ja zwischendurch mal zu Hause, vielleicht haben Sie ihn bei seiner Suche begleitet? Das würde zum Beispiel erklären, warum Sie ebenfalls nicht zu Hause waren.«

»Wer sagt denn, daß ich nicht zu Hause war? Ich hab vielleicht nur nicht aufgemacht.«

»Das ist natürlich auch eine Möglichkeit.« Löhr blieb weiter freundlich und verbindlich.

»Und im übrigen«, der Ton der Frau ging nun in offene Feindseligkeit über. »Im übrigen wissen Sie so gut wie ich, daß ich gegen meinen Mann überhaupt nichts, und vor allem nichts Belastendes, aussagen brauche.«

»Ja, natürlich weiß ich das«, sagte Löhr. »Aber Entlastendes zu sagen, davon können wir Sie auch nicht abhalten.«

»Wenn Sie gestatten, möchte ich jetzt gar nichts sagen und meinen Mann zuerst mal nach Hause bringen.«

»Selbstverständlich. Tun Sie das, Frau Füsser. Wir melden uns dann später. Morgen früh vielleicht? So gegen halb zehn?«

»Gut«, antwortete die Frau und stieß Füsser auffordernd an.

Löhr und Esser sahen Füsser und seiner Frau nach, wie sie Richtung Ausgang gingen.

»Was hältst du von den beiden?« fragte Löhr Esser, nachdem sie die Treppe hinunter gegangen waren und der Uniformierte ebenfalls verschwunden war.

Esser machte eine lässige Handbewegung. »Die scheint ihn ganz schön im Griff zu haben.«

»Hm«, machte Löhr. »Scheint nicht gerade 'ne Herzensbeziehung.«

»Wundert dich das?« fragte Esser. »Sie weiß sicher Bescheid, *warum* ihr Mann gerade vierundzwanzig Stunden im Knast gesessen hat.«

»Sicher, sicher«, entgegnete Löhr. »Aber irgendwie kam's mir so vor, als wär da vielleicht noch was anderes.«

***

Tante Trudi holte ihr bestes Service aus dem Eichenschrank, der protzig ein Drittel des kleinen Eßzimmers einnahm und den ohnehin durch seine Hinterhoflage schon dunklen Raum noch mehr verdüsterte. Unter die Kaffeetassen schob Tante Trudi gehäkelte weiße Deckchen. Löhr bekam eine Ahnung, weshalb Onkel Heinz es vorzog, die Nachmittage in seiner Zockerkneipe zu verbringen.

»Der Kaffee ist gleich durch!« zwitscherte Tante Trudi und verschwand in der Küche.

Löhr sah sich um. An den Wänden hingen Eichenborde, auf denen sich Wandteller reihten, die eine Serie mit bunten, die andere mit blau-weißen Motiven: Die bunten Bilder zeigten naiv gemalte Dorflandschaften im Frühjahr, Sommer, Herbst und Winter, die blau-weißen stellten Kopien von Spitzweg-Gemälden dar: »Der Schmetterlingsfänger«, »Der arme Poet«, »Der Abgefangene Liebesbrief«, »Der Kaktusfreund« und so weiter. Unter den Borden, auf einer schmalen, ebenfalls eichenen Anrichte, waren, ebenfalls auf kleinen gehäkelten weißen Deckchen, Zinnkrüge, Tonengel und blaue und rote Kristallvasen wie bei einem guten Trödler aneinandergereiht, und zwar absolut staubfrei. Alles war in penibelster

Ordnung. Nirgends stand ein Aschenbecher, lag eine Zeitung oder sonst etwas, was darauf hingewiesen hätte, daß auch ein Mann hier lebte. Onkel Heinz' Existenz schien keinerlei Spuren in diesem Haushalt zu hinterlassen. Löhr hätte sich gern einmal das Schlafzimmer angesehen.

Tante Trudi erschien mit einer Kaffeekanne in der Hand. Sie hatte eine weiße Schürze mit einem zarten Rand aus geklöppelten Spitzen umgebunden.

»Der Kaffee, Jakob!« strahlte sie.

Wenn Löhr statt Tee Kaffee trank, dann, als Resultat von Irmgards Italophilie, ausschließlich Espresso. Als er die durchsichtig-hellbraune Flüssigkeit aus der mit einem auswaschbaren Schaumgummi-Tropfenfänger versehenen Kaffeekanne in seine Tasse plätschern sah, krampfte sich sein Magen zusammen. Er mußte wirklich sehr tapfer sein. Nicht nur wegen des Kaffees. Gleichzeitig mußte er auch daran denken, daß Essers üble Verstimmung nach dem Auftritt Paluchowskis keineswegs verflogen war, nachdem Löhr ihm nach der Mittagspause in einem Sandwich-Imbißladen auf der Hohen Pforte mitgeteilt hatte, daß er den Nachmittag über privat zu tun hätte und er, Esser, allein in die Uniklinik fahren müßte.

Für die Akte brauchten sie einen schriftlichen medizinischen Befund über den Grad der Verletzungen von Nicole Liefers. Das mußte mit dem behandelnden Arzt abgesprochen werden. Bei dieser Gelegenheit konnte Esser auf der Intensivstation nachfragen, wann Nicole Liefers voraussichtlich vernehmungsfähig sein würde. Keine große Sache, zumindest keine, wegen der sie mit zwei Mann in der Klinik aufkreuzen mußten. Trotzdem hatte sich Esser eine boshafte Bemerkung über Löhrs übertriebenen Familiensinn nicht verkneifen können, denn es war klar, daß, wenn Löhr sagte, er sei »privat« unterwegs, es sich um eine seiner Familienmissionen handelte.

»So!« sagte Tante Trudi, nachdem sie den Kaffee eingeschenkt hatte, und strahlte Löhr erwartungsfroh an. »Du hast also wat für Heinz gefunden!«

»Na, na«, wehrte Löhr die Hoffnungseuphorie seiner Tante ab. »Sagen wir mal so: Ich hab vielleicht eine Idee.«

»Besser als gar nix!« Der Enthusiasmus Tante Trudis war nicht zu bremsen. »Hauptsache, er hat wat Regelmäßiges. Auf et Geld käm et gar nit so sehr an.«

»Nein«, gab Löhr der Vorfreude Trudis den ersten Dämpfer, »Geld springt keins dabei heraus. Im Gegenteil. Es kämen ein paar Kosten auf euch zu. Nichts Großes, aber ein paar Kosten schon.«

Das zeigte Wirkung. »Mach et nit eso spannend, Jakob. Wat ist mit deiner Idee?«

»Nun«, begann Löhr und schaute auf die dünne Brühe in seiner Kaffeetasse. »Dir kommt's vor allem darauf an, und das seh ich mittlerweile genauso, daß der Onkel Heinz nicht mehr die ganzen Nachmittage im Wettbüro und in der Kneipe verbringt, oder?«

»Genau dat ist dat Problem!«

»Daß er nachmittags also 'ne andere Beschäftigung hat, richtig?«

»Jetzt mach et nit eso spannend, Jakob!«

Löhr wußte, daß jetzt die Wende kommen und Tante Trudis Euphorie in blankes Entsetzen und krasse Ablehnung umschlagen würde. Nachdem er das Wohnzimmer in Augenschein genommen hatte, kam ihm seine Idee gar nicht mehr so elegant vor wie noch vor einer Stunde. In diesem Mausoleum hier, in dieser Welt des geordneten, staubfreien Trübsinns konnte seine Idee keinen Platz haben.

»Was hältst du von Hunden, Tante Trudi?«

»Hunde?« Tante Trudi verstand nicht.

»Hunde«, umkreiste Löhr das Problem von seiner philosophisch-biologischen Seite, »Hunde sind Lauftiere. Ein Hund, der nicht regelmäßig drei, vier Stunden am Tag läuft, führt kein seiner Art entsprechendes Leben. Wer einen Hund nur in der Wohnung hält und bloß ein-, zweimal am Tag mit ihm kurz Gassi geht, versündigt sich an dem Tier. Außerdem verschmutzt der Hund bei dieser Art von Haltung die Straßen.«

»Ich versteh überhaupt nit, wat dat mit Heinz zu tun haben soll!«

»Onkel Heinz liebt Hunde. Ich meine: Bisher lieben Hunde Onkel Heinz. Das heißt, Onkel Heinz wäre von seiner Veranlagung her ein idealer Hundehalter.«

Ein allmähliches Begreifen wanderte durch Trudis Miene und verwandelte sich dort in blankes Entsetzen. Bevor es sich in Worten artikulieren konnte, fuhr Löhr in seinen grundsätzlichen Betrachtungen fort: »Ein Hundehalter, Tante Trudi, der die Natur seines Tieres ernst nimmt, lebt mit dem Tier, nicht gegen es. Das heißt, er geht mit dem Hund ausgiebig spazieren. Mehrere Stunden lang. Täglich. Tag für Tag, wochentags, samstags, sonntags.«

»Und ich dachte, du hättest 'nen Job für Heinz!« Bitterste, tiefste Enttäuschung klang aus Trudis Stimme. »Und da kommst du mir mit so wat! Heinz soll mit 'nem Hund spazierengehen.«

»Du hast doch nichts gegen Hunde, oder?«

»Ach Jakob! Ich hätte dir 'n bißchen mehr Verstand zugetraut.«

»Und Onkel Heinz hätte 'ne wirkliche, 'ne ernsthafte Aufgabe. Und daß er sie ernst nimmt, davon bin ich felsenfest überzeugt. So, wie ich gesehen hab, wie er mit Hunden umgeht.«

»'nen Job braucht er! Nichts als 'nen Job! Und du kommst mir mit so 'ner verrückten Idee.« Tante Trudi begann mit bekümmerter Miene, ihren Kaffee mit Milch und Zucker zu versorgen.

»Also mit dem Job«, sagte Löhr mit betontem Ernst, »das hab ich mir überlegt. Erstens ist es nicht einfach, Onkel Heinz in seinem Alter noch irgendwo unterzubringen. Ich hab mich erkundigt«, log er, »da ist kaum was zu machen. Höchstalter bei allen Sicherheitsunternehmen, die ich kenne, ist vierzig, maximal fünfundvierzig. Und wie alt ist Onkel Heinz?«

»Ich dachte, du mit deinen Beziehungen ... Und da kommst du mit 'nem Hund!« Trostlos rührte Trudi in ihrer Kaffeetasse.

»Also erstens das Alter«, fuhr Löhr fort. »Und dann Onkel Heinz selbst. Ich hab mir da mal ein Bild gemacht. Ich denke, Tante Trudi, er würde das einfach nicht mehr schaffen. Weißt du, was heute auf dem Arbeitsmarkt los ist? Da wird Höchstleistung verlangt! Überall!«

»Auch bei den Parkplatzwächtern?«

»Ach Gott, Tante Trudi, ich bitte dich!« Löhr hob beschwörend die Hände, obwohl er wußte, daß er sich von jetzt an in Widersprüche zu verwickeln drohte. »Hast du dir deinen Mann überhaupt mal angesehen? Der strotzt noch vor Gesundheit, der steht noch voll im Saft. Sicher könnte Heinz acht Stunden am Tag in 'ner zugigen Bude auf irgend'nem Parkplatz sitzen. Aber soll ich dir sagen, was dann passieren würde. Verkümmern würde er, ja verkümmern. Und ...«

Löhr hob nun auch noch mit missionarischem Eifer einen Zeigefinger, eine Geste, die er äußerst selten in Anspruch nahm. »Und er würde anfangen zu trinken!«

»Dat tut er so oder so. Dat braucht er gar nit erst anzufangen«, jammerte Trudi.

»Ich meine, *richtig* zu trinken. Aus ‘nem Flachmann. Schnaps. ‘n richtiger Alkoholiker würde aus dem.«

»Und jetzt ist er ‘ne falsche Alkoholiker?«

»Tante Trudi!« Löhr schob die unberührte Kaffeetasse zur Seite und beugte sich zu ihr. »Dein Mann braucht Bewegung. Frische Luft. ‘ne Aufgabe. Draußen. Drei, vier Stunden spazierengehen mit ‘nem Hund. Das wäre genau das richtige für ihn. Für die Arbeitswelt ist er verloren, so oder so.«

Zwei dicke Tränen rannen über Trudis Gesicht. Ihre Verzweiflung war restlos. Und dann kam der erste Schritt zur Kapitulation. »Und wie stellst du dir das vor?« fragte sie mit brechender Stimme.

»Ganz einfach. Ihr schafft euch ‘nen Hund an. Am besten einen großen, lauffreudigen.«

»‘nen Hund anschaffen?« Ein Aufschrei. »Wie stellst du dir vor, soll ich hier ‘nen Hund halten?« Tante Trudi machte eine umfassende, insbesondere ihre Nippessammlung einschließende Geste.

»Auch darin seh ich kein Problem«, beruhigte Löhr seine Tante. »Wenn der Hund so viel Auslauf hat, wie ich mir das vorstelle, dann ist er für den Rest des Tages so müde, dann braucht er nur ein kleines, ruhiges Plätzchen, einen Korb im Flur oder in der Küche.«

»Und die Haare? So ’n Tier haart doch!«

»Das kommt ganz auf die Rasse an. Es gibt kurzhaarige und langhaarige, wobei die langhaarigen ...«

»Und im übrigen ist das sowieso alles Quatsch!« Plötzlich hatte Trudis Stimme wieder erstaunliche Festigkeit gewonnen und ihre Erklärung klang so kategorisch, daß Löhr aufhorchte.

»Und wieso?«

»Weil in unserem Mietvertrag steht, daß Haustiere nicht zulässig sind. Schwarz auf weiß. Und insbesondere keine Hunde!«

»Ach!«

Damit hatte er natürlich nicht gerechnet. Das warf seinen schönen Plan vollständig über den Haufen.

»Und da gibt es keine Ausnahmen?«

»Keine! Der Hausbesitzer haßt Hunde. Weil, wie er sagt, sie alle Bürgersteige vollscheißen.«

»Nicht, wenn man mit dem Hund in den Park geht ...«, wollte Löhr beginnen. Sah dann aber ein, daß er gegen dieses Statut des Mietvertrags nicht weiter zu argumentieren brauchte. »Hm«, machte er und überlegte.

»Steht ihr euch gut mit eurem Vermieter?«

»Er ist sehr streng!« war die Antwort Trudis, die keine auf Löhrs Frage war. Sie glaubte, aus der Zwickmühle, in die er sie gebracht hatte, mit dem Verweis auf die höhere und unnahbare Instanz des Vermieters heraus zu sein. Aber sie kannte Löhr nicht, zumindest nicht gut genug.

»Gib mir mal die Adresse eures Vermieters«, sagte er. »Vielleicht sprech ich mal mit ihm.«

»Du willst was?« fragte Tante Trudi, nun völlig entgeistert.

Als Löhr sich von ihr verabschiedete, blinzelte ein kleiner Funke Zuversicht in ihren Augen. Sicher, hoffte Löhr, wird sie sich, wenn alles klappt, an die Idee mit dem Hund und auch an den Hund selbst gewöhnen. Ist jedenfalls besser als gar nichts. Und Heinz wird's auch gut tun, und wenn's nur fünf oder zehn Kölsch sind, die er weniger trinkt, weil er mit dem Hund raus muß. Er drückte seiner Tante einen Kuß auf die Wange und gab ihr die Hand. Das erinnerte ihn mit einem Mal an seine Mutter, deren kleine weiche Hand sich in seiner immer anfühlte wie ein kleines, zartes Tierchen. Und mit der Erinnerung an seine Mutter fiel ihm auch wieder ein, daß da noch eine, eine viel schwerere Aufgabe, auf ihn wartete.

***

Den Rest des Nachmittags hatte es nichts weiter für ihn zu tun gegeben. Jetzt gleich zu seiner Mutter zu gehen und ihr ihre gefährliche Karnevals-Idee versuchen auszutreiben, hätte seine Kräfte überfordert. Für dieses Unterfangen mußte er frischer sein, in der Lage, bei Bedarf einen energiegeladenen Auftritt hinzulegen. Denn, das war angesichts des offensichtlichen Fanatismus, den sie bei ihren jecken Aktivitäten an den Tag legte, abzusehen: Mit milden Ermahnungen würde er nicht weiterkommen. Er würde ihr in den grellsten Farben ausmalen müssen, in welch gefährliche Gewässer sie ihre angeknackste Gesundheit durch ihr übertriebenes karnevalistisches Engagement steuerte. Zweimal in der Woche probte sie. Und das bei diesen Temperaturen! Unmöglich! Da mußte er schnellstmöglich eingreifen. Nur heute nicht. Morgen vielleicht, wenn es vielleicht ein bißchen kühler geworden war und er den neuen Fall einigermaßen in den Griff bekommen hatte.

Und auch da konnte er heute nichts mehr ausrichten. Das, was im Augenblick noch zu erledigen war, das besorgte Esser, ansonsten waren sie vorläufig zum Abwarten verurteilt. Daß Füsser mit seinem Geständnis die Unwahrheit gesagt hatte, das erschien Löhr mittlerweile offensichtlich. Aber warum hatte er die Schuld auf sich genommen? Von dem morgigen Gespräch mit ihm erhoffte er sich wenig zur Aufklärung dieser Frage. Wenn einer einmal gelogen hat, wird er beim nächsten Mal nicht gleich mit der Wahrheit herausrücken, sondern weiter lügen, denn mit seiner ersten Lüge wollte er ja eben diese Wahrheit, falls er sie kennt, verschleiern.

Der springende Punkt also blieb, warum Füsser den wahren Tathergang vertuschen wollte. Der Konkurrenzkampf im Festkomitee konnte dahinterstecken. Die Intrigen, die Lingohr – erfolglos – gegen Füsser angezettelt hatte. Lingohr selbst konnte dahinterstekken. Als er merkte, daß sein Intrigenspiel gegen Füsser auf keine Resonanz stieß, bestach er die Sorgalla und Charly, Charly schlug die arme Nicole Liefers krankenhausreif, und das saubere Pärchen drehte das Ganze so, daß man die Tat Füsser in die Schuhe schieben konnte. Das war die Version, die für Löhr im Augenblick am meisten Plausibilität besaß.

Ein wegen schwerer Körperverletzung, vielleicht sogar wegen versuchten Mordes in U-Haft sitzender Füsser war kein Anwärter mehr auf das Präsidentenamt des Festkomitees. Lingohr würde freie Bahn für die dringend benötigte Wiederwahl haben. Der Haken an dieser Version blieb aber nach wie vor, weshalb Füsser freiwillig auf dieses abgekartete Spiel eingegangen war und die Tat gestanden hatte. Den einzigen Ansatz einer Erklärung bot der Zeitpunkt, an dem Füsser das Geständnis abgelegt hatte. Nämlich erst dann, als Löhr während des Verhörs behauptet hatte, Nicole Liefers würde an ihren Verletzungen sterben. Hatte sich Füsser angesichts der daraus folgenden Schwere der Tat vollends aufgegeben? Er hätte keinen Grund dazu gehabt, wenn er sie tatsächlich nicht begangen hatte. Konfrontiert mit dem Tod des Opfers hatte der zu Unrecht Beschuldigte die Tat und die folgende Gefängnisstrafe auf sich genommen. Warum? Wenn er diese Rätselfrage beantworten konnte, hatte er den Fall gelöst.

Mit diesen und anderen Gedanken beschäftigt, auch den an den durch Paluchowski initiierten massiven Konflikt, der ihm mit Schuhmacher bevorstand, aber dem er nach wie vor mit großer Gelassenheit entgegensah, war Löhr durch den hochsommerlichen Nachmittag spaziert. Von der Leostraße in Ehrenfeld, wo sich die Wohnung von Tante Trudi und Onkel Heinz befand, war er die Subbelratherstraße stadteinwärts gegangen, hatte von dort aus eine Schleife durch die menschenleere und seelenlose Gigantomanie der Mediapark-Landschaft gezogen, war danach quer durch den Stadtgarten flaniert, wo es tatsächlich Hunderte von Leuten gab, die sich, halbnackt auf dem verdorrten Rasen liegend, einer Intensiv-Ozonbestrahlung unterzogen, hatte auf der Terrasse des »Stadtgarten-Cafés« einen Espresso und ein Glas Mineralwasser getrunken, war dann, es war inzwischen Abend und Löhr hungrig geworden, bei seinem Lieblingsitaliener auf der Richard-Wagner-Straße eingekehrt, einem Mini-Restaurant mit sechs Tischen, wo er einen Capricciosa-Salat, eine kleine Portion Spaghetti Vongole Verace, ein paar Häppchen Saltimbocca, einen winzigen Klecks Tiramisu und zum Abschluß einen Espresso nebst einem Tröpfchen Grappa zu sich genommen hatte.

Schwer und träge vom Essen saß er zu Hause in seinem Ledersessel zwischen den beiden Boxen, hörte dieses Mal statt »Rigoletto« »La Traviata«, nuckelte an seiner Honduras, nahm ab und zu ein Schlückchen Tullamore Dew und blätterte wieder einmal in einem seiner Familien-Fotoalben, als es klingelte.

Es war neun Uhr abends durch und Löhr an Überraschungsbesuche, zumal, wenn Irmgard nicht zu Hause war, nicht gewöhnt. Vielleicht ein Nachbar?

Schwerfällig erhob sich Löhr aus seinem Sessel, ging zur Tür, drückte auf und öffnete die Wohnungstür. Im Treppenhaus hörte er schleppende Schritte. Konnte das Onkel Heinz sein, der sich, reichlich alkoholisiert, wegen der Hunde-Idee bei ihm beschweren wollte? Nein. Es war Esser.

»Rudi? Ich dachte, du wärst ...«

Stumm schüttelte Esser den Kopf und drängte an Löhr vorbei in die Wohnung. Löhr schloß die Tür und folgte Esser ins Wohnzimmer, wo der sich bereits in den Sessel gegenüber von Löhrs ledernen Ohrensessel gesetzt hatte.

Das war noch nie vorgekommen, daß Esser außerhalb des Dienstes bei Löhr aufgetaucht war. Es mußte, darauf deutete auch Essers beharrliches Schweigen hin, eine Katastrophe eingetreten sein. Löhr nahm ein Whiskyglas vom Bord über der Stereoanlage, füllte Essers Glas bis zur Hälfte und goß sich selbst auch noch einen Schluck ein. Esser nahm das Glas und kippte es mit einem Schluck herunter. Löhr setzte sich zurück in seinen Sessel und betrachtete Esser.

Der Mann befand sich in einem jämmerlichen Zustand. Die Kleidung war zwar wie immer in tadellosem Zustand, wie immer hatte er eine farbenfrohe Krawatte umgebunden und trug ein beigefarbenes, sommerlich-leichtes Jackett. Im Gegensatz zur geschniegelten Kleidung jedoch waren Essers Gesichtszüge keineswegs in knitterfreiem Zustand. Solche dicken Tränensäcke, so tiefe Furchen neben den Mundwinkeln waren Löhr an Esser noch nie aufgefallen. Innerhalb von Stunden schien sein Kollege um Jahre gealtert. Mit einer fahrigen Bewegung holte Esser ein Päckchen Zigaretten aus seiner Jakkentasche und entzündete eine Zigarette mit zitternden Fingern. Löhr stellte den Aschenbecher auf Essers Sessellehne, streifte die Asche von seiner halbgerauchten und inzwischen erkalteten Zigarre ab und steckte sie neu an.

»Sie will sich scheiden lassen«, sagte Esser nach einer kleinen Unendlichkeit des Schweigens und nachdem er mit zwei, drei Zügen seine Zigarette mehr verschlungen als geraucht hatte.

»Deine Frau?«

»Nein. Nicht meine Frau. Elvira.«

»Elvira? Deine Freundin?«

Esser nickte und streckte Löhr sein leeres Glas entgegen. Der schenkte noch einmal nach.

»Ich wußte gar nicht, daß sie auch verheiratet ist.«

»Das ist ja jetzt das Problem!« Esser starrte düster in sein Whiskyglas.

»Jetzt? Das heißt, bisher war es das nicht?«

»Im Gegenteil. War einfach, bißchen unverbindlich, keiner hatte große Ansprüche an den anderen.«

»Bis heute.«

»Bis eben, ja, als sie mir gesagt hat, sie hält das nicht mehr aus, sie will sich scheiden lassen.«

»Und als sie dir das gesagt hat, hast du sie stehenlassen, bist abgehauen?«

Esser blickte von seinem Glas auf, sah Löhr an, nickte zerknirscht, trank einen weiteren großen Schluck und sagte: »War nicht korrekt. Ich weiß. Hab die Nerven verloren. Dachte, jetzt gibt's Zoff, Hannah erfährt alles.«

»Erzähl mal, wie das war«, sagte Löhr, »was Elvira gesagt hat.«

»War zuerst alles ganz normal«, begann Esser mit einem Schulterzucken. »Wie immer. Wir lagen im Bett und ...«

»Im Bett? Wo im Bett?«

Esser druckste. »Na ja. 'n kleines Hotel. Am Appellhofplatz.«

Löhr räusperte sich. »Also, ihr lagt im Bett.«

»Und da fängt Elvira plötzlich an zu weinen und sagt, sie hält das nicht mehr aus.«

»Was hält sie nicht mehr aus?«

»Das ewige Versteckspielen, daß sie das Gefühl hat, ihren Mann zu betrügen.«

»Das ist ja wohl nicht bloß ein Gefühl.«

»Und ich dachte schon: O Nein! Bisher lief alles so glatt, und jetzt kriegt sie kalte Füße, es ist ihr alles zu viel, und sie will sich von mir trennen.«

»Aber dann?«

»Dann sagt sie, daß sie sich von *ihm* trennen will, daß sie ausziehen, sich scheiden lassen will.«

»Und dann?«

»Dann? Dann hab ich Panik gekriegt. Bin in meine Hosen gesprungen und abgehauen. 'ne Stunde durch die Stadt gelaufen. Und als ich bei dir Licht sah ...«

»Hm«, machte Löhr nachdenklich. Seine Zigarre war ausgegangen, er zündete sie neu an, paffte ein bißchen und trank noch einen kleinen Schluck Whisky.

»Und warum sie sich scheiden lassen will, das hat sie nicht gesagt?« fragte er schließlich.

»Ja warum wohl?« fuhr Esser auf.

»Hat sie dazu was gesagt oder hat sie nicht?«

»Nein. Da war ich ja schon weg!«

»Na also«, sagte Löhr.

»Wie ›na also‹? Was meinst du?«

»Du bist dir also sicher, daß sie sich *deinetwegen* scheiden lassen will?«

Essers Lippen formten ein entrüstetes »Ja!«, dann erst setzte sein Nachdenken ein, und im Zeitlupentempo schloß sich sein Mund wieder.

Das Telefon klingelte. Ächzend stemmte sich Löhr aus seinem Sessel hoch. »Wär interessant, das rauszufinden, oder?« sagte er im Vorbeigehen zu Esser. Dann nahm er den Telefonhörer ab.

»Löhr.«

»Wagner von der Drogenfahndung«, meldete sich eine Baßstimme am anderen Ende. »Ihr Kollege Weber hat uns 'nen Tip gegeben. Wenn Sie mitkommen wollen, könnten wir jetzt 'ne kleine *action* steigen lassen.«

***

Auf dem Weg zu dem Café, in dem sich Löhr mit dem Drogenfahnder verabredet hatte, sprachen er und Esser kein Wort mehr über Essers Beziehungsdesaster. Sie sprachen überhaupt nicht. Grübelnd, mit gesenktem Kopf, alle paar Schritte Krawatte oder Jackett zurechtzupfend ging Esser neben Löhr. Sie überquerten, von der Engelbertstraße kommend, den Teil des Rudolfplatzes, an dem früher das alte Opernhaus gestanden hatte und wo sich jetzt der rechteckige Glas-Betonklotz eines Hotels erhob. Jedes Mal, wenn Löhr diesen Weg ging, überkam ihn ein Anflug von Wehmut, gepaart mit verzweifelter Wut. Das Ende des Krieges nämlich hatte das nach Wiener Vorbild in den achtziger Jahren des neunzehnten Jahrhunderts gebaute Opernhaus so gut wie unbeschadet überstanden. Ein paar Stuckverzierungen und die Fensterscheiben waren infolge der Druckwellen in der Nähe heruntergegangener Bomben zu Bruch gegangen. Weiter nichts. Aber man hatte es ein paar Jahre nach Kriegsende trotzdem gesprengt und durch diesen unsäglich häßlichen Quader ersetzt. Warum?

Das Café auf dem Hohenzollernring hatte eine durchgehende Glasfront zum Ring hin. Wagner, den Fahnder, kannte er vom Sehen; selbst, wenn er ihn nicht gekannt hätte, hätte er ihn sofort unter den im Lokal anwesenden Männern identifizieren können, denn er sah unverkennbar aus wie ein Drogenfahnder: Goldkettchen um den Hals, verwaschene Jeans, ein über der Hose hängendes Hawaiihemd, darüber eine rissige alte Lederjacke, weniger ein Kleidungsstück als eine Tarnung für die in einem Gürtelholster steckende Waffe. Löhr wunderte sich immer wieder, wenn er einen von diesen Burschen sah, wieso die überhaupt einigermaßen erfolgreich operieren konnten: Jeder Junkie und jeder Dealer in der Stadt vermochte sie auf tausend Meter als Bullen zu erkennen.

Wagner stand an der Theke, neben ihm ein Kollege, der ihm, abgesehen davon, daß er einen halben Kopf kleiner und sein Gesicht von einer blühenden Akne überzogen war, von der Kleidung her glich wie ein Zwilling. Wagner nickte Löhr zu, und Löhr und Esser stellten sich zu den beiden an die Theke.

»Trinken wir vorher noch was?« fragte Wagner, nachdem er seinen Kollegen Hoppe und Esser und Löhr einander vorgestellt hatte.

»Espresso«, nickte Löhr. Er hoffte, damit den Whiskygeschmack in seinem Mund, nebst der entsprechenden Fahne, neutralisieren zu können. Auch Esser bestellte Espresso.

»Also«, fragte Wagner Löhr, nachdem der seine leere Tasse zurück auf den Tresen gestellt hatte, »worauf soll das Ganze hinauslaufen? Weber hat mich nur in groben Zügen informiert.«

»Uns geht's vor allem um Charly Höppner, den Rausschmeißer des Saunaclubs von Teresina Sorgalla«, antwortete Löhr.

Wagner nickte. »Weiß Bescheid. Weber hat mir 'ne Kopie des Berichts über Höppner geschickt. Was habt ihr mit ihm vor?«

»Wir sind ziemlich sicher, daß er ein Mädchen aus dem Laden

halbtot geschlagen hat. Können's ihm aber nicht nachweisen, weil das Opfer noch nicht vernehmungsfähig ist.«

»Verstehe«. Wagner zündete sich mit einem schweren, vergoldeten Feuerzeug eine Zigarette an. Löhr bemerkte, daß Wagner außer dem Kettchen um den Hals auch noch eins um das Handgelenk und am kleinen Finger einen Brillantring trug. »Ihr wollt, daß wir den für euch sturmreif schießen. Ist kein Problem.«

»Nicht nur den, den ganzen Laden. Die Chefin steckt vermutlich auch hinter der Geschichte.«

»Klar den ganzen Laden. Was sonst?« Hoppe, der Mann mit der Akne, machte eine großspurige Geste. »Wo wir heute abend hinkommen, bleibt sowieso kein Stein auf dem anderen. Wir sind nämlich richtig gut drauf.«

»Uns ist gerade 'n albanischer Dealer mit 'nem Pfund Heroin durch die Lappen gegangen«, erklärte Wagner grinsend.

Genau so hab ich mir das vorgestellt, dachte Löhr. Ein richtiges Erfolgsduo. Aber sei's drum. Für den Job jetzt sind sie gut genug.

»Wie wollt ihr das überhaupt anstellen?« mischte sich Esser erstmals ein. »Habt ihr einen Durchsuchungsbeschluß für den Club?«

Wagner und Hoppe lachten röhrend. Irritiert sah Esser Löhr an. Der zog bloß die Schultern hoch.

»Also ohne Durchsuchungsbeschluß ...« Essers Stimme hatte sich in die krächzende Tonlage hochgeschraubt, in der er gewöhnlich seinen vehementesten Protest anzumelden pflegte.

»Wir brauchen keinen Durchsuchungsbeschluß«, sagte Hoppe grinsend. »Wir *sind* das Gesetz.«

Esser holte Luft und lief rot an.

»Er meint«, erklärte Wagner, »wir greifen unter Gefahr im Verzug ein. Alles klar?«

»Nein!« sagte Esser zornig.

Wagner verdrehte genervt die Augen. »Wenn wir 'nen Durchsuchungsbeschluß erwirken müßten, Kollege, dann könnten wir die Aktion nicht so durchziehen, wie ihr das braucht. So aber erfährt keiner was davon. Kein Richter, kein Staatsanwalt. Und wenn, dann haben wir gerade den Tip gekriegt, daß da 'n Deal abläuft und mußten unmittelbar eingreifen. Gefahr im Verzug eben. Alles klar?«

Für Esser war keineswegs alles klar. Er warf Löhr einen fragenden und zugleich vorwurfsvollen Blick zu. Löhr nickte bloß gleichmütig.

»Geht in Ordnung.«

»Also gut.« Wagner ließ seine Linke vorschnellen und warf einen Blick auf eine schwere goldene Rolex, von der Löhr überzeugt war, daß sie kein Imitat war. »Es ist jetzt zweiundzwanzig Uhr vierzig. Um zweiundzwanzig Uhr fünfundvierzig schlagen Hoppe und ich in dem Puff auf. Um zweiundzwanzig Uhr fünfzig haben wir den Laden plattgemacht. Um zweiundzwanzig Uhr fünfundfünfzig ist euer Auftritt. Alles klar?«

»In Ordnung«. Löhr nickte.

Wagner holte ein paar zerknüllte kleine Geldscheine aus seiner Hosentasche und ließ sie auf die Theke flattern. »War unser Fest«, sagte er, nahm Löhr am Arm und drückte ihm, so, daß niemand anderes als Esser es sehen konnte, ein kleines, mit weißem Pulver gefülltes Plastiksäckchen in die Hand. »Falls *wir* nichts finden«, sagte er augenzwinkernd und verließ mit seinem Kollegen breitbeinig das Café.

»Jakob!« machte Esser drohend mit Blick auf dessen um das Plastiksäckchen geschlossenen Faust. Löhr, der Gefallen an dem Spiel der beiden Fahndungs-Cowboys gefunden hatte, steckte das Säckchen in die Hosentasche, wandte sich der Theke zu, deutete auf die Geldscheine und sagte: »Davon können wir uns bestimmt noch zwei Espresso leisten.«

Die »Party«, die die beiden Drogenfahnder im Saunaclub veranstalteten, schien von durchschlagendem Erfolg zu sein. Als Löhr und Esser pünktlich um fünf vor elf in der Brabanter Straße 57 auftauchten, stand die Haustür offen, und zwei, drei Männer drängten gleichzeitig, ihre Kleidung ordnend, hinaus und verschwanden mit schnellen Schritten in der Dunkelheit. Unten im Saunaclub sah es aus, als sei ein Taifun durch die Räume gewirbelt. Die Bilder der nackten Frauen hingen schief, die Alkazar-Kugel schwankte unter der Decke und produzierte wirre Lichtreflexe auf am Boden des Flurs liegende Stühle, Nachttischlampen, aufgesprungene Schminkköfferchen und Kondomschachteln, die Türen zu sämtlichen Räumen standen weit offen, und aus dem ebenfalls offenen Büro der

Clubchefin drang ein Stöhnen, als würde gewaltsam am Nasenring eines Bären gezerrt.

Das Stöhnen, stellte Löhr beim Betreten des Büros fest, stammte von Charly, der quer über dem Schreibtisch seiner Chefin lag, während ihm Hoppe beim Anlegen einer Handschelle den linken Arm so auf dem Rücken verdrehte, daß dieser bei der nächsten Bewegung aus dem Schultergelenk springen mußte.

»Sag mir, wo du den Scheiß-Stoff gebunkert hast«, schrie Hoppe, »oder du kannst morgen dein Brötchen aus der Schnabeltasse schlürfen.«

»Ich hab keinen Stoff!« Der Rausschmeißer stöhnte und warf seiner Chefin verzweifelte Blicke zu, die, bewacht von Wagner, an der Wand stand und mit unbewegter Miene die Qualen ihres Rausschmeißers mit ansah.

»Entschuldigung. Stören wir gerade?« sagte Löhr und breitete, an Frau Sorgalla gewandt, entschuldigend die Hände aus.

»Ihr steckt also dahinter«, sagte sie im Ton einer kalten Feststellung.

»Nein, nein, nein«, antwortete Löhr. »Wir kommen nur ganz zufällig hier vorbei.« Damit ging er auf Hoppe zu und legte ihm eine Hand auf den Arm, mit dem er Charly noch immer fest im Griff hatte. »Ich glaub, das ist nicht nötig«, sagte er sanft. Hoppe ließ den Langmähnigen los. Der rappelte sich mühsam vom Schreibtisch hoch und massierte mit schmerzverzerrtem Gesicht das malträtierte Schultergelenk.

»Ich meine, *ganz* zufällig natürlich auch wieder nicht«, fuhr Löhr fort, seinen Blick abwechselnd auf Teresina Sorgalla und Charly gerichtet. »Wir wollten ohnehin noch mal mit Ihnen sprechen. Weil es da noch ein paar klitzekleine Ungereimtheiten in Ihren Aussagen bezüglich Nicole Liefers gibt. Stimmt's, Rudi?«

Löhr lächelte Esser zu, der an der Tür stehengeblieben war. Esser hatte die Szene mit düsterer Miene verfolgt und reagierte lediglich mit einem mißbilligenden Absenken der Mundwinkel.

»Ich will meinen Anwalt sprechen!« sagte Frau Sorgalla herrisch, trat einen Schritt auf den Schreibtisch zu und streckte ihre sehnige, braune Hand nach dem Telefon aus.

»Sicher, Gnädigste«, grinste Wagner und fuhr seinen rechten

Arm so aus, daß er eine Schranke zwischen der Puffchefin und dem Telefon bildete und sie gleichzeitig an die Wand zurückschob. »Aber erst, wenn wir fertig sind.«

»Das kann übrigens ganz schnell gehen«, mischte sich Löhr wieder ein und sah Charly an. »Ich will nur wissen, was sich in der Nacht von Sonntag auf Montag hier unten mit Nicole Liefers *wirklich* abgespielt hat.«

Charlys wasserblauer Blick schwamm Richtung Chefin, Löhr folgte diesem fragenden Schwenk, der Blick Teresina Sorgallas blieb abweisend und undurchdringlich. Er signalisierte keine Antwort.

»Na schön«, sagte Löhr und steckte die Hand in die Hosentasche, in der sich das Plastiksäckchen befand. Und während seine Hand damit spielte und er sich vollkommen darüber im klaren war, daß er es keinesfalls dem Rausschmeißer unterschieben würde, sagte er im Plauderton: »In dem Fall würde ich die Kollegen von der Drogenfahndung natürlich nicht weiter von ihrer Pflicht abhalten können. Und ich bin mir sicher, und zwar sehr sicher«, dabei trat er einen Schritt auf Charly zu, »daß die irgendwas bei Ihnen finden werden. Ach! Was sag ich? Irgendwas? Nein! So viel, daß Sie, lieber Herr Höppner, auf der Stelle und dann für ziemlich lange Zeit einfahren würden. Und der Laden hier«, Löhr wandte sich Frau Sorgalla zu, »mit an Sicherheit grenzender Wahrscheinlichkeit für mindestens den gleichen Zeitraum dicht machen müßte.«

Löhr sah, wie ein breites Grinsen die Mienen von Hoppe und Wagner durchzog, während Charly nervös an seinem Pferdeschwanz nestelte, seine wasserblauen Pupillen einen hektischen Tanz vollführten und sich wieder auf Frau Sorgalla richteten.

Deren Miene blieb zunächst weiterhin hart und undurchdringlich. Dann aber senkte sie für einen kurzen Augenblick die pergamentenen Augenlider.

Der Köbes, ein flinker, kleiner Mann mit ölig nach hinten gekämmtem schwarzen Haar und einem unter der blauen Köbesmontur gewaltigen Bauch, begann, im hinteren Teil des »Brauhaus Pütz« die Stühle hochzustellen. Nach den turbulenten Ereignissen im Saunaclub war Löhr nach einem frischen Kölsch zumute gewesen. Das »Brauhaus Pütz« lag auf seinem Heimweg. Außerdem hatte Esser bestimmt noch das Bedürfnis, mit ihm über seinen Beziehungsknatsch zu sprechen. Esser aber war immer noch ganz benommen von dem, was er gerade in der Brabanter Straße 57 erlebt hatte.

»Und was hättest du gemacht, wenn Charly nicht ausgepackt hätte?«

»Nichts«, entgegnete Löhr.

»Wirklich nicht?« Esser warf Löhr einen skeptischen Blick zu, während er sein Kölsch austrank.

»Ich hatte von Anfang an nicht vor, ihm den Stoff unterzuschieben.«

»Und warum hast du das Zeug überhaupt angenommen?«

»Nur so«, grinste Löhr und trank ebenfalls sein Kölsch aus. »Hab so was noch nie gemacht. Hat mich 'nen Augenblick lang gereizt. Auch mit so was in der Hosentasche rumzulaufen.«

»Also! Du hast zumindest mit dem Gedanken gespielt!«

»Na und? Ich *hab's* aber nicht gemacht. Das ist die Hauptsache, oder?«

»Diese ganze Aktion!« stöhnte Esser. »Ich weiß nicht. Mir war reichlich mulmig dabei. Wie viele Vorschriften dabei verletzt worden sind! Wenn das rauskommt, und wenn rauskommt, daß wir dahintergesteckt haben.«

»Es kommt nicht raus!« sagte Löhr knapp. Er verspürte zu so später Stunde keine Lust mehr, sich auf Essers ewige Skrupel einzulassen. Er drehte sich nach dem Köbes um, der gerade mit einem Kranz leerer Gläser vorbeiging, und bestellte zwei weitere Kölsch.

»Dat ist dann aber die vorletzte Runde! Um eins ist hier zu!« entgegnete der Köbes.

»Jedenfalls sind wir 'nen Schritt weiter und wissen, daß es richtig war, Füsser wieder freizulassen«, sagte Löhr.

In der Tat hatte Charly, nachdem ihm Teresina Sorgalla ihr Einverständnis durch ihr Augenklimpern signalisiert hatte, zugegeben, daß er es gewesen war, der Nicole Liefers so zugerichtet hatte. Laut seiner Darstellung hatte er in Notwehr gehandelt, um sich gegen ihre Angriffe zu wehren; zum Beweis präsentierte er noch einmal die Kratzwunden auf seinem Unterarm. Ferner hatte er behauptet, daß sich Nicole Liefers die schwere Kopfverletzung nicht in unmittelbarer Folge seiner Schläge, sondern durch ein unglückliches Zurückprallen gegen einen Türpfosten zugezogen hätte.

Immerhin hatten sie jetzt eine der Wahrheit wohl sehr nahekommende Version des Tathergangs und den wirklichen Täter mit einem glaubhaften Geständnis. Füsser nämlich, so die Aussage von Charly, hatte bereits fünf Minuten, bevor es zu der Auseinandersetzung zwischen ihm und Nicole Liefers gekommen war, den Saunaclub verlassen. Auf die Frage, warum und ob Charly da vielleicht auch ein wenig nachgeholfen hatte, war der Rausschmeißer allerdings nur sehr ausweichend und vage eingegangen, und erst recht auf die, was der Anlaß des Streits zwischen ihm und Nicole Liefers gewesen war. Sie sei, so Charly, »plötzlich hysterisch« geworden und habe ihn angegriffen.

Die Puffchefin verharrte während Charlys bruchstücksweise aus ihm herausgezogenen Erklärungen regungslos auf ihrem Platz an der Wand neben Wagner und gab, selbst auf Nachfragen Löhrs, kein einziges Wort von sich.

»Ja«, meinte Esser, in sein leeres Kölschglas hineingrübelnd, »wir haben jetzt 'nen neuen und wahrscheinlich sogar den wirklichen Täter. Wenn Höppner morgen früh die Unterschrift unter sein Geständnis geschmiert hat, ist der Fall für uns unter Dach und Fach. Aber was mich stört, ist, daß wir immer noch keine Erklärung dafür haben, wieso Füsser die Tat gestanden hat. Das ist mir ein Rätsel.«

»Mir auch«, sagte Löhr, während der Köbes zwei neue Kölsch brachte, »aber ich denke, das kriegen wir spätestens raus, wenn wir Charlys Motiv kennen.«

»Motiv? Was soll'n der für'n Motiv haben?«

»Meinst du wirklich, der prügelt einfach drauf los? Niemals! Erstens kommt mir der Mann ziemlich kontrolliert vor, und zweitens, wenn er zum Tatzeitpunkt wirklich durchgeknallt wäre, hätte ihn die Sorgalla gebremst.«

»Du meinst also, dahinter steckt jemand anders? Hinter beiden? Charly *und* der Sorgalla?«

»Ja«, sagte Löhr und sah Esser in die Augen. »Das sieht ja wohl ziemlich eindeutig nach 'nem Auftrag aus, oder?«

Esser erwiderte Löhrs fordernd-bohrenden Blick. Er schien sein

Beziehungsdrama vergessen zu haben und konzentrierte sich ganz auf das Problem, vor das sie ihr Fall stellte.

»Tja«, sagte er gedehnt und steckte sich eine Zigarette an. »Ich hab über deine Theorie nachgedacht. Vor allem hab ich 'n bißchen recherchiert.«

»Recherchiert? Was hast du recherchiert?«

»Ich war heut nachmittag im Pressearchiv. Im Polizeicomputer tauchen ja weder Füsser noch Lingohr auf.«

»Und?«

»Füsser hat keine finanziellen Sorgen. Er hat 'ne gutgehende Zahnarztpraxis und offenbar Geld ohne Ende, ein paar Mietshäuser in Lindenthal, 'ne Finca auf Mallorca, und so weiter.«

»Aber Lingohr ...«

»Genau. Dem steht das Wasser bis zum Hals. Ist mit seinem Verlag zweimal ganz knapp am Konkurs vorbeigeschlittert, hat offenbar auch keine Reserven, und wenn er nicht bald von irgendwoher 'ne gewaltige Finanzspritze kriegt, ist er pleite.«

»Das heißt also, daß die Sekretärin recht hat, daß Lingohr *unbedingt* als Festkomitee-Präsident wiedergewählt werden muß, denn nur in der Position kann er sich mit Aufträgen von seinen Karnevalskumpanen über Wasser halten. Wird er abgewählt, lassen sie ihn fallen.«

»Das könnte sein«, bestätigte Esser.

»Und hast du auch rausgekriegt, wie's im Festkomitee um die Chancen für seine Wiederwahl stand, bevor wir Füsser festgenommen haben und die Sache im Express breitgetreten wurde?«

»Da hat deine Sekretärin auch recht«, nickte Esser. »Füsser galt bis dahin als designierter Nachfolger von Lingohr. Lingohr hat sich wohl in den letzten ein, zwei Jahren nicht mehr allzu viele Freunde gemacht. Autoritärer Führungsstil. Hat 'ne Menge Leute kaltgestellt.«

»Aber dadurch, daß Füsser durch die Liefers-Geschichte und die Berichte im Express als Nachfolger Lingohrs aus dem Rennen ist ...«

»Hat Lingohr wieder die besten Chancen«, bestätigte Esser. »Es gibt nämlich keinen anderen Gegenkandidaten.«

»Aha!« sagte Löhr in einem Ton, als wenn nun endgültig alles klar wäre.

»Du meinst wirklich …?« sagte Esser, und an seiner Miene war abzulesen, daß ihm die Vorstellung, die ihm durch den Kopf ging, absolut nicht behagte.

Löhr leerte sein Glas und winkte dem Köbes.

»Dat ist dann dat letzte!« rief der Köbes vom Bierausschank zurück. »Ich muß heut pünktlich nach Hause!«

Tatsächlich war das Lokal inzwischen fast leer. Im Gastraum waren Esser und Löhr die letzten Gäste, nur an den Tischen gegenüber dem Ausschank saßen noch zwei reichlich alkoholisierte Gestalten, die kein Ende bei einer verworrenen Diskussion über postmoderne Kunst finden konnten.

»Aber wenn das wirklich so ist, wie du meinst«, nahm Esser widerstrebend das Thema auf, »wenn Lingohr als Auftraggeber hinter dieser Sache steckt, dann möchte ich gern wissen, wie wir das beweisen sollen.«

»Das ist wirklich ein Problem«, nickte Löhr, reichte dem Köbes, der zwei neue Kölsch vor ihn und Esser gestellt hatte, den Deckel und bezahlte.

»Aus der Sorgalla«, fuhr er fort, als der Köbes sich entfernt hatte, »kriegen wir nicht mehr raus als heute abend. Die hat Charly als Bauernopfer vorgeschoben, und das war's.«

»Noch mehr Druck können wir ihr nicht machen, stimmt. Es sei denn, wegen Vernichtung oder Unterschlagung von Beweismaterial. Ich meine das Videoband«, sagte Esser.

»Zu langwierig«, wandte Löhr ein.

»Also Lingohr selbst …«

»Wir könnten ihn in die Mangel nehmen, aber diesmal richtig.« Löhr nahm, wissend, daß es das letzte für heute sein würde, einen vorsichtigen Schluck Kölsch.

»Womit denn?« wandte Esser ein. »Wir haben nichts gegen ihn in der Hand. Wir haben nur unsere Theorie.«

»Und wie geht es Nicole Liefers? Du warst doch heute nachmittag in der Uniklinik?«

»Sie ist zwar übern Berg, hat der Arzt gesagt, aber vernehmungsfähig ist sie noch nicht. Frühestens übermorgen. Und wenn, was könnte sie uns schon sagen? Allenfalls etwas über den Tathergang, wenn sie sich überhaupt noch daran erinnern kann.

Aber nichts darüber, wer möglicherweise als Auftraggeber dahintersteckt.«

»Da kannst du recht haben«, sagte Löhr, mittlerweile auch ziemlich ratlos.

»Ach übrigens«, Esser tippte sich an die Stirn. »Der Arzt hat mir erzählt, daß sich gestern jemand in der Intensivstation, vor dem Zimmer der Liefers rumgetrieben hat, der nichts da zu suchen hatte. Ich weiß nicht, ob das für uns interessant ist.«

»Jemand?«

»'ne Frau, hat der Arzt gesagt. Eine Frau mittleren Alters. Konnte oder wollte nicht sagen, zu wem sie will, als die Schwestern sie danach fragten. Aber sie wollte augenscheinlich zu Nicole Liefers.«

»'ne Frau?« fragte Löhr.

»Ja eben. Deswegen hatte ich das auch nicht für so wichtig gehalten.«

Löhr zuckte die Schultern. Welche Frau sollte ein Interesse an Nicole Liefers haben? Teresina Sorgalla? Aber nein. Der Fall schien ihm zunehmend als eine Angelegenheit unter Karnevalspräsidenten. »Ist es wohl auch nicht«, sagte er.

Als sie auf die Straße traten, war die Nachtluft erfrischend kühl, und Löhr, den die Kölsch eher belebt als ermüdet hatten, beschloß, Esser noch ein Stück zu begleiten. Esser war nämlich nicht wie gewöhnlich mit dem Auto, sondern zu Fuß unterwegs und wollte den Weg über die Deutzer Brücke auch zu Fuß und nicht mit der Straßenbahn zurücklegen.

Sie überquerten den Ring an der Stelle, wo vor wenigen Monaten der Sohn des Oberbürgermeisters durch ein paar nächtens Autorennen veranstaltende Verrückte zu Tode gekommen war und gingen am beleuchteten Glaspalast der Stadtsparkasse vorbei. Bisher hatten sie geschwiegen, aber Löhr wußte, daß Esser darauf brannte, auf das jäh unterbrochene Thema des Knatsches mit seiner Freundin zurückzukommen, sich aber wahrscheinlich nicht traute, es von sich aus erneut anzuschneiden. Also tat er ihm den Gefallen.

»Hast du«, begann er, gleich zum von ihm vermuteten Zentrum des Problems vorstoßend, »eigentlich selbst noch nie daran gedacht, dich von Hannah zu trennen?«

»Nein!« kam Essers prompte Antwort, »noch nie! Dafür kennen wir uns zu lange.«

Eine Antwort, die Löhr sehr befriedigte. »Na, dann ist das Verhältnis zu deiner Freundin wohl nicht lebenswichtig, oder?«

»Lebenswichtig nicht. Aber wichtig.«

Löhr konnte sich durchaus vorstellen, welcher Art diese »Wichtigkeit« war, wenn Esser die Umstände und Kosten auf sich nahm, für seine Treffen mit Elvira ein Hotelzimmer zu buchen. Es erschien ihm allerdings zu indiskret, näher darauf einzugehen.

»Und für Elvira«, fragte er statt dessen weiter, »ist es für sie genauso wichtig?«

»Ich denke schon.«

»Also von der gleichen Art Wichtigkeit?« mußte Löhr nun zum Thema kommen.

»Hab ich bisher immer vermutet, ja.«

»Bis sie dir damit kam, daß sie sich von ihrem Mann scheiden lassen will. Da dachtest du, eure Treffen hätten für sie vielleicht eine andere Art Wichtigkeit?«

»Hm. Ja«, machte Esser.

»Aber du weißt es nicht. Also mußt du als nächstes herausfinden, *warum* sie sich scheiden lassen will. Vielleicht hat sie ganz andere Gründe, als du denkst. Zwischen zwei Männer gestellt, entscheiden sich viele Frauen weder für den einen noch für den anderen. *So* wichtig, wie wir denken, sind wir Männer gar nicht für die.« Damit waren sie wieder an dem Punkt des Gesprächs angekommen, an dem sie es vor etlichen Stunden hatten unterbrechen müssen. Obwohl Löhr einiges klarer geworden war. Da er aber Esser nicht mit weiteren Ratschlägen traktieren wollte, erzählte er ihm, die eigene Befindlichkeit gleichsam zum Beispiel nehmend, von sich selbst.

»Ach weißt du«, begann er, »was soll *ich* denn sagen? Ich mach mir manchmal auch Gedanken, was meine Irmgard ohne mich da unten in Italien alles anstellen könnte. Wochenlang allein in der Toskana bei all den Künstlern. Aber dann sag ich mir immer: Was ich nicht weiß, macht mich nicht heiß.«

»Du glaubst wirklich, Irmgard könnte ...?« fragte Esser erstaunt.

»Nein«, entgegnete Löhr, »das glaub ich eigentlich nicht. Aber *wissen* tu ich's natürlich nicht. Was weiß man überhaupt von 'nem anderen Menschen? Gerade von einem, den man meint, sehr gut zu kennen? Aber solange sie immer zurückkommt und solange sie mich liebt und ich sie liebe ...«

»Tut ihr das denn?« fragte Esser spontan, die Spontaneität seiner Frage tat ihm gleich leid, und er schob sofort ein »Entschuldige, ich wollte nicht ...« hinterher.

»Natürlich ist's nicht mehr die Verliebtheit wie vor fünfzehn Jahren«, antwortete Löhr freimütig, »aber ich denke, also *ich* jedenfalls ...« Er geriet ins Stocken. Was eigentlich konnte er einem anderen Genaues über seine Beziehung zu Irmgard sagen?

»Ja«, murmelte Esser ziemlich leise neben ihm. »Hätt ich nicht gedacht. Dann geht's uns beiden im Grunde ziemlich ähnlich, oder nicht?«

An der Ecke zum Mauritiussteinweg verabschiedete sich Löhr von Esser und schlug, nachdenklich schlendernd, den Weg zurück nach Hause ein. Das, was er Esser eben über sein Verhältnis zu Irmgard gesagt hatte, wollte ihm nicht aus dem Kopf gehen. Vielleicht, dachte er, war es ein Fehler gewesen, wieder einmal nicht mit ihr wegzufahren. Allmählich mußte sie seine permanente Weigerung als ein Desinteresse an ihrer Person auffassen. Und auf was für Ideen mochte sie, diesen Zweifel im Hinterkopf, da unten im Süden wohl kommen, immer umgeben von einem Schwarm von Künstlern, Kunstliebhabern, potentiellen Liebhabern aller Art?

Und er, was für Gründe hatte er, ihr seit Jahren den gemeinsamen Urlaub zu verweigern? War es wirklich so wichtig, ein paar Pappnasen bei ihren kriminellen Rangeleien um einen Karnevalspräsidentenposten auf die Schliche zu kommen? Oder Onkel Heinz einen Hund gegen den Alkoholismus zu beschaffen? Oder seine Mutter vom Stippeföttchetanz abzuhalten?

O doch, gab es Löhr plötzlich einen kleinen Stich ins Herz. Letzteres war einigermaßen wichtig.

***

Schuhmachers linkes Augenlid schlug einen besorgniserregend schnellen Takt an. Aber sein Ärger während der Frühbesprechung wurde nicht etwa durch den Fall Liefers provoziert, sondern durch den Taxivergewaltiger, mit dem sich das KK11 seit Wochen und Monaten von einer Blamage ins nächste Fettnäpfchen manövrierte.

Ein Taxifahrer hatte im Frühjahr sein Unwesen getrieben und zuerst eine, dann noch eine, schließlich eine dritte Frau während einer Fahrt bedrängt, sie danach in abseits liegendes Gelände gefahren und dort vergewaltigt. Aufgrund eines Phantombildes, das wegen der unsäglichen Monsterhaftigkeit des Dargestellten ein Gewitter höhnischer Schlagzeilen verursacht hatte, konnte Wochen nach den Taten ein Euskirchener Mietwagenfahrer verhaftet werden. Nach einer Gegenüberstellung mit einem der Opfer wurde der Mann in Haft genommen und unter Anklage gestellt. Dann aber hob das Landgericht den Haftbefehl wieder auf, wegen Ermittlungsfehlern des KK11: Der Täter war der Frau nämlich ohne Vergleichspersonen gegenübergestellt worden. Nachdem Urbanczyk, der zuständige Staatsanwalt, Beschwerde gegen dieses Urteil eingelegt hatte, war das Oberlandesgericht dieser Beschwerde gefolgt und hatte erneut Haftbefehl gegen den Monster-Mann erlassen. Wollte man sich nicht noch einmal wegen schlampiger Ermittlungen lächerlich machen, mußten jetzt handfeste Beweise auf den Tisch, und über die verfügten die zuständigen Kripobeamten immer noch nicht.

Löhr, froh, daß Schuhmachers Augenklappern nicht ihm galt, verfolgte die stichelnden Fragen des Dienststellenleiters an die mit dem Taxifahrer-Fall befaßten Kollegen nur mit halbem Ohr, denn er hatte vor sich die neueste Ausgabe des Express aufgeschlagen, die auf der Titelseite die »Füsser-Story« ankündigte: »Das Doppelleben eines Top-Karnevalisten«. Auf der vorletzten Seite fand Löhr den Artikel mit einem Farbfoto Füssers, das ihn in vollem Karnevalsornat und mit roter Pappnase zeigte. Auf zwei kleinen, in den Text eingebauten Schwarzweißaufnahmen waren das Haus Brabanter Straße 57 und das Klingelschild des Saunaclubs zu sehen. »Hier«, lautete die Bildunterschrift, »verbrachte der Vizepräsident des Festkomitees Kölner Karneval seine ganze Freizeit und ließ dort monatlich einige Tausender für Liebesdienste.« Woher, fragte sich Löhr, war der Expressreporter so gut informiert? Zweifellos mußte er einen guten Draht zum

Festkomitee, und dort vor allem zu Lingohr haben. Und wenn er schon *so* viel wußte, dann würde er sicher auch noch mehr wissen. Löhr umkringelte den Namen des Reporters: Roger Klütsch.

Während Löhr über dem Express-Artikel gegrübelt hatte, war die Frühbesprechung zu Ende gegangen, ohne daß Schuhmacher auf den Füsser-Fall zu sprechen gekommen war. Löhr blickte auf und fand sich allein im Besprechungszimmer.

Selbst Esser war, ohne daß er es mitbekommen hatte, bereits gegangen. Löhr faltete die Zeitung zusammen, erhob sich und machte sich auf den Weg ins Büro. Er ging am Geschäftszimmer vorbei, dessen Tür offenstand. Löhr warf einen Blick hinein: Der Raum war bis auf ein paar am Boden liegende Papierschnipsel und Büroklammern vollkommen leer und Engstfeld wahrscheinlich in Kalk gerade dabei, seine neue Wirkungsstätte einzurichten. Mit Grausen mußte Löhr daran denken, daß es nur noch wenige Tage bis zum Umzug seines eigenen Büros waren. Er ging weiter. Als er die Durchgangstür zum Flur aufstieß, in dem sein Büro lag, hörte er hinter sich ein heiser gebelltes »Jakob!« Er drehte sich um. Schuhmacher. Natürlich Schuhmacher. Wäre auch einem Wunder gleichgekommen, wenn er ihn ungeschoren gelassen hätte. Der Dienststellenleiter war einen Schritt aus seinem Büro getreten und winkte Löhr mit einer knappen, herrischen Geste zu sich. Löhr trottete zurück, Schuhmacher ließ ihn mit unbewegter Miene an sich vorbei in sein Büro gehen und zog dann hinter sich so betont fest die Tür zu, als würde er einen Sargdeckel schließen.

Löhr setzte sich unaufgefordert in Schuhmachers Besuchersessel, denn sitzend, dachte er, befand er sich in der einzigen Position, die den bevorstehenden Theaterdonner einigermaßen erträglich machen und ihm gleichzeitig eine gelassene Haltung gestatten würde. Schuhmacher ließ sich ihm gegenüber hinter seinem Schreibtisch nieder, sah ihn an und versuchte, seine zuckenden Lider unter Kontrolle zu bekommen.

»Du weißt, worum es geht?«

»Paluchowski, vermute ich«, antwortete Löhr.

Schuhmacher legte den Kopf zurück und klimperte die Decke an. »Was soll ich da bloß machen, Jakob?«

Damit hatte Löhr zuletzt gerechnet. Daß Schuhmacher ihn um

Rat fragte. In einem eher kläglichen Ton überdies, der weit entfernt vom zu erwartenden Donnerwetter war. Löhr dämmerte, was in Schuhmacher vorging. Er wollte um keinen Preis Aufsehen erregen, den Anschein erwecken, als habe er seine Dienststelle nicht im Griff. Das wäre Gift für seine Karrierepläne.

»Nichts«, antwortete Löhr. »Du brauchst gar nichts zu machen, Heribert.«

»Und Paluchowski? Was mach ich mit dem? Meinst du, er hält einfach still, wenn ich dich nicht ersetze?«

Löhr zuckte die Schultern. Eigentlich, dachte er, war es nicht seine Aufgabe, sich den Kopf seines Vorgesetzten zu zerbrechen.

»Kannst du versuchen, das wieder hinzubiegen, Jakob?«

»An mir liegt's nicht«, sagte Löhr.

»Was ist eigentlich genau passiert? Paluchowski hat hier 'ne Stunde lang rumgeschrien und mir irgendwas von Unterschlagung, Unterdrückung eines Geständnisses und so weiter erzählt.«

Löhr überlegte kurz, ob er Schuhmacher die Wahrheit sagen sollte. In der Verfassung, in der dieser sich zur Zeit befand, hätte er sie vielleicht gnädig aufgenommen, darin ein bloß leichtes Vergehen im Dienst eines höheren Zwecks gesehen.

Andererseits erschien es ihm prinzipiell unklug, sich vor einem Karrieristen auch nur die kleinste Blöße zu geben. Auch wenn dies hier bloß ein Eingeständnis unter vier Augen wäre, es würde in Schuhmachers Gedächtnis auf ewig haften bleiben und seinem Kanon von Vorurteilen gegen Löhr ein weiteres hinzufügen, jederzeit in Form stichelnder Bemerkungen oder auch handfesterer Brüskierungen abrufbar. Das konnte sich Löhr nicht leisten. Er hatte genug damit zu tun, seine häufigen familiär bedingten Absenzen vom Dienst in einem einigermaßen rechtfertigbaren, Schuhmachers Toleranzvolumen nicht überschreitenden Rahmen zu halten. Dieses Toleranzvolumen zusätzlich mit einer dienstlichen Verfehlung zu strapazieren würde das Faß zum Überlaufen bringen, wenn nicht unmittelbar, dann später.

»Das ist natürlich völliger Blödsinn«, sagte Löhr laut. »Ich hab Füssers Geständnis mit der Hauspost zum Haftrichter geschickt, und da ist es verspätet eingetroffen. Wegen des Umzugschaos, vermute ich.«

»Leere Blätter sind dort angekommen, behauptet Paluchowski«, antwortete Schuhmacher und versuchte, Löhr mit seinem Flatterblick zu durchbohren.

»Die einzige Erklärung, die ich dafür habe, ist, daß der Umschlag einem Boten zwischendurch verlorengegangen ist, vielleicht auch kaputtgegangen, und er hat das Protokoll durch leere Blätter ersetzt, was weiß ich? Umzugschaos, wie gesagt«, haspelte Löhr und kam sich dabei nicht besonders glaubwürdig vor.

»Das glaubst du doch selbst nicht, Jakob!«

»Was für 'nen Grund sollte ich haben, Heribert, so etwas selbst zu machen?«

»Das frage ich mich auch.« Wieder sah Schuhmacher Löhr durchdringend an. Das heftige Flattern seines Augenlids machte dies allerdings zu einem eher lächerlichen Unterfangen.

Löhr zuckte lässig mit den Schultern. »Im übrigen«, sagte er, »hat sich das inzwischen alles von selbst erledigt.«

»Ach«, machte Schuhmacher mit einem Anflug von Hohn. »Bring mich bitte auf den neusten Stand.«

»Es hat sich als richtig erwiesen, Füsser nicht mit 'nem Haftbefehl zu belegen und in U-Haft zu nehmen.«

»Ach?«

»Der war's nämlich nicht. Definitiv nicht.«

»Sondern wer?«

»Der Rausschmeißer des Saunaclubs. Ein gewisser Charly Höppner.«

»Und der hat auch schon gestanden?« Wieder hatte Schuhmachers Frage einen höhnischen Beiklang.

»Herr Höppner kommt gleich zu Rudi und mir ins Büro und unterschreibt das Geständnis. Ja.«

Schuhmacher hob den Blick wieder zur Decke. Das Klimpern seines Augenlids beruhigte sich langsam.

»Und wie seid ihr auf diesen neuen Täter gekommen, wo ihr eigentlich schon einen Geständigen hattet?« fragte Schuhmacher mit kaum verhohlener Hinterhältigkeit in der Stimme.

Jetzt mußte sich Löhr, um nicht eine komplette Lügengeschichte aufzutischen, ein wenig winden. »Höppner hatten wir eigentlich von Anfang an auf dem Kieker. Nur ist uns Hendrik Füsser mit seinem Geständnis zuerst mal zuvorgekommen.«

Schuhmacher lächelte zum ersten Mal. Er preßte die Lippen aufeinander und zog die Mundwinkel im rechten Winkel hoch, ein Lächeln, das weniger ein Anzeichen des Vergnügens denn des Unbehagens war, so als zucke er unter einem plötzlichen stechenden Magenschmerz oder dem Kneifen eines zu engen Schuhs zusammen.

»War das der Grund, weshalb du Füssers Geständnis hast verschwinden lassen?« fragte Schuhmacher schließlich, nun gar nicht mehr hinterhältig, sondern beinahe brutal.

Löhr lehnte sich zurück und ließ die Frage unbeantwortet. Statt dessen sagte er: »Wenn ich das richtig mitbekommen habe, ist es dir eigentlich ganz recht, wenn das Festkomitee aus der ganzen Sache mehr oder weniger raus ist, oder?«

Diese Frage ließ nun Schuhmacher seinerseits unbeantwortet. Er stützte den Kopf in die rechte Hand und fragte: »Und habt ihr ‘ne Ahnung, *warum* Füsser die Tat gestanden hat?«

»Wenn das zur Aufklärung des Falls nötig ist, bringen wir das auch noch raus«, antwortete Löhr. »Wir können’s aber auch unabhängig davon rausbringen.«

Schnell hob Schuhmacher wie zur Abwehr einer Gefahr beide Hände. Löhr hatte also recht gehabt. Schuhmacher wollte einen weiteren und ausufernden Skandal ums Festkomitee unter Mitwirkung des KK11 möglichst vermeiden. Die Taxifahrergeschichte lag ihm schon genug im Magen. »Wenn ihr ‘nen plausiblen Tathergang rekonstruieren könnt und ‘nen geständigen Täter habt, dann reicht das vollkommen«, sagte Schuhmacher. »Die Frage ist dann nur noch, wie ich Paluchowski wieder ins Boot kriege.«

Löhr weigerte sich, Schuhmacher auch nur die geringste Hilfestellung anzubieten.

»Also gut«, sagte Schuhmacher nach ein paar Sekunden des Wartens und Nachdenkens. »Ich denke, ich rede noch mal mit Paluchowski. Ganz in Ruhe. Und dann, denke ich, krieg ich das zwischen euch beiden wieder hingebogen.«

Für Esser, dachte Löhr auf dem Weg in ihr Büro, wird das ‘ne gute Nachricht sein. Aber ob es für ihn selbst so gut war, wenn sich der mit Paluchowski vom Zaun gebrochene Streit durch Schuhmachers Intervention in Wohlgefallen auflöste? Er hätte sich gern weiter mit diesem Wicht gezankt, es einmal darauf ankommen lassen. Andererseits: Was hatte er dabei zu gewinnen? Zumal die Schuld eindeutig bei ihm selbst gelegen hatte. Insofern sollte er eigentlich ganz zufrieden sein mit dem Ausgang der Geschichte. Das würde ihm Ruhe verschaffen, Ruhe, die er ganz dringend benötigte, schließlich mußte er sich sehr bald in einen anderen, wahrscheinlich viel kräftezehrenderen Kampf stürzen, den gegen den Karnevalismus-Tick seiner Mutter.

Als er ins Büro kam, saß Esser hinter seinem Schreibtisch, den Bürostuhl seitlich weggedreht, und telefonierte. Er hielt den Kopf gesenkt und den Telefonhörer so eingeklemmt, gleichsam versteckt, daß Löhr daraus schloß, Esser müsse ein sehr privates Gespräch mit sehr brisantem Inhalt führen. Löhr war schon dabei, diskret den Rückzug anzutreten, da beendete Esser das Gespräch, legte behutsam den Hörer auf die Gabel und sah Löhr mit unsicherem Lächeln an. Der schloß die Tür hinter sich und ging, als wenn er nichts gesehen hätte, zu seinem Schreibtisch, legte den Express darauf und setzte sich.

»Und? Wie war's bei Schuhmacher?« fragte Esser.

»Woher weißt du ...?«

»War doch klar, daß er dich beiseite nimmt, so wie er dich bei der Frühbesprechung die ganze Zeit angestarrt hat.«

»Ist mir gar nicht aufgefallen.«

»Also?«

Löhr hob die Schultern. »Alles wieder in Butter. Schuhmacher will mit Paluchowski sprechen und die Geschichte wieder ins Lot bringen.«

Esser blieb für einen Augenblick der Mund offen stehen. »Wie hast du das geschafft?« fragte er schließlich.

»Gar nicht«, antwortete Löhr. »Schumacher war bloß froh, daß der Täter nicht Füsser heißt und das KK11 nicht weiter gegen ein Mitglied des hochheiligen Festkommitees ermitteln muß.«

»Aber der Drahtzieher, der Auftraggeber, der sitzt womöglich im Festkomitee.«

»Davon hab ich ihm natürlich nichts gesagt, das wird er noch früh genug erfahren«, grinste Löhr und begann, im Express nach dem Impressum zu suchen.

Auch Esser rang sich ein erleichtertes, wenn auch bloß mattes Grinsen ab. »Na Gott sei Dank haben wir erst mal Paluchowski vom Hals«, sagte er und sah Löhr dann schweigend beim Blättern zu.

»Sag mal, Jakob ...«, begann Esser erneut, diesmal zögernd.

Löhr sah auf.

»Ich hab 'n kleines Problem.«

Löhr wußte gleich Bescheid: Essers Gesprächspartner am Telefon vorhin war Elvira gewesen. »Geht klar«, sagte er laut. »Du hast ab heut mittag frei.«

Wieder blieb Esser der staunend geöffnete Mund eine Weile offen stehen, bis er ihn zum Sprechen bewegen konnte. »Woher weißt du ...?«

»Ich habe dich eben telefonieren sehen«, grinste Löhr.

Esser schüttelte ungläubig den Kopf. »Manchmal bist du echt 'n Genie.«

»Erzähl das bloß nicht weiter«, entgegnete Löhr. Er hatte die Telefonnummer der Redaktion gefunden.

»Ist nämlich wirklich so«, sagte Esser. »Sie hat heute nachmittag Zeit, und wir könnten uns zum Mittagessen treffen und ...«

»Das geht klar, hab ich gesagt.« Löhr griff zum Telefon. »Das einzige, was du heute morgen noch erledigen mußt, ist, dir jemanden zu suchen, der das Protokoll der Aussage von Charly Höppner tippt.«

»Ja richtig«, Esser warf einen Blick auf die Uhr. »Der kommt ja gleich. Und du? Was machst du?«

»Ich fahr zuerst zu Füsser. Und danach versuch ich noch was anderes.«

Löhr wählte die Nummer der Express-Redaktion, wo gleich jemand abnahm. »Löhr hier. Herr Klütsch von der Lokalredaktion, ist der wohl zu sprechen?«

***

Früher, dachte Löhr, haben die Schaffner bei heißem Wetter in den Straßenbahnen die Oberfenster gekippt, das gab immer einen wunderbar frischen Durchzug. Heutzutage gibt es keine Schaffner mehr in den Straßenbahnen. Schon lange nicht mehr. Und auch niemanden mehr, der die Oberfenster kippt. Der Fahrer sitzt vorn in einer abgeschlossenen Kabine und kümmert sich um nichts. Nicht einmal um die Ansage der Stationen, die vom Band läuft und die heute morgen offenbar falsch eingelegt wurde, denn die Haltestellen wurden in umgekehrter Reihenfolge angesagt.

Als die Bahn am Melatengürtel hielt, wurde der Maarweg angesagt. Löhr stellte fest, daß man die Oberfenster gar nicht mehr kippen konnte. Noch nicht einmal öffnen ließen sie sich ohne einen Spezialschlüssel. Vielleicht, überlegte er, gibt es ja jetzt Klimaanlagen in der Straßenbahn. Davon war allerdings nichts zu spüren. Im Innern der Bahn war es mindestens ebenso heiß wie draußen und Löhrs Hemd begann, wieder dermaßen unangenehm auf der Haut und das feuchte Hemd wiederum am Kunstlederpolster des Sitzes zu kleben, daß er es am liebsten ausgezogen hätte. Wie schön wäre es, die Oberfenster öffnen zu können.

An der Endhaltestelle der Linie 1 stieg er aus und machte sich zu Fuß auf den Weg durch Junkersdorf, ging den Kirchweg hinunter, bog von dort in die Blumenallee ein und stand schließlich, ein paar Querstraßen weiter, vor Füssers Villa. Als er das erste Mal hier gewesen war, hatte er, weil es dunkel gewesen war, deren neureich-geschniegelte Pracht nicht in ihrem ganzen Ausmaß wahrnehmen können.

Das Grundstück war mit dichten Oleanderbüschen umgeben, so daß das einstöckige weiße Gebäude dahinter fast verborgen blieb, wenn man nicht unmittelbar vor dem schmiedeeisernen Tor stand: Dann sah man den zum Haus führenden Kiesweg und den säulenbewehrten Eingangsbereich. Am Tor war eine Klingel ohne Namensschild angebracht. Löhr drückte auf den Knopf, und zehn oder fünfzehn Sekunden später öffnete sich das Tor, ohne das leiseste Quietschen oder Knirschen, wie von Zauberhand.

Er ging über den Kiesweg aufs Haus zu. Den Weg säumten rechts und links auf Granitstelen stehende marmorne Imitate antiker Diana- und Amor-Figuren, die Löhr aus toten Augen anstarrten. Seltsam, dachte Löhr. Füsser hatte bisher eigentlich nicht auf ihn den Eindruck eines so kleinkarierten Parvenüs gemacht, dem daran gelegen war, mit solchem Edelkitsch-Ambiente Eindruck zu schinden. Bisher hatte er ihn für einen eher bescheidenen, für einen Karnevalisten erstaunlich stillen, introvertierten Mann gehalten. Sollte er sich so getäuscht haben?

Die schwere bronzene, von zwei mächtigen Säulen flankierte Haustür öffnete sich, und Frau Füsser trat einen halben Schritt heraus und sah Löhr mit verhaltenem, bittersüßem Lächeln entgegen.

»Herr Kommissar ...« Ihre Stimme allerdings klang keineswegs bittersüß, eher krächzend, heiser, als wenn sie erkältet wäre.

»Frau Füsser ...«

Löhr reichte ihr die Hand. Irgendwie kam ihm ihr breites, teigiges Gesicht bekannt vor. Nicht nur, weil er sie gestern im Polizeigewahrsam gesehen hatte. Aber woher sollte er, der mit Karneval nichts zu tun hatte, ausgerechnet die Frau des Vizepräsidenten des Kölner Karnevals kennen?

»Mein Mann wartet in der Halle auf Sie«, sagte sie und ging Löhr voran durch einen hellen, mit weißem Marmor gefliesten Flur, öffnete eine weiß lackierte, zweiflüglige Tür, und Löhr, der sich während des Gangs durch den Flur gefragt hatte, was sie wohl mit »Halle« gemeint haben mochte, betrat einen etwa scheunengroßen Wohnraum, dessen Anblick die Frage erübrigte. Die Füssersche Halle war ein riesiger, unglaublich hoher, um einen mit einem Springbrunnen versehenen quadratischen Innenhof herum gebauter Raum, vollgestellt mit Möbeln und Statuen und mit auf Kaminsimsen, Beistelltischen und Sideboards drapiertem Nippes. Löhr fühlte sich in die Zeit zurückversetzt, als man Crevettencocktails aß, die Hemden bis zum Bauchnabel aufriß und Lachsäcke komisch fand.

Das Ganze wirkte, als habe ein Filmarchitekt im Vollsuff eine Siebziger-Jahre-Party dekoriert. Steinerne Putten bewachten vom Innenhof aus eine Orgie schmiedeeiserner Glastische und Bauernschränke, Schwerter, Kandelaber und Stehlampen mit Troddeln. Überall lagen dicke Teppiche und standen noch dickere Sessel, Buddha- und Elefanten-Statuetten in allen Größen, und auf allen übrigen noch freien Simsen, Vorsprüngen, Anrichten und Beistelltischchen drängten sich silbergerahmte Foto-Erinnerungen. Der einzige positive Effekt des bombastischen Raumes bestand darin, daß er angenehm kühl war. Zweifellos das Werk einer Klimaanlage, dachte Löhr, als er sah, daß die gläsernen Schiebetüren zum Innenhof geschlossen waren und die darin stehende heiße Luft fernhielten.

Aus einem der wulstigen Sessel erhob sich Füsser, kam dem durch den Anblick des Raumes in fast entsetztes Staunen verfallenen Löhr einen Schritt entgegen und streckte die Hand aus.

»Herr Kommissar. Nehmen Sie Platz.« Füsser wies mit einer müden Geste auf den Sessel neben dem seinen.

»Etwas zu trinken, Herr Kommissar?« Frau Füsser stand hinter einem cremefarbenen Cocktailwagen, der vollgestellt war mit Schnaps-, Likör- und Martiniflaschen; als stamme er aus einem Hollywoodfilm der 60er Jahre. Sie rührte mit einem silbernen Schäufelchen in einem vollen Eiskübel.

»Ein Wasser bitte«, sagte Löhr, während er in die Tiefen des ihm angebotenen Sessels sank.

»Ein Wasser. Natürlich«, sagte Frau Füsser mit rauher Stimme und dem Anflug eines ironischen Lächelns. Löhr sah ihr zu, wie sie Eiswasser aus einer beschlagenen Karaffe in ein dickes Kristallglas goß und anschließend ein noch halbvolles Cocktailglas, in dem bis auf ein Viertel ihrer ursprünglichen Größe zusammengeschmolzene Eiskugeln schwammen, bis zum Rand mit Gin füllte. Sie stellte beide Gläser auf ein silbernes Tablett. Dann reichte sie Löhr das Wasserglas.

»Danke«, nickte Löhr und wandte sich, das wohltuend kühle Glas in den Händen haltend, Füsser zu.

Frau Füsser ließ sich, am Gin nippend, auf einer kleinen, grünen Récamiere neben ihrem Mann nieder. Füsser starrte auf ihr Glas. Sein Blick war weder tadelnd noch mild. Er drückte nichts als vollkommene Gleichgültigkeit aus.

»Um gleich zur Sache zu kommen«, begann Löhr mit einer seiner Standardformeln: »Wir haben zwar jetzt den wahrscheinlich wahren, jedenfalls geständigen Täter, aber es verbleiben trotzdem noch einige Fragen, um den Fall wirklich abschließen zu können.«

»Aber wo Sie doch den Täter haben?«

Kein Aufbegehren, sondern bloß müde Resignation klang aus Füssers Stimme. Löhr sah ihm ins Gesicht und stellte fest, daß es seit dem ersten Verhör am Montag noch schlaffer, noch fahler geworden war. Die Müdigkeit schien darin geradezu eingegraben zu sein wie der Abdruck eines Stiefels in nassem Sand. Waren das noch die Spuren des Polizeigewahrsams? Aber der Mann hatte eine ganze Nacht geschlafen, er befand sich wieder in Sicherheit, in seiner behüteten, von ihm gewiß als luxuriös empfundenen Umgebung.

»Wir sind nicht sicher, ob wir die wahren Motive des Täters kennen, im Gegenteil, wir sind ziemlich sicher, daß er sie uns auf keinen Fall sagt.«

»Was könnte *ich* Ihnen denn über die Motive des Täters sagen?«

Merkwürdig, dachte Löhr. Er hat noch nicht einmal danach gefragt, wer der Täter ist. »Nun«, sagte er laut, »will man dem glauben, was im Express steht, waren Sie in diesem Saunaclub ja sozusagen zu Hause und kennen die Verhältnisse dort.«

Statt zu antworten, atmete Füsser tief ein, und sein Blick, in dem Löhr so etwas wie unterwürfige Furcht zu erkennen glaubte, wanderte hinüber zu seiner Frau, die, ihr Glas gegen die Lippen gepreßt, dem Gespräch aufmerksam zuhörte. Deren einzige Reaktion, als Füssers Blick sie traf, war, ihre linke Augenbraue für einen Augenblick in verächtlicher Gleichgültigkeit hochzuziehen. Da sie keinerlei Anstalten gemacht hatte, sich zu entfernen, um ihrem Mann die Peinlichkeit zu ersparen, in ihrer Anwesenheit über seine Aufenthalte im Saunaclub berichten zu müssen – denn daß es im Gespräch darum gehen würde, mußte ihr klar sein –, hatte Löhr beschlossen, keine Rücksicht auf sie zu nehmen. Ihre verächtliche Reaktion gab ihm recht. Sie wußte Bescheid.

»Was wollen Sie von mir wissen?« fragte Füsser.

»Was Charly Höppner veranlaßt haben könnte, Nicole Liefers derartig zuzurichten.«

Füsser senkte den Kopf. Seine Hände krampften sich ineinander. »Ich habe keine Ahnung«, murmelte er.

»Kann er das aus eigenem Antrieb getan haben?«

»Wie meinen Sie das?«

»Hatte er oder hat er eine – persönliche – Beziehung zu Frau Liefers?«

»Was?« Löhr hörte aus Füssers Stimme nicht nur Erstaunen, sondern sogar Erschrecken heraus. Für einen Augenblick hatten sich seine sonst schläfrigen Augen geweitet. »Nein«, sagte er dann, »das glaube ich nicht.«

»Können Sie sich vorstellen, daß er in jemandes Auftrag gehandelt haben könnte?«

Füsser antwortete nicht gleich und sah Löhr eine Spur aufmerksamer, wacher als zuvor an. »Ich verstehe nicht«, sagte er schließlich langsam, »worauf diese Frage hinausläuft.«

»Sie haben sich, wenn ich richtig informiert bin, für den Posten des Festkomitee-Präsidenten beworben.«

»Ich verstehe immer noch nicht.«

»Ihre Bewerbung ist nicht von allen im Komitee, sagen wir mal, sehr freudig begrüßt worden.«

»Das kann schon sein. Aber den Zusammenhang mit dem, dem Vorfall in der Brabanter Straße, den kann ich immer noch nicht erkennen.«

Löhr trank das Wasserglas in einem Zug aus und stellte es auf die Glasplatte des schmiedeeisernen Beistelltischchens neben sich.

»Sie können sich also nicht vorstellen«, sagte er mit deutlich lauterer Stimme als bisher und sah Füsser dabei direkt in die Augen, »daß dieser Angriff, wenn man es so bezeichnen will, auf Frau Liefers eine Geschichte war, die bloß deswegen inszeniert worden ist, um sie Ihnen in die Schuhe zu schieben und Sie damit öffentlich unmöglich zu machen?«

Füsser hatte Löhrs Blick standgehalten. Er blickte hinaus in den Innenhof, auf die den Springbrunnen umkränzenden Putten und lehnte sich in seinem Sessel zurück. »Nein«, sagte er ruhig, »das kann ich mir nicht vorstellen.«

Jetzt war es Löhr, der eine Zeitlang schwieg. Er ließ seine Blicke noch mal im Raum schweifen. Und plötzlich wußte er, warum ihm Füssers Frau so bekannt vorgekommen war: Sie war einmal eine berühmte Karnevalssängerin gewesen, deren Fotos zur Sessionszeit den Lokalteil des »Stadt-Anzeigers« über Jahre hinweg gleichsam überschwemmt hatten. Berühmt nicht nur wegen ihrer Stimme und der Lieder, die sie gesungen hatte, berühmt vor allem wegen ihrer Schönheit, besonders wegen ihrer wundervoll ausdrucksstarken Augen. Er hatte sie auf einem der silbergerahmten Erinnerungsfotos wiedererkannt und ihm war auch ihr Name, wahrscheinlich ihr Künstlername, wieder eingefallen: Doretta Himmelreich. Das Foto zeigte Doretta Himmelreich – es mußte vor rund fünfzehn oder zwanzig Jahren aufgenommen worden sein –, Arm in Arm mit Roberto Blanco.

Löhrs Blick glitt über die anderen zahlreichen Fotografien. Sie zeigten ausnahmslos die jugendliche Karnevalssängerin Doretta zusammen mit allen möglichen Berühmtheiten: Oberbürgermeistern, Karnevalsprinzen, den »Bläck Fööss«, mit Julio Iglesias, Placido Domingo, Siegfried & Roy, ja, sogar mit Boris Becker. Das hier, diese grausam mit ihren Schnappschuß-Bekanntschaften vollgestellte Halle, war also ihr Reich.

Löhr blickte zu Frau Füsser. Sie hatte die Beine übereinandergeschlagen und leerte gerade ihr Glas. Ihr Gesicht ließ kaum mehr die frühere Schönheit durchscheinen. Sie hatte im übrigen solche Mengen Gesicht, daß der Überhang von den kräftigen, kantigen Knochen hinabsackte. Und die Augen, diese berühmten, dunklen, schimmernden Augen. Dunkel waren sie, ja, und feucht schimmernd erst recht, aber sie klemmten in kleinen Hängematten, und das Weiße rund um die Iris war gesprenkelt mit winzigen scharlachroten Äderchen. Löhr riß sich von ihrem Anblick los.

»Dann interessiert mich eigentlich nur noch eins«, sagte er zu Füsser: »Warum haben Sie bei der Vernehmung am Montag die Tat zugegeben, obwohl Sie sie nicht begangen haben?«

»Eine Übersprungshandlung! Panik!« Die Antwort gab nicht Füsser, sondern seine Frau. Sie blitzte Löhr aus ihren dunklen, feuchten Augen an, sofern da noch von Blitzen die Rede sein konnte. »Ist auch klar. Wenn so was passiert, und wenn man …«, ihr Blick wanderte zu dem in seinem Sessel zusammengesunkenen Füsser hinüber, »wenn man ein so schlechtes Gewissen hat, meint man vielleicht, man könnte das schlechte Gewissen beruhigen, indem man ein Verbrechen zugibt, das man gar nicht begangen hat. Die Strafe sozusagen als Buße auf sich nimmt.« Sie machte eine Pause. In ihren Blick war ein kleiner Funke herablassenden Mitleids geraten. »Ist es nicht so, Schatz?«

***

Im Vergleich zur Halle der Füssers glich das Büro des Hausbesitzers und Immobilienmaklers Andreas Engelmann nicht nur einer

Mönchszelle, es war eine Mönchszelle. Und zwar die eines besonders strengen Ordens, eines, in dem man Schweigegelübde ablegt und fastet und sich dreimal täglich selbst kasteit. Der Besucherstuhl, auf dem Löhr saß, war keine Sitzgelegenheit, sondern ein Folterinstrument. Aber auch Engelmann konnte es nicht besser gehen als ihm. Er saß hinter seinem kahlen Schreibtisch auf einem ähnlich harten, lehnenlosen Hocker. Sonst gab es nichts in diesem Raum. Nichts außer dem Schreibtisch und den beiden Stühlen. Abgesehen von einem äußerst schlichten, hölzernen Kruzifix über der Tür.

Löhr, der nach dem Gespräch mit Füssers, während der Straßenbahnfahrt zurück in die Innenstadt, festgestellt hatte, daß er noch reichlich Zeit bis zu seiner Verabredung mit Express-Reporter Klütsch hatte, war eingefallen, daß die Adresse von Tante Trudis Vermieter auf dem Weg lag. Also war er kurz entschlossen am Maarweg ausgestiegen, ein Stück die Aachener Straße zurückgegangen und dann in die Braunstraße eingebogen, an deren Ende sich in einem gedrungen-massiven Jahrhundertwendebau Engelmanns Immoblienmaklerbüro befand.

Der spartanischen Einrichtung des Büros entsprach dessen Besitzer aufs Vollkommenste. Engelmann war sicher weit über sechzig, aber seine Gesichtshaut spannte trotz eines leicht gräulichen Teints straff und fast faltenlos über hohen Wangenknochen, was ihm das Aussehen eines tibetischen Mönchs verlieh, der sich mittels eines schlecht sitzenden, schwarzen und zweifellos bei C&A erworbenen Anzugs in einen katholischen Ordensmann verwandelt hatte.

Hoffentlich wenigstens ein bißchen rheinisch-katholisch, hatte Löhr innerlich geseufzt, bevor er sich vorstellte und sein Anliegen vorbrachte, dann hätte er wenigstens eine kleine Chance auf Nachsicht. Aber sein Stoßgebet fand keine Beachtung.

»Ein Hund?« bellte Engelmann. »Völlig ausgeschlossen! Ich dulde keine Hunde in meinen Häusern!«

»Es wäre eine Ausnahme«, gab sich Löhr voller Demut.

»Auch nicht in Ausnahmefällen! Niemals! Das ist Tierquälerei, was die Leute in Großstadtwohnungen mit diesen Kreaturen veranstalten! Tierquälerei! Die armen Tiere verkümmern bei diesem unwürdigen Leben! Kein Auslauf! Keine frische Luft! Verhätschelt mit Bonbons! Verfettet! Zum Spielzeug degradiert!«

»Ich gebe Ihnen vollkommen recht, Herr Engelmann«, sagte Löhr. »Vollkommen.«

»Außerdem verunreinigen sie die Bürgersteige. Haben Sie eine Ahnung, wie das die Straßenreinigungskosten in die Höhe treibt?«

»Auch da gebe ich Ihnen recht«, sagte Löhr. Die Straßenreinigungsgebühren! Hatte er es gleich beim Anblick des C&A-Anzugs vermutet: Sparsamkeit gehört zu den angestammten Sekundärtugenden einer bestimmten Sorte Katholiken. Davon hatte er sich in seiner Familie, vor allem dem mütterlichen Zweig, schon des öfteren nachhaltig überzeugen können.

»Na bitte!« sagte Engelmann.

»Aber wenn ich Ihnen garantiere, daß mein Onkel all dies nicht tut, sondern den Hund hält, wie es sich gehört, jeden Tag vier Stunden mit ihm im Grüngürtel spazieren geht?«

»Garantieren! Wie können *Sie* für Ihren Onkel garantieren? Und selbst wenn. Meine Antwort lautet: nein!«

Wenn er Engelmann jetzt mit dem therapeutischen Argument käme und damit gleichzeitig auch den Gesundheitszustand seines Onkels offenbaren müßte, überlegte Löhr, hätte er zum einen seine letzte Karte aus der Hand gegeben und darüber hinaus vielleicht sogar noch – wie schön paßte das ins Bild – schlafende Hunde geweckt. So, wie der Hausbesitzer sich bisher gerierte, schien in seiner Brust tatsächlich kein weiches, rheinisch-katholisches Herz zu schlummern, welches Verständnis aufbrächte für die Schwächen seiner Mitmenschen, und erst recht nicht für die seiner Mieter. Aber Löhr hatte heute morgen ausführlich den Express studiert:

»Sie scheinen also ganz der Auffassung unseres selbsternannten Stadthistorikers zu sein?« fragte er listig.

»Stadthistoriker? Von wem sprechen Sie?«

»Martin Stankowski. Ich habe heute morgen in der Zeitung gelesen, daß er dafür plädiert, in Köln wieder Hundefänger einzuführen, die herumstreunende Tiere auf offener Straße totschlagen.«

Der lippenlose Mund des Hausbesitzers öffnete sich und offenbarte ein lückenloses künstliches, allerdings ein wenig zu gelbes Gebiß. »Was will er?« Aufrichtige Abscheu färbte die bisher kalte abweisende Stimme Engelmanns mit einem fast warmen, mitleidigen Ton. »Das ist doch wohl nicht möglich! Das ist ja mittelalterliche Barbarei! Meint Stankowski das ernst?«

»Ich glaube ja. Er bezieht sich gerade auf die mittelalterlichen Methoden«, antwortete Löhr.

Die trockenen Hände des Hausbesitzers spreizten sich vor Empörung. »Und ein solches Ansinnen bleibt unwidersprochen?«

»Die Leute sind empört. Schreiben Leserbriefe. Spenden vermehrt den Tierheimen«, tastete Löhr sich wieder an sein eigentliches Ziel heran.

»Richtig! Und ich werde gleich auch den Haus- und Grundbesitzer-Verein in Gang setzen, wenn ich Ihre Behauptung auf ihre Richtigkeit hin überprüft habe!«

»Das ist sehr vernünftig«, bestätigte Löhr. »Als genauso sinnvoll sehe ich es aber an, wenn man herumstreunende Tiere aufnehmen und vor den Hundefängern retten würde.«

Engelmann wollte schon zustimmen, durchschaute aber im gleichen Augenblick Löhrs List. An seinen Augenwinkeln erschienen dünne Lachfältchen, und seine Stimme nahm einen beschwingt ironischen Tonfall an, den Löhr diesem asketisch-jesuitischen Menschen nicht zugetraut hätte.

»Sie sind ja ein ganz Schlauer, Herr Kommissar. Aber so weit sind wir noch nicht. Das mit den Hundefängern ist ja wohl eher die Idee eines Spinners. Und solange sie sich nicht durchgesetzt hat, bleiben meine Häuser hundefrei!«

Löhr kreuzte, als wenn er sich geschlagen geben würde, resigniert die Arme vor der Brust. Es blieb ihm nun wirklich nichts anderes mehr, als die letzte Karte zu ziehen. Die Chancen, daß sie stechen würde, standen jetzt, wo er in der Seele des Hausbesitzers tatsächlich eine mitfühlende Saite entdeckt hatte und diese sogar zum Klingen hatte bringen können, gar nicht so schlecht.

»Es kommt ja nicht bloß aus einer Laune heraus, Herr Engelmann«, begann er umständlich, »das ist kein Spleen, keine Spielerei, daß ich meinem Onkel einen Hund schenken möchte.«

»Aha?«

»Mein Onkel hat ein Problem.«

»Mir ist kein Problem in einer Mietwohnung bekannt, das sich ausgerechnet mit einem Hund beseitigen ließe. Bei Katzen wäre das vielleicht etwas anderes.«

»Es handelt sich *gerade* um ein Problem, dem man eigentlich *nur* mit einem Hund beikommen könnte.«

»Da machen Sie mich aber neugierig«, sagte Engelmann ohne allzu große Überzeugung.

»Ein Alkoholproblem.«

Jetzt war es heraus. Gespannt beobachtete Löhr die Reaktion in Engelmanns Miene. Tatsächlich zeichnete sich eine Sorgenfalte auf dessen Stirn ab.

»Das heißt, er ist wirklich *krank*?«

Löhr nickte erleichtert. Engelmanns Besorgnis war echt. Vor allem hatte er das Problem von der richtigen Seite her erfaßt. Was eine absolute Ausnahme bei diesem Schlag Katholiken war, die ansonsten beim Stichwort »Alkoholiker« angeekelt die Nase rümpften und bestenfalls mit dem Hinweis »Trinkerheilanstalt« reagierten. Aber vielleicht war Engelmann gar nicht von derselben Sorte Katholiken wie seine Tanten, wie Löhr bisher vermutet hatte?

»Ja. Ich denke schon. Er verbringt jeden Tag in der Kneipe. Meine Tante zerfrißt sich vor Sorgen.«

Engelmann faltete die Hände, schob sie als Stütze unters Kinn und sah Löhr nachdenklich an.

»Aber ich verstehe immer noch nicht, wie ausgerechnet ein Hund zur Bewältigung dieses Problems beitragen könnte?«

Löhr erklärte ihm seinen Plan. Nur den Aspekt der langjährigen Arbeitslosigkeit beziehungsweise Arbeitsunwilligkeit umging Löhr ebenso wie den, daß Onkel Heinz seinen Lebensunterhalt sowie die Trinkerei mit einem weiteren Laster, dem Pferdewetten, bestritt. Engelmann schien jedoch die entsprechenden Lücken bei Löhrs Schilderung von Onkel Heinz' Alltag nicht zu bemerken und hörte der in Fluß geratenen Argumentation mit respektvollem Interesse zu, begann sogar, gegen Ende von Löhrs Ausführungen, in sanftes Dauernicken zu verfallen.

»Sehr vernünftige Überlegungen«, sagte Engelmann, als Löhr die Luft ausgegangen war, »ausgezeichnete Begleittherapie.«

Löhr war schon dabei, triumphierend aufzuatmen, wunderte sich dann aber über das Wort *Begleittherapie*.

»Begleit …?«

Engelmanns dürrer Zeigefinger streckte sich in die Höhe. »Es ist wohl klar, daß ihr Vorhaben nur greift, wenn Ihr Onkel das Trinken wirklich und aus eigenem Antrieb aufgeben will. Und entsprechende Schritte unternimmt. Entziehungskur, Anonyme Alkoholiker oder dergleichen.«

Dieser Gedanke war Löhr überhaupt noch nicht gekommen. Keinen Augenblick lang hatte er daran gedacht, daß Onkel Heinz wirklich Alkoholiker war und *ganz* zu trinken aufhören sollte. Jetzt hatte sich gerächt, daß er Engelmann gegenüber Heinz' eigentliches Problem, seine Arbeitsscheu, verschwiegen und statt dessen die verfängliche Vokabel »Alkoholismus« in die Debatte gebracht hatte.

»Nun«, wand er sich, »ganz so schlimm ist es, glaube ich, nicht mit dem Alkoholkonsum meines Onkels. Ich hab ihn beispielsweise noch nie betrunken erlebt.«

»Eben das ist es ja, lieber Herr Löhr!« Engelmanns Zeigefinger ragte noch immer zitternd in die Höhe. »Einen wirklichen Alkoholiker erkennt man *gerade* daran, daß er nie richtig betrunken ist. Der braucht nur seinen Pegel, und der kann unter Umständen so niedrig sein, daß man ihm nie etwas anmerkt.«

»Dann wären wir ja alle Alkoholiker. Zumindest die meisten«, wandte Löhr ein, hoch erstaunt über die offenbar fundierten Alkoholismus-Kenntnisse des asketischen Hausbesitzers. Der ließ seinen dürren Zeigefinger wedeln wie ein Uhrpendel.

»Nein, nein, nein, lieber Herr Löhr! Da täuschen Sie sich. Alkoholismus ist eine Stoffwechselkrankheit. Im Gegensatz zu Gelegenheitstrinkern *braucht* der Körper des Kranken den Alkohol, so wie Sie die Luft zum Atmen. Ob das Quantum nun hoch ist oder niedrig.«

»Trotzdem glaube ich nicht, daß mein Onkel Heinz wirklich …«, wehrte sich Löhr. Vergeblich. Kopfschüttelnd erhob sich Engelmann.

»Glauben Sie mir, Herr Löhr. Ich weiß, wovon ich rede. Ich hatte in der Familie auch mal so einen Fall. Und ich weiß auch, was da zu tun ist.«

Engelmann hatte, während er sprach, den Schreibtisch umkreist, war auf die Tür zugesteuert und drückte die Klinke herunter, ein recht deutliches Signal, daß für ihn das Gespräch beendet war. Für Löhr jedoch war keinesfalls etwas von dem geklärt, was er zu klären sich vorgenommen hatte. Zögernd und widerwillig erhob er sich.

»Das heißt, Sie machen zur Bedingung, daß mein Onkel eine Therapie oder etwas ähnliches macht, bevor er sich einen Hund zulegen darf?«

»Ja, Herr Löhr.« Engelmann lächelte sanft. »Ohne das hat alles andere keinen Sinn.«

»Aber ich weiß absolut nicht, wie ich ihm oder meiner Tante das beibringen soll!«

»Machen Sie sich darüber keine Sorgen!« Das Lächeln Engelmanns nahm an Milde zu und für Löhr beinahe schon besorgniserregende Züge an.

»Ich verstehe nicht ...«, stotterte er.

»*Ich* werde mich um alles kümmern, Herr Löhr. Keine Sorge.« Missionarische Inbrunst lag auf einmal in der Stimme des Hausbesitzers. Löhr wußte nicht, ob ihn das beruhigen oder in Alarmbereitschaft versetzen sollte.

»Und der Hund?«

»Auch um den Hund werde ich mich kümmern, Herr Löhr, sobald es soweit ist. Keine Sorge.«

Engelmann öffnete die Tür, und Löhr verließ das Büro im Zustand größter Verwirrung.

***

Zu Beginn einer sommerlichen Schönwetterperiode verändert sich die Stadt, wandelt sich vor allem das Verhalten der Menschen. Zuerst mag niemand glauben, daß der Himmel länger als einen Tag wolkenfrei bleiben könnte, alle bleiben noch eingeschlossen im Kokon großstädtischen Mißtrauens, nicht nur dem Wetter, sondern auch ihren Mitmenschen gegenüber, gehen hektisch ihren Geschäften nach, verschwenden keine Blicke nach rechts und links, so als wenn sie nicht wahrhaben wollten, daß sich etwas geändert hat, daß es nun schon den zweiten oder dritten Tag hintereinander warm, trocken und sonnig ist.

Dann aber, spätestens am dritten wolkenlosen Tag, platzen die

Kokons, verschwinden die Jacken und Pullover und Regenmäntel, die Schritte werden gemächlicher, gehen in beschwingtes Schlendern über, Heiterkeit überzieht die Gesichter, Fremde lächeln einander an, mediterrane Gelassenheit breitet sich aus, die trüb-feuchte Inversionsschlucht Köln wird zu einer südländischen Metropole, in der selbst die düstersten Eckkneipen Stühle und Tische und Sonnenschirme auf die Bürgersteige stellen.

Jetzt aber, in der vierten Woche, in der die Sonne Tag für Tag ungetrübt über der Stadt gestanden, sie in einen Backofen verwandelt hatte, so daß der Asphalt weich wurde und sich in der Mittagszeit die Luft zu verflüssigen schien, beobachtete Löhr eine weitere Metamorphose des Stadtbildes. Die Menschen waren von der Hitze erschöpft. Vorbei die mediterrane Heiterkeit. Hastig suchte jeder so schnell wie möglich in den Schatten, nach Hause, an einen Ort zu gelangen, der Abkühlung versprach. In den Straßencafés waren nur noch die Tische im Kernschatten der Sonnenschirme besetzt. Die Ozonwerte überstiegen sämtliche bisherigen Rekordmarken. Jede halbe Stunde forderten Radiosprecher mit eindringlicher Stimme dazu auf, das Auto stehen zu lassen und auf Nahverkehrsmittel umzusteigen. Was vor einer Woche noch zur allgemeinen Verbrüderung beigetragen hatte, schlug jetzt um in Gereiztheit und Aggression. Die Hitze war zu einer Last geworden, die Sonne zum Feind.

Als Löhr im Büro ankam, fühlte er sich so ausgelaugt und matt, daß er sich am liebsten auf der Besuchercouch ausgestreckt und für eine halbe Stunde die Augen zugemacht hätte. Daran war natürlich nicht zu denken. In einer Dreiviertelstunde war er mit dem Expressreporter verabredet, und bis dahin war noch einiges zu klären. Auf seinem Schreibtisch fand er den Durchschlag des Vernehmungsprotokolls Charly Höppners. Esser hatte einen Post-it-Zettel darauf geklebt: »Es hat sich nichts Neues ergeben. Hab das Original an Paluchowski geschickt. Bis morgen. Rudi.« Löhr überflog das Protokoll. Es brachte tatsächlich nichts Neues. Charly war in seinem Geständnis bei der Version geblieben, die er ihnen bereits im Saunaclub aufgetischt hatte. Von einem Auftraggeber war keine Rede, erst recht nicht von Lingohr. Löhr schlug die Akte Liefers auf, suchte den Zettel heraus, auf dem er die Telefonnummer des Festkomitees notiert hatte, und griff zum Telefon. Die Sekretärin meldete sich.

»Löhr. Kripo Köln. Ich würde gern Herrn Lingohr sprechen.«

»Einen Augenblick, Herr Löhr. Ich stelle Sie durch.« Ein höflicher, aber auch sehr distanzierter Ton. Ob sie sich Sorgen machte, er könnte bei Lingohr etwas über die kleine Plauderei, die er vor zwei Tagen mit ihr hatte, durchsickern lassen? Löhr wollte ihr etwas Beruhigendes sagen, aber da hatte sie bereits den Durchwahlknopf gedrückt, und Löhr mußte im nächsten Augenblick den Telefonhörer in sicheren Abstand zu seinem Ohr bringen, denn »Mer loße der Dom in Kölle« schallte ihm daraus mit trommelfellerschütternder Lautstärke entgegen. Klar, daß auch das Festkomitee nicht abseits dieser nervigen Mode stehen wollte, Anrufern das Warten auf eine Verbindung durch Geräuschattacken zur zusätzlichen Qual zu machen. Als der Refrain zum zweiten Mal erklang, meldete sich Lingohr.

»Ich hab ein kleines Problem«, sagte Löhr nach dem Austausch der Begrüßungsformeln. »Wir haben heute morgen Charly Höppner, den Rausschmeißer des Saunaclubs in der Brabanter Straße, verhört.«

»Ja und?«

»Der Name sagt Ihnen nichts?«

»Nicht, daß ich wüßte.«

»Sie kennen Charly Höppner nicht?«

»Nein. Woher auch?«

»Sehen Sie, Herr Lingohr. Und das ist das Problem, vor dem ich gerade sitze. Laut der Aussage Charly Höppners kennt er Sie aber ...«

»Aber das ist gar nicht möglich! Außer vielleicht aus der Zeitung oder aus dem Fernsehen!«

»Nein, Herr Lingohr. Soweit ich das hier richtig verstehe«, log Löhr weiter drauf los und klopfte mit dem Knöchel auf das vor ihm liegende Verhörprotokoll, als könne dies tatsächlich eine Bestätigung seiner Spekulation enthalten, »soweit ich das hier richtig interpretiere, muß es sich um eine persönliche Bekanntschaft handeln.«

»Das ist absolut ausgeschlossen! Mein Gedächtnis funktioniert noch ausgezeichnet, Herr Kommissar! Wenn ich diesem Mann irgendwann einmal begegnet sein sollte, dann wüßte ich das, da können Sie sich drauf verlassen!«

»Na gut. Aber vielleicht sagt Ihnen der Name Teresina Sorgalla etwas, oder Sie kennen die Trägerin dieses Namens?«

»Wer ist das denn jetzt schon wieder?« Der empörte Tonfall Lingohrs klang echt. Konnte Löhr wirklich so auf dem Holzweg sein?

»Das ist die Inhaberin des besagten Saunaclubs.«

»Nein! Natürlich kenne ich sie nicht!« polterte der Festkomitee-Präsident. »Sie verwechseln da etwas! Nicht ich habe in diesem Club verkehrt, sondern Kollege Füsser!«

»Das ist richtig, Herr Lingohr.« Löhr versuchte, in dem beruhigenden Ton, den er jetzt angeschlagen hatte, eine Spur von Hinterhältigkeit aufrechtzuerhalten. »Trotzdem behauptet Herr Höppner, daß Sie sowohl zu ihm als auch zu Frau Sorgalla in persönlichen Kontakt getreten seien.«

»Das ist eine Lüge! Das ist eine abgefeimte, abgekartete Unterstellung, gegen die ich mich in aller Form verwahre. Ich werde sofort meinen Anwalt ...«

»Sicher, Herr Lingohr, sicher. Das bleibt Ihnen natürlich unbenommen. Und im übrigen glaube ich Ihnen auch, daß Sie die Herrschaften nicht persönlich getroffen haben. Aber vielleicht haben Sie mit ihnen telefoniert?«

»Nein! Ausgeschlossen! Auch das nicht! Unterstellung! Alles Lüge! Eine Unverschämtheit ist das!«

»Wissen Sie, Herr Lingohr, ich möchte Ihnen gern glauben. Das würde es mir auch einfacher machen. Aber ich habe zwei widersprüchliche Aussagen vorliegen, und das *kann* ich einfach nicht auf sich beruhen lassen.«

»Ich verwahre mich dagegen! Ja! Ich verwahre mich!« Lingohr japste vor Empörung, und Löhr war inzwischen einigermaßen davon überzeugt, daß diese Empörung echt war.

»Aber *irgendwas* muß da dran sein, Herr Lingohr«, dimmte Löhr seine Stimme ganz auf eine einschmeichelnde, beruhigende Tonlage zurück. »Das würde ja zum Beispiel auch erklären, wieso man im Festkomitee so ausgezeichnet über den Lebenswandel des Herrn Dr. Füsser, seinen Umgang im Saunaclub informiert war.«

»Nichts ist da dran! Und ohne meinen Anwalt sage ich gar nichts mehr zu diesem Thema!«

»Sicher, Herr Lingohr, das können wir so machen. Dann bekommen Sie von uns eine Vorladung zur Vernehmung im Präsidium, zu der Sie selbstverständlich Ihren Anwalt mitbringen können.«

Schweigen am anderen Ende der Leitung.

»Was ich aber eigentlich brauche, ist bloß eine kleine Hilfestellung Ihrerseits, Herr Lingohr.« Löhr schlug jetzt sogar einen fast bettelnden Tonfall an. Lingohr räusperte sich. Löhr setzte nach: »Wenn Sie mir nur erklären könnten, woher man im Festkomitee so gut über die Gewohnheiten Herrn Dr. Füssers Bescheid wußte.«

Wieder ein Räuspern am anderen Ende. Löhr wartete, beschloß, nicht eine weitere Drohung hinterherzuschicken, sondern dem anderen Zeit zu lassen. Noch einmal räusperte sich Lingohr.

»Die Presse«, kam es schließlich, gequetscht, vernuschelt, kaum verstehbar.

»Die Presse?« fragte Löhr ungläubig. »Und ich dachte, die Presse wäre von *Ihnen* beziehungsweise von einem ihrer Kollegen so gründlich über Füssers Lebenswandel aufgeklärt worden?«

»Nein«, antwortete Lingohr und ließ noch einmal ein Räuspern folgen. »Es ist ja immer ein Geben und Nehmen. Auch zwischen der Presse und uns. Wenn wir die mit Insider-Informationen versorgen, haben wir bei denen natürlich auch einen gut.«

»*Wir?*«

Schweigen, leichtes Räuspern.

»Sie haben wohl eher von sich gesprochen, oder?« setzte Löhr nach. Es folgte wieder nichts als Schweigen. »Und *die* Presse? Da gibt's bestimmt auch einen Namen?«

Schweigen. Löhr begegnete ihm mit einem Schweigen seinerseits.

»Roger Klütsch, vom Express«, klang es schließlich, kaum vernehmbar, aus Löhrs Telefonhörer.

***

Löhr leistete sich eine Taxifahrt zur Cäcilienstraße, obwohl es von der Löwengasse bis dorthin nur ein Fußweg von weniger als zehn Minuten gewesen wäre. Aber ein klimatisiertes Taxi war für Löhr im Augenblick der zur Zeit einzig vorstellbare Ort, an dem er sich, und sei es nur für ein paar Minuten, Erholung von der unerträglich gewordenen Mittagshitze vorzustellen vermochte. Er hatte das Gefühl, in seinem eigenen Schweiß zu sieden.

Natürlich standen auch »Bei d'r Tant« auf der Cäcilienstraße, wo Löhr sich mit Roger Klütsch verabredet hatte, Tische auf dem Bürgersteig. Aber niemand nahm dieses Angebot wahr, weil die Front des Lokals nach Süden hin lag. Löhr betrat die Wirtschaft, wo es ein paar angenehme Grad kühler war als draußen. Nur zwei Tische waren besetzt. Roger Klütsch stand an der Theke, trank Kölsch und unterhielt sich mit dem Wirt.

Löhr erkannte den Reporter sofort, weil der Express-Artikel von heute über Füsser mit einem kleinen Foto des Autors versehen war. Das Foto hatte einen recht gutaussehenden, etwa vierzigjährigen Mann mit vollem, in die Stirn hineinwachsendem dunklem Haar gezeigt. Da es aber ein Schwarzweißfoto gewesen war, hatte es die Hautfarbe des Abgebildeten unterschlagen. Als Löhr nun dem Original gegenüberstand, wunderte er sich, daß es eine solche Hautfarbe überhaupt gab.

Roger Klütschs Gesicht war fast violett, wobei die Krähenfüße, die über die Wangenknochen versprenkelt waren, noch einmal eine andere, noch dunklere Farbstufe von Violett besaßen, das heißt, fast schwarz waren. Die Augen des Express-Reporters leuchteten feuerrot, beziehungsweise der Bereich, der einmal weiß gewesen sein mußte. Wenn der Mann nicht unter erheblichem Bluthochdruck litt, trank er zuviel, erheblich zuviel. Oder beides war der Fall.

Löhr streckte ihm zur Begrüßung die Hand entgegen.

»Löhr. Wir hatten heute morgen telefoniert.«

Der Reporter ergriff zwar seine Hand und nickte ihm kurz zu, wandte sich dann aber noch einmal an den Wirt, einen großen Mann mit blonder Fönfrisur, dem trotz der Hitze eine gewaltige Lederschürze über dem Bierbauch spannte.

»Und da kann ich mich drauf verlassen?«

»Sicher. Aber wie gesagt: Von mir häste dat nit!«

»Klar«, murmelte Klütsch und kritzelte ein paar Worte auf seinen auf dem Tresen liegenden Notizblock.

Löhr wurde klar, warum sich der Reporter hier mit ihm verabredet hatte. Die »Tant«, wie das Lokal im Volksmund hieß, war nicht nur ein gutbürgerliches Restaurant und eine Bierschwemme, sondern verwandelte sich allabendlich in einen Anmachschuppen der mittleren und älteren Generation, für den sich auch das kölsche Establishment oder das, was sich dafür hielt, nicht zu schade war. Und der Wirt war Klütschs Informationsquelle für neue Paarungen und Liaisons, die sich während der bierseligen Flirterei um die Theke herum während der letzten Abende ergeben hatten.

Klütsch legte den Kugelschreiber zur Seite, kippte den Inhalt seines halbvollen Kölschglases mit einem Zug herunter und gab beim Abstellen des Glases, dies alles in ein und derselben Bewegung, dem Wirt das Zeichen für ein neues Kölsch.

»Sie auch eins?« fragte er Löhr in beiläufigem Ton, so als stünde der bereits seit Stunden neben ihm am Tresen.

»Nein danke«, antwortete Löhr, und zum Wirt gewandt: »Ein Mineralwasser bitte.«

»Wasser! Brrr«, machte Klütsch. »Da haben ja Fische drin gefickt. Ha, ha!«

Ein Witzbold also. Löhr lächelte höflich.

»Sie wollten also wissen, woher ich die netten Details aus dem Liebesleben unseres Karnevalshäuptlings habe?«

Löhr nickte.

»Sie wissen, daß ich Ihnen meine Informationsquellen nicht preisgeben kann?« Klütsch grinste Löhr frech von der Seite an und fischte mit zwei Fingern, ohne dabei hinzuschauen, sein frisches Kölsch vom Tresen. Löhr grinste zurück.

»Sie *müssen* nicht. Aber Sie *können*.«

Klütsch nickte, während er das Kölschglas zum Mund führte und zur Hälfte leerte.

»Richtig. Wie sagt der Präsident immer? Es ist alles ein Geben und Nehmen.«

»Also ist Lingohr Ihr Informant?«

Klütsch schüttelte heftig den violetten Kopf. »Das hab ich nicht gesagt! Ich hab nur eine auch von Lingohr vertretene kölnische Volksweisheit zitiert. Alles ist ein Geben und Nehmen. Kann ich auch auf Latein sagen: *Do ut des*. Ich gebe, damit du gibst.«

Löhr verstand. »Sicher, wenn der Fall abgeschlossen ist, bekommen Sie von mir Details.«

»*Abgeschlossen*!« Klütsch blinzelte Löhr aus kleinen versoffenen Tapiraugen an. »Wenn der Fall abgeschlossen ist, kommt da jeder dran.«

»Na schön.« Löhr nahm das Wasserglas, das der Wirt inzwischen vor ihn hingestellt hatte, und trank einen kräftigen Schluck. »Wenn ich ein bißchen was von Ihnen erfahre, erfahren Sie ein bißchen was von mir.«

Klütsch grinste breit. Das war seine Welt. Wahrscheinlich hatte er während seines Berufslebens in Köln noch niemanden getroffen, mit dem er nicht auf diese Weise handelseinig geworden wäre.

»Kennen Sie den?« fragte er Löhr. »Sagt der Schäl zum Tünnes: ›Schreit deine Frau auch immer so, wenn sie kommt?‹ ›Nee‹, sagt der Tünnes, ›die hat den Schlüssel dabei‹.«

Löhr lachte kurz auf. »Und warum erzählen Sie mir den?«

»Warum wohl, Herr Hauptkommissar? Weil da des Rätsels Lösung steckt!«

»Mhm«, machte Löhr. »Versteh ich nicht.«

»Die einen schreien, wenn sie kommen, die anderen haben den Schlüssel dabei.«

»Meinen Sie Füssers Frau? Weil er in den Puff geht?«

Klütsch schaute gegen die Holzbalkendecke, fingerte nach seinem Kölsch und nahm einen weiteren, zweiten und letzten Schluck. Der Wirt, der vom Kassieren im Gastraum zurückkam, zapfte ihm gleich ein neues.

»Woher wissen Sie das? Hat Ihnen das jemand vom Saunaclub erzählt? Charly? Oder die Sorgalla?«

»Die haben jedenfalls ausgepackt. Mir erzählt, wie oft Füsser da aufkreuzt, wieviel Schotter er da läßt, was seine Vorlieben sind, daß er Stammkunde von Nicole Liefers war, alles, was Sie in meinem Artikel lesen können. Ist alles bezeugt.«

Klütsch griff nach dem neuen Kölsch, hielt es aber, statt gleich zu trinken, ein paar Augenblicke lang nachdenklich in der Hand. Wenn die Hand auch nicht gerade so violett wie sein Gesicht war, so war sie ziemlich ungesund rot.

Wenn er zur Recherche jeder Story so viele Kölsch inhalieren muß, mein lieber Scholli, dachte Löhr.

»Na schön. Und weiter? Füssers Festkomitee-Kollegen, zumindest Lingohr, waren offenbar schon vor Ihrem Artikel bestens über Füssers ›Vorlieben‹ informiert. Wußten die das von Ihnen?«

»Ich sag ja: Es ist ein Geben und Nehmen.« Klütsch nahm jetzt einen Schluck. Er leerte das Glas wieder exakt bis zur Hälfte. Er war also nicht nur ein Trinker, sondern ein regelrechter Kunsttrinker.

»Und was hat Ihnen Lingohr für Ihre Informationen gegeben?«

Der Reporter gab keine Antwort, betrachtete, ein leichtes Grinsen um die Mundwinkel, sinnend sein Kölschglas.

»Sie haben also ein bißchen Karnevalspolitik gestaltet?« bohrte Löhr weiter.

In gespielter Empörung riß Klütsch die Augen auf: »Politik? Nein! Wir vom Express sind absolut unpolitisch. Wir sind bloß immer auf der Seite der Macht.«

Löhr lächelte.

»Aber so ganz den Königsmacher konnten Sie mit Ihren kleinen intriganten Informationen über Füsser ja wohl nicht spielen, oder? Obwohl alle im Festkomitee von seinen Puffbesuchen wußten, hat Lingohr das nichts genützt. Füsser war und blieb der Top-Kandidat für die Präsidentenwahl.«

»Bis zu diesem bedauerlichen kleinen Zwischenfall mit der Nutte.«

»Da hat also jemand dran gedreht. Drehen *müssen*.«

»Ich glaube, Sie sind auf dem Holzweg, Herr Hauptkommissar«, sagte Klütsch, auf einmal ziemlich ernst. »Das, was Sie jetzt vermuten, das glaub ich nicht. Ich kann's zwar nicht beweisen, aber nein. Dazu kenn ich Lingohr zu gut. Das glaub ich nicht.«

»Daß er den Auftrag für diesen ›bedauerlichen Zwischenfall‹ gegeben hat? Wer sonst?«

Statt zu antworten, leerte Klütsch sein Glas und stellte es zurück auf die Theke.

»Das kann nur derjenige gewesen sein«, setzte Löhr nach, »der Sie auf diese Füsser-Saunaclub-Geschichte überhaupt angesetzt hat!«

»Ich bin kein Kriminalist«, sagte Klütsch süffisant und wischte sich mit dem kleinen Finger ein wenig Bierschaum aus dem Mundwinkel. »Ich bin nur ein kleiner Reporter. Allerdings mit großen Themen. Das müssen Sie zugeben, daß das ein großes Thema ist, oder? Warum geht ein Mann in den Puff? Eine Tragödie? Eine Komödie? Wer weiß es?«

»Aber jetzt sagen Sie endlich!« Löhr war das Drumherumreden des violetten Klatschreporters satt und tippte ihm energisch gegen die verschwitzte Brust. »Da sind Sie doch nicht selbst drauf gekommen, daß Füsser ein Puffgänger ist und in diesem Saunaclub quasi zu Hause war. Das muß Ihnen jemand geflüstert haben.«

»Flüstern ist genau der richtige Ausdruck. Ich habe Anrufe bekommen. Zuerst einen. Dann immer mehr, mit immer genaueren Informationen.«

»Wer?«

»Eine Frau.« Klütsch grinste verschwörerisch.

»Welche Frau?«

»Hat sich nie vorgestellt. Anonym.«

»Ich glaub Ihnen kein Wort!«

»Wenn ich's sage!«

»Aber Sie haben 'ne Ahnung.«

Das Grinsen Klütschs wurde noch breiter, nahezu obszön. »'türlich hab ich 'ne Ahnung. Sie etwa nicht?«

Löhr starrte dem Reporter wütend in die roten Augen. Am liebsten hätte er ihm eine Ohrfeige verpaßt. Oder auch zwei. Aber dann fiel es ihm wie Schuppen von den Augen. Auf einmal war ihm alles klar.

»Oh«, sagte er. »Und ob ich 'ne Ahnung habe.«

***

Während der U-Bahn-Fahrt war Löhr so in Gedanken versunken gewesen, daß er die Haltestelle Hansaring verpaßt hatte und erst am Ebertplatz ausstieg. Da er ohnehin Zeit genug hatte, vor allem aber auch so viel Zeit wie möglich hinausschieben und sich so lange wie möglich ablenken wollte, denn das, was er vorhatte, war ihm alles andere als angenehm, beschloß er, sich auf Umwegen der Eintrachtstraße zu nähern, wieder einmal einen Gang durch das Viertel seiner Kindheit und Jugend zu machen, den Eigelstein.

Nach zwei Jahrzehnten städtischer Ankündigungspolitik hatten endlich die Sanierungsmaßnahmen gegriffen, zumindest auf dem

Gereonswall. Die Kriegsruinen und Baulücken waren verschwunden, eine ganze Zeile spitzgiebeliger, dunkelroter Backsteinbauten mit angepappten, nutzlos-postmodernen Minibalkons war auf der rechten Seite hineingepflastert worden, was nur auf den ersten Blick nach solider großstädtischer Bebauung aussah; bereits der zweite Blick auf chaotisch überklebte Klingelleisten und zum Trocknen auf die Minibalkons aufgehängte Unterwäsche enthüllte, daß es sich hier um sozialen Wohnungsbau handelte. Immerhin besser, als die Leute nach Neubrück abzuschieben, dachte Löhr, während er einem reichlich bekifften farbigen Pärchen auswich, das sich abwechselnd, weich in den Knien swingend, einen Kinderwagen quer über den Bürgersteig zuschob und bei diesem von albernem Kichern begleiteten Spielchen die gesamte Bürgersteigbreite beanspruchte. Löhr wechselte die Straßenseite.

Auf der anderen Seite des Gereonswalls hatte sich nichts verändert, außer daß die Kneipe »Zum Nettchen«, in der schon zu frühen Peter-Müller-Zeiten die Stavenhof-Prostituierten ihre Persicos tranken und den Kontakt zu dem einen oder anderen zusätzlichen Kunden einleiteten, jetzt einen türkischen Namen trug, und die Schaufenster der übrigen Spelunken, Kioske und Alträucher, die früher hier residiert hatten, zum großen Teil mit Brettern vernagelt auf die nächste Sanierungswelle warteten.

Was genau für Läden hier früher, zu seiner Zeit und auch in den letzten Jahren noch, gewesen waren, daran hatte Löhr nur ganz vage Erinnerungen. Das war überhaupt sein Problem mit der Stadt: Kaum ist ein altes Haus abgerissen und durch ein neues ersetzt, eine Baulücke geschlossen, hat ein Geschäft dem nächsten Platz gemacht, schon wußte er nicht mehr, was früher hier gestanden, welcher Laden, welches Lokal hier einmal gewesen war. Manchmal fragte er sich, ob man mit Mitte vierzig bereits an Altersdemenz leiden konnte.

Andererseits gibt es durchaus Leute, auch ältere, wesentlich ältere, die können einem haargenau sagen, welche Kaffeerösterei zum Beispiel früher dort war, wo jetzt ein Laden supergünstige original italienische Schuhe feilbietet, welche Fischbraterei, welches Knopfgeschäft, welcher Hut- oder Schirmladen früher da war, wo jetzt aus Gyros-Buden und Boutiquen akustische Dauerbelästigung auf die Straße hinausdröhnt.

Gut, auf der Ecke, wo früher das Weinhaus Esser gewesen war, vor dem man im Sommer auf der Straße stand, da nahmen jetzt die Sonnenschirme und Teakholztische einer Edelbrasserie einen halben Quadratkilometer Bürgersteig ein. Daran, an den Esser, konnte sich Löhr noch erinnern, auch wenn es bald fünfzehn Jahre her war, daß er zugemacht hatte.

Aber all die anderen Häuser, Läden, Kneipen? Vielleicht, dachte er immer, wenn ihn dieses Gefühl vorzeitiger Vergeßlichkeit beschlich, vielleicht liegt das auch bloß daran, daß ich so viel zu Fuß durch die Stadt laufe. Die Alten, die sich an alles, was früher war, erinnern können, die laufen nicht ständig durch die Stadt wie ich. Die kriegen den ständigen Wechsel, das dauernde Hin und Her gar nicht so mit. Die kommen nach zehn oder fünfzehn Jahren mal wieder in die gleiche Ecke und sagen: Huch! Aber hier war früher dat Kaffeegeschäft!

Wenn man aber, wie er, ständig unterwegs ist und die Veränderungen des Stadtbilds, die im Fünf-Jahres-Rhythmus oder noch schneller passieren, tagtäglich bloß en passant registriert, wie soll man da alles behalten können?

Jedenfalls waren die Gebrauchtwarenhändler – Alträucher –, bei denen man sich mit gebrauchten Matratzen, Kühlschränken und Herden versorgen konnte und die dem Gereonswall sein spezifisches Flair aufgedrückt hatten, inzwischen ganz von hier verschwunden. Auch die Prostituierten, die früher in den Fenstern lagen, gab es nicht mehr, bis auf eine einzige, die kannte Löhr schon, da war sie fast noch ein Mädchen gewesen, die auch heute noch, jetzt mit erheblich mehr als zwei Zentnern, ihren kahlen Fensterplatz füllte.

So in Erinnerungen an den alten Eigelstein versunken, war Löhr in die Weidengasse eingebogen, und mit jedem Schritt, den er sich seinem Ziel näherte, drängte sich ihm immer stärker die ihm bevorstehende unangenehme Aufgabe ins Bewußtsein.

Der Grund,weshalb er die halbe Woche lang gezögert, ja sogar versucht hatte, die Angelegenheit um den Karnevalsrausch seiner Mutter zu verdrängen, waren Zweifel gewesen, ob er überhaupt das Recht hatte, sich in deren Angelegenheiten einzumischen. Mußte sie schließlich nicht selbst wissen, was sie sich zumuten konnte und was nicht? Und selbst wenn sie sich ein wenig bei ihren Karnevalsaktivitäten überforderte, konnte das so schlimm sein?

Wurde das nicht mehr als aufgewogen durch den Spaß, die neue Lebensfreude, die sie durch die Vorbereitungen für ihre Möhnensitzung gewann? Fast zehn Jahre lang hatte sie sich nach dem Tod von Löhrs Vater zurückgezogen, in ihrer Zweizimmerwohnung in der Eintrachtstraße ein bescheiden-kärgliches Witwenleben gefristet, das Vergnügen portioniert und verteilt auf die – sicherlich reichlichen, aber zugegebenermaßen nicht immer und durchweg lustigen – Familienfeste im Jahr. War es nicht nur natürlich, daß sie nun ihre Trauerzeit abschloß und sich wieder den Vergnügungen ihrer Jugend zuwandte?

Löhr blieb vor dem schmalen Schaufenster eines Geschäftes stehen und betrachtete die mit Hunderten von elektrischen Eisenbahnen vollgestopfte Auslage. Ach! Das gab es also immer noch! Wie viele Stunden hatte er als Kind vor diesem kleinen Geschäft gestanden und sich im Geist einen Park exklusiver Loks zusammengestellt! Aber zu Hause hatte es nie für eine elektrische Eisenbahn gelangt, selbst zu Weihnachten nicht. Später hatte die elektrische Eisenbahn für ihn ihre Magie und er das Interesse daran verloren. Jetzt könnte er sich eigentlich eine leisten, aber dann könnte seine Mutter ihn genauso als kindisch bezeichnen wie er sie wegen ihrer Karnevalsobsession. Löhrs Selbstablenkungsmanöver funktionierte nicht mehr. Jeder Ausweichversuch führte ihn durch einen von ihm selbst nicht zu kontrollierenden gedanklichen Salto zurück aufs eigentliche Problem. Seine Mutter.

Krank war sie, ja krank!, fing er noch einmal ganz von vorn an. Gut, nicht akut, aber latent gefährdet. Der Blutdruck war zu hoch, so hoch jedenfalls, daß die alten, verbrauchten, porösen Blutgefäße einem noch höheren Druck nicht würden standhalten können. Hatte der Arzt gesagt. Schlaganfallgefahr. Und da sollte er nicht einschreiten dürfen, ja müssen, wenn sie sich selbst Belastungen aussetzte, die mehr oder weniger zwangsläufig zu einem Schlaganfall führen mußten?

Sollte er tatenlos zusehen, wie sie beim Stippeföttchetanz oder bei einer, vielleicht auch noch mit läppschen Witzchen durchsetzten, Büttenrede plötzlich zusammenklappte, ohnmächtig wurde, tot umfiele?

Schlaganfall! Mein Gott! Es war seine Pflicht einzuschreiten!

Mußte es ausgerechnet dieser den Kreislauf belastende Wahnsinn sein? Karneval! Mußte er sie nicht davon abbringen, ihre offensichtlich wieder erwachten Energien auf etwas Konstruktiveres, vor allem etwas Sinnvolleres, Ruhigeres, ihrem Alter und Gesundheitszustand Angemesseneres lenken? War das nicht seine Sohnespflicht? Sie hatte Enkel! Sein Bruder Robert hatte vier, der älteste Bruder Bernd und seine Schwester jeweils zwei Kinder. Acht Enkelkinder insgesamt! War das etwa kein sinnvolles Betätigungsfeld für eine knapp Siebzigjährige? Aber Karneval mußte es sein. Ausgerechnet Karneval!

Als Löhr von der Weidengasse in die Eintrachtstraße einbog, hatte er sich in einen ihn geradezu in Wallung bringenden Haß auf den die Gesundheit seiner Mutter massiv belastenden Karneval hineingesteigert, und dieser Haß bewehrte ihn geradezu mit einer ganzen Armee von Argumenten, die er seiner Mutter gegenüber vorbringen würde. Unschlagbare Argumente! Wenn sie, nachdem er sie ihr vorgetragen hatte, noch ein einziges Mal zum Stippeföttchetanz ginge, dann, dann ... Löhr mußte sich zügeln, um seinen Zorn nicht am Klingelknopf über dem Namensschild seiner Mutter auszulassen.

***

»Bottermilchsbunnezupp!« Wie sie das aussprach! Und vor allem: Wie das schmeckte! Als Kind hatte er dieses Gericht ebenso verabscheut wie seine Geschwister. Obwohl sie sie nur unter Protest und mit demonstrativem Widerwillen zu sich genommen hatten, war die Suppe lange auf dem Speiseplan der Mutter geblieben, schlicht aus dem Grund, weil sie billig war. Obwohl also diese Suppe ihn als Kind so gequält hatte, erschien sie Löhr jetzt wie eine Offenbarung. Erstaunlich! Eine der wenigen bereits in der Kindheit erworbenen geschmacklichen Idiosynkrasien, die zum Verschwinden gebracht wurden. Wie kriegte sie das nur hin, einem so schlichten Gericht diesen feinen Wohlgeschmack zu geben?

»Geheimnis?« lachte Löhrs Mutter. »Dat ist kein Geheimnis! Und wenn überhaupt, dann liegt dat nur am Kartoffelpüree.«

»Kartoffelpüree?« fragte Löhr und rührte im Teller. Er konnte kein Kartoffelpüree entdecken.

»Dat rühr ich noch warm in die Buttermilch ein, noch bevor ich die Bohnen dazugebe. Damit die Zupp sämig wird. Und natürlich noch ene Stich Butter.«

Das war es also, und jetzt spürte er es auch auf der Zunge: die leicht körnige Konsistenz der Suppe. Wunderbar! Er sollte Irmgard mal das Rezept mitbringen und sie bitten, die Suppe ab und an für ihn zu kochen.

»Und die machst du dir noch oft?« fragte er.

»Nä, nit oft« antwortete sie. »Nur, wenn et so heiß is wie heute. Dat war ja überhaupt nicht zum Aushalten!«

Löhr sah seiner Mutter ins Gesicht. Tatsächlich schien ihr die Hitze des Tages zugesetzt zu haben. Deutliche rote Flecken zeichneten sich unterhalb der Wangenknochen und auf der Stirn ab. Er hatte also recht mit seiner Befürchtung gehabt: Ihre Gesundheit war angegriffen!

»Und außerdem«, fuhr sie fort, »hatt ich heut tagsüber überhaupt noch nix Warmes gegessen.«

»Ach? Wieso denn nicht?«

Sie zuckte die schmalen Schultern, und ein schüchternes Lächeln, wie das eines Schulmädchens, erschien um ihre Mundwinkel. »Bin zu nix gekommen, weil wir von heut mittag an wieder Probe in der Pfarrei hatten.«

Das war es! Das war der Punkt, an dem er einhaken mußte. Wenn er jetzt nicht sein Anliegen einfädelte, dann war es endgültig zu spät. Mehr als eine Stunde hatte er den Einstieg versäumt, hatte mit seiner Mutter über Gott und die Welt, das Wetter und die Buttermilchsuppe geredet. Jetzt! Löhr nahm allen Mut zusammen.

»Eure Karnevalssitzung?« fragte er betont beiläufig.

»Wat heißt Karneval?« lächelte sie, immer noch ein wenig verlegen. »Mir wolle damit schon am Elften im Elften herauskommen.«

»Ach? Wieso denn so früh?«

»Weil erstens ist da Sessionanfang. Also dürfen wir et. Und zweitens sind wir dermaßen wat von, von begierig darauf, endlich ene Auftritt zu haben. Und dann: Je mehr Aufführungen wir machen, um so mehr kommt in uns' Kass. Und dat brauchen wir auch, bei all den Auslagen, die wir hatten, für die Kostüme, dat Training von dem Tanzmeister, die Musik.«

»Verstehe«, lächelte Löhr ein wenig gequält. »Trotzdem«, fuhr er dann, eine bekümmerte Falte auf der Stirn und in ebenso bekümmertem Tonfall fort: »Ist das überhaupt gut für dich? Die vielen Proben, mitten im Sommer, bei der Hitze?«

»Viele Proben?« fragte sie erstaunt zurück.

»Nun ja« sagte Löhr ausweichend. Darüber, daß er vom Nachbarn über ihre recht dichte Probenfrequenz erfahren, ja, sie sogar selbst bei einer dieser Proben heimlich beobachtet hatte, darüber zu sprechen, wäre im Augenblick keineswegs opportun gewesen, hätte ihn im Licht eines miesepetrigen Schnüfflers und Besserwissers erscheinen lassen. »Ich meine nur«, kam er ein wenig ins Stottern und kratzte auf seinem leeren Teller herum, »es muß unheimlich anstrengend für dich sein, bei der Hitze 'ne Karnevalssitzung zu proben.«

»Och«, sagte sie mit einer wegwerfenden Handbewegung und stand auf, um den Tisch abzuräumen, »sicher ist dat 'n bißchen anstrengend. Dafür macht et aber auch viel Freud.«

Das Gespräch weiter so dahinplätschern zu lassen, das ging zu weit. Unmöglich konnte er sich im lässigen Fahrwasser dieser unvernünftig mit ihren Kräften haushaltenden alten Frau treiben lassen. Er mußte einen Punkt setzen. Jetzt. Keinen Punkt, sondern ein Ausrufezeichen!

»Mutter!« sagte Löhr mahnend. »Mutter! Hast du dich heut abend überhaupt schon mal im Spiegel betrachtet!«

»Ja, ja, ich weiß«, zwitscherte sie, ohne sich nach ihm umzudrehen, denn sie stellte bereits die leeren Teller in die Spüle gegenüber dem Küchentisch und ließ heißes Wasser ins Spülbecken laufen. »Die roten Flecken! Bin ja schließlich noch nit blind. Aber der Doktor hat gesagt, dat wär normal. Bei der Hitze. Da leiden all, die mit Hochdruck zu tun haben, bei den Temperaturen!«

»Und hast du dem Doktor auch erzählt, daß du bei dieser Hitze für 'ne Karnevalssitzung probst?« sagte Löhr, etwas schärfer, als er es sich eigentlich vorgenommen hatte.

»Aber sicher hab ich dem dat erzählt. Der ist selbst ene Karnevalsjeck, und er hat auch versprochen, dat er zu unserer Sitzung in St. Kunibert kommt.«

»Und was sagt er zu deiner Gesundheit?« Löhrs Stimme wurde immer schärfer.

»Ach ja. Wat soll ene Doktor schon sagen?« plauderte sie obenhin, ohne sich nach ihm umzudrehen, sie hatte bereits mit dem Spülen begonnen. »Ich soll mich en bißchen in acht nehmen bei der Höpperei.«

»Höpperei?« fragte Löhr, als wenn er nicht wüßte, was sie gemeint hatte.

Seine Mutter räusperte sich und bearbeitete den Teller, den sie gerade abspülte, intensiver, als es nötig gewesen wäre. »Wir üben ene Stippeföttchedanz für uns' Sitzung«, sagte sie dann ziemlich nuschelig, so, als ob sie gewußt hätte, daß dies den Unwillen ihres Sohnes herausfordern würde. Und Löhr nahm diese Herausforderung dankbar an. Endlich hatte er einen triftigen Grund, schwerere Geschütze aufzufahren.

»Stippeföttchetanz?« fragte er laut, beinahe drohend und in einer Tonlage, als spräche er etwas ziemlich Unanständiges aus. »Du machst doch nicht etwa im Altenheim bei 'nem Stippeföttchetanz mit?«

»Das ist kein Altenheim«, kam die leise Stimme seiner ihm den Rücken zuwendenden Mutter zurück. »Das ist ein Pfarrheim.«

»Trotzdem!« sagte Löhr, immer noch ziemlich laut. »Weißt du, wie anstrengend so was ist? Und das bei deinem Gesundheitszustand! Mutter! Sei bitte vernünftig!«

»Ävver der Doktor hät gesagt ...« Sie wandte Löhr ihr leicht verschrecktes, eingeschüchtertes Gesicht zu.

»Der Doktor, der Doktor!« tönte Löhr. »Weißt du wie viele Ärzte es gibt, die mit ihrem Leichtsinn ihre Patienten ins Grab bringen? Und dann noch 'n Karnevalsjeck! Der Mann ist voreingenommen! Er ist unzurechnungsfähig als Karnevalsjeck!«

Sie hatte sich wieder dem Becken zugewandt, spülte weiter und schwieg.

»Unvernünftig ist das!« sagte Löhr, nun etwas leiser und milder. »Raubbau an deiner Gesundheit.«

Sie schwieg. Löhr fragte sich, was es überhaupt noch zu spülen gab, die zwei Teller und Töpfe und die beiden Wassergläser müßte sie längst bewältigt haben. Na schön. Sie war also bereit, ihren Gesundheitszustand zu ignorieren. Für Löhr die Gelegenheit, auf einen anderen, ihm eigentlich lieberen Kampfplatz zu wechseln.

»Und außerdem«, sagte er, jetzt mit einem Hauch Sarkasmus: »Stippeföttchetanz! Meinst du wirklich, das ist das richtige für dich?«

»Et hält fit«, erwiderte seine Mutter.

»Fit! Fit! Na schön. Hält es eben fit. Kann man aber auch anders erreichen, fit zu bleiben. Also wenn du mich fragst, ich find's schon 'n bißchen lächerlich, wenn das junge Menschen tanzen, aber du, in deinem Alter?«

Seine Mutter schwieg, hielt ihm weiter den Rücken zugewandt und begann, Teller und Töpfe abzutrocknen.

»Und überhaupt!« redete Löhr sich nun in Fahrt. »Der ganze Karneval!«

Die Mutter schwieg und trocknete weiter ab.

»Büttenreden! Wir haben das ganze Jahre über Talkshows mit und ohne Politiker, Sabine Christiansen und wie sie alle heißen, da müßte man eigentlich von der ganzen unsinnigen Schwaderei die Nase voll haben!«

Schweigen.

»Man muß sich auch mal überlegen, wem das alles überhaupt nützt!« fuhr Löhr, einmal in Rage und das eiserne Schweigen seiner Mutter kaum mehr wahrnehmend, fort. »Das ist bloß noch ein Geschäft! Ein Millionengeschäft! Ganze Branchen leben davon, nicht nur die Karnevalsvereine und das Festkomitee! Meinst du, die machen das rein aus Spaß an der Freude? Nein! Karneval ist Politik. Mit dem Karneval machst du in Köln Karrieren, fädelst du Geschäfte ein. Aber dem Volk verkaufst du das als volkstümlichen Frohsinn, als Brauchtum! Soll mir mal einer sagen, was das für'n Brauchtum sein soll, wenn man tagelang im Lappenkostüm über Tisch und Bänke springt und durch die Straßen torkelt und den Leuten mit einer Riesentrommel den Schlaf und den letzten Nerv raubt. Was ist das für'n Brauchtum, wenn die ganze Stadt drei Tage lang stinkbesoffen ist! Genau! Die Brauereien hab ich vergessen. Die stecken auch in diesem Komplott drin. Das sind die Hauptnutznießer! Die verdienen sich 'ne goldene Nase daran, daß die Leute ihre Gesundheit durchs Saufen ruinieren. Karneval ist für viele nur dazu da, sich 'ne Woche lang hemmungslos zu betrinken!«

»Mir drinken nur Koletschwasser«, sagte seine Mutter. Ganz leise, ganz schüchtern. Sie hatte sich zu ihm umgedreht, blieb aber am Spülbecken stehen.

»Koletsch?« Löhr mußte schlucken.

»Kein Bier, keine Schnaps, nur so söße Lömmelömm, Fanta, Brause ...«

»Koletschwasser?« Löhr war wieder nüchtern, das Wort ›Koletschwasser‹ hatte ihn schlagartig aus dem Rausch, in den er sich durch seine Haßtirade gesteigert hatte, aufgeweckt. Ein Wort, das ihm noch nie untergekommen war. Oder vielleicht früher einmal? Vielleicht in seiner Kindheit? Jedenfalls hatte er es vergessen. »Was heißt das, Mutter, ›Koletschwasser‹?«

Löhrs Mutter lächelte und setzte sich wieder zu ihm an den Küchentisch.

»›Koletsch‹ is Lakritz, Jung, weißte dat nit mehr? Und ›Koletschwasser‹, dat hammer früher immer zu Limonade gesagt, vielleicht, weil da wirklich mal Lakritz drin war, ich weiß et nit.«

Löhr lächelte dankbar zurück. Sein Zorn war verflogen. Er war glücklich über das neue Wort. »Das ist schön«, sagte er, »ein schönes Wort.«

Seine Mutter lächelte schon nicht mehr. Sie stützte beide Ellbogen auf den Tisch und legte den Kopf auf ihre beiden zu kleinen Fäusten geballten Hände. Eine Kummerfalte hatte sich in ihre Stirn gegraben.

»Wat du da eben über der Karneval gesagt hast, Jakob«, sagte sie eindringlich, »dat hast du doch wohl nit ernst gemeint?«

»Natürlich!« antwortete Löhr ein wenig trotzig, »jedenfalls zum großen Teil.«

Frau Löhr schüttelte leicht den Kopf. »Dat glaub ich dir nit, Jakob. Ich kann dir aber sagen, wat ich glaube. Ich glaube, du hast dat nur gesagt, um mich von unserer Sitzung abzubringen. Ist et nit so?«

Löhr wiegte, von der Ernsthaftigkeit seiner Mutter ein wenig betroffen, den Kopf. Natürlich war es so. »Aber 'n bißchen ist an dem, was ich gesagt habe, schon dran, oder?« beharrte er.

Frau Löhr preßte, als wenn sie einen leichten Schmerz empfände, die Lippen aufeinander. Dann sagte sie: »Jut. Wenn dat dein Meinung ist. Die kannste ja ruhig haben. Obwohl ich dat nit eso sehe wie du. Aber warum gönnste mir nit dat bißchen Freud?«

Löhr war für mehrere Sekunden sprachlos. Das hatte gesessen wie ein Schlag in den Magen. »Gönnen?« stotterte er schließlich. »Natürlich gönn ich dir das, Mutter! Ich gönn dir alles, wirklich alles! Ich mach mir bloß Sorgen wegen deiner Gesundheit!«

Ernst schüttelte sie den Kopf. »Meine Gesundheit ist in Ordnung, sagt der Doktor. Und auf den verlaß ich mich.«

»Ich hab dir schon gesagt ...«, wollte Löhr wieder anheben, diesmal unterbrach ihn seine Mutter.

»Ich kann dir sagen, wat dich pitscht, Jakob. Du kannst dir einfach nit vorstellen, dat man in meinem Alter noch emal so richtig Freud haben kann. Auch am Karneval. *Deswegen* regst du dich eso auf. Du denkst dir: Jetzt ess die Ahl och noch im dritte Plöck! Höpp do röm wie e jung Mädche! Und ich glaub, dat ist dir irgendwie peinlich. Ist et nit eso?«

Das war der zweite Tiefschlag. Löhr widersprach nicht. Er erwähnte im weiteren Gespräch das Thema Karneval kein einziges Mal mehr. Seine Mutter hatte, als wenn sie gewußt hätte, daß er vorbeikommen würde, eine Flasche Bier in den Kühlschrank gelegt. Die trank er, und sie sprachen, wie sonst auch, über Familienangelegenheiten, und als er sich schließlich gegen zehn von ihr verabschiedet hatte und die Treppe hinunterging, dachte er: Wie schön, daß es seine Mutter gab!

Auch wenn sie sich unbelehrbar dem Karneval verschrieben hatte und ihm nichts anderes übrigblieb, als dies ohnmächtig zu billigen, wie dankbar war er, daß sie ihm so schöne Worte nahezubringen verstand. Der »dritte Plöck«! »Koletschwasser«! War es nicht gut, eine solche Mutter zu haben, auch wenn sie im Alter vielleicht ein wenig kauzig zu werden schien?

***

Esser war nicht zur Frühbesprechung des KK11 – der letzten, die es vor dem Umzug nach Kalk in ihrem alten Bürotrakt in der Löwengasse gegeben hatte – erschienen. Und auch jetzt, Löhr tigerte bereits seit einer halben Stunde durchs Büro, keine Spur von seinem Kollegen!

Löhr hatte schon zweimal unter seiner Privatnummer angerufen;

niemand hatte sich gemeldet, noch nicht einmal der Anrufbeantworter. Löhr sah auf die Uhr: Es war bereits nach neun. Er mußte etwas unternehmen, wenn er heute noch den Fall Nicole Liefers abschließen wollte. Also rief er in der Uniklinik an. Es dauerte eine Ewigkeit, bis man ihn zur Intensivstation VII durchgestellt und er den Stationsarzt am Apparat hatte. Er erkundigte sich nach dem Zustand der Patientin und erfuhr, daß sie über den Berg war und man vorhatte, sie im Lauf des Tages aus dem künstlichen Koma zu wekken. Er legte nach dem Gespräch den Hörer gar nicht erst aus der Hand, sondern wählte gleich Füssers Nummer. Frau Füsser nahm ab. Etwas, womit Löhr nicht hatte rechnen können, was er aber erhofft hatte.

»Löhr, Kripo Köln«, meldete er sich. »Entschuldigen Sie, daß ich so früh anrufe.«

»Das macht nichts, Herr Kommissar«, antwortete sie mit rauher Stimme. »Aber leider ist mein Mann nicht zu Hause. Er ist heute morgen in die Praxis gefahren. Ich gebe Ihnen gern die Nummer.«

»Nein, nein, nein«, sagte Löhr schnell. »Das ist wirklich nicht nötig. So eilig ist es auch nicht. Ich wollte ihm nur etwas mitteilen.«

»Soll ich eine Nachricht aufschreiben?«

»Das wäre nett«, sagte Löhr.

»Gut. Ich hab was zu schreiben.«

»Ist nur eine Kleinigkeit«, sagte Löhr. »Ich dachte, Ihren Mann interessiert es, daß Nicole Liefers offenbar auf dem Weg der Besserung ist.«

Er horchte angespannt in den Hörer. Nichts. Noch nicht einmal ihr Atem war zu hören.

»Ich sag's ihm, wenn er wiederkommt«, sagte sie schließlich.

»Sie ist zwar immer noch in einer kritischen Phase«, fuhr Löhr fort, »aber die Ärzte meinen, daß sie die im Lauf des Tages überwinden wird, und daß man sie dann, wahrscheinlich gegen Abend, aus dem künstlichen Schlaf wecken kann.«

Wieder schwieg sie. Dann sagte sie: »Gut. Ich sag's meinem Mann. War's das?«

»Das war's.«

Als er auflegte, merkte er, daß seine Hand leicht zitterte. Jetzt kam es darauf an. Er sah noch einmal auf die Uhr. Viertel nach neun.

Von Esser immer noch keine Spur. Es hatte keinen Sinn, ihn noch einmal zu Hause anzurufen. Er mußte die Sache allein durchziehen. Einen Zeugen aufzutreiben dürfte eigentlich kein Problem sein. Besser wär's natürlich, Esser dabeizuhaben. Schnell kritzelte er eine Nachricht und legte ihm den Zettel auf den Schreibtisch. Dann bestellte er sich ein Taxi. Er durfte keine Zeit verlieren.

Über Nacht war ein Gewitter über der Stadt heruntergekommen. Und was für eins! Stundenlang hatte es in Strömen geregnet. Immer noch standen auf den Straßen große Pfützen. Das Taxi ließ riesige Fontänen rechts und links aufspritzen. Löhr hatte den Fahrer zur Eile angehalten.

Durch das Gewitter war es endlich kühler geworden. Nicht so sehr, daß es Löhr gefröstelt hätte, aber zumindest schwitzte er nicht. Immer noch hing eine dichte, niedrige Decke aus schwarzen Wolken über der Stadt und ließ keinen Sonnenstrahl durch. Es sah ganz nach ein paar Stunden, vielleicht auch einem ganzen Tag, Erholungspause vom Sommer aus.

In der Uniklinik gab Löhr sich Mühe, sich diesmal nicht im Gewirr der Gänge zu verirren. Er war in großer Eile, was zur Folge hatte, daß er leicht verschwitzt war, als er endlich im Zimmer des Stationsarztes der Intensivstation stand. Es war der gleiche Arzt, mit dem er und Esser bereits am Sonntag bei ihrem ersten Besuch zu tun gehabt hatten.

»Wenn es der Aufklärung Ihres Falles dient«, zuckte der, nachdem ihm Löhr sein Vorhaben erklärt hatte, die Schultern. »Ich habe keine Einwände.«

»Und Sie können bitte dafür sorgen, daß in der nächsten, sagen wir mal, in der nächsten Stunde niemand das Zimmer der Patientin betritt?«

Der Arzt sah auf die Uhr. »Das wird schwer«, antwortete er. »Wir haben eben die Medikation abgesetzt, die sie im künstlichen Schlaf hält. Innerhalb der nächsten ein, zwei Stunden wird sie aufwachen, und da müssen wir regelmäßig nach ihr sehen.«

»Sonst kann es zu Komplikationen kommen?«

»Ja, natürlich, vor allem, wenn die aktive Atmung wieder einsetzt, dann braucht sie eventuell Sauerstoff.«

»Hm«, machte Löhr. »Ich muß trotzdem riskieren, daß sie vielleicht zu früh wieder aufwacht. Aber andererseits glaube ich, daß das, was ich erwarte, schon in der nächsten Stunde passieren wird.

Sie gingen den engen Flur hinunter, quetschten sich an Bettenwagen und Infusionsständern vorbei und kamen zu Nicole Liefers' Zimmer.

»Da ist noch ein Problem«, sagte Löhr, als der Arzt die Tür öffnete. »Ich brauche jemanden, der dabei ist, wenn das eintritt, was ich erwarte. Und ich brauche so eine Art Paravent, hinter dem wir uns aufhalten können.«

»Auch das noch!« Der Arzt verlor allmählich die Geduld und sah noch einmal auf die Uhr. »Aber schön, wenn es Ihnen nützt. Bleiben Sie hier, ich schicke gleich jemanden vorbei.«

Der Arzt eilte davon, und Löhr betrat das Zimmer.

Man hatte in der Zwischenzeit den Kopfverband gewechselt. Jetzt waren nur noch Stirn und Schädel verbunden, das Gesicht aber war frei. Löhr trat an das von Infusionsflaschen und Überwachungsapparaten umstellte Bett. Nicole Liefers lag vollkommen still und mit geschlossenen Augen unter einem grünen Laken. Wenn er nicht gewußt hätte, daß sie lebte, Löhr hätte sie für tot gehalten, so bleich war sie. Ihre Atmung war kaum wahrnehmbar. Zwei Infusionsschläuche führten in die Venen ihrer beiden flach neben dem Körper ausgestreckten Arme. Löhr betrachtete ihr Gesicht. Obwohl von Schwellungen und Hämatomen unter den Augen entstellt, sah man, daß es ein hübsches, junges, unverbrauchtes Gesicht war. Löhr konnte Füsser verstehen.

Die Tür ging auf, und ein Krankenpfleger und eine Schwester erschienen und rollten eine mannshohe, über einem verchromten Rahmen mit einer dicken milchig-undurchsichtigen Plastikfolie bespannte Stellwand herein.

»Wohin?« fragte die Schwester Löhr. Er sah sich um. Der Raum war klein, es gab nur eine einzige Nische, in der man sich verstecken könnte, die, in der sich das Waschbecken befand. Eine sehr enge Nische. Löhr deutete darauf.

»Davor bitte.«

Der Pfleger und die Schwester rollten die Wand an die bezeichnete Stelle.

»Wer von Ihnen bleibt mit mir hier?« fragte Löhr. Die beiden sahen sich fragend an.

»Hat Ihnen der Arzt nicht Bescheid gesagt? Ich brauche einen Zeugen«, sagte Löhr ungeduldig. Es konnte jeden Augenblick so weit sein.

»Ja, ja, ich weiß«, sagte die Schwester, eine kleine dickliche Frau Ende dreißig mit einer schwarzen Ponyfrisur und pickeligen Wangen. »Ich bleibe hier.«

»Gut«, sagte Löhr. »Dann schnell. Kommen Sie mit mir hinter die Stellwand. Und Sie«, wandte er sich an den Pfleger, »Sie sorgen bitte dafür, daß niemand vom Personal das Zimmer betritt. Aber jeden anderen lassen Sie bitte durch, egal, wer es ist.«

»Alles klar, Herr Kommissar«, grinste der Pfleger, ein dürrer, langer Mensch mit Nickelbrille und leicht öliger Pferdeschwanzfrisur. »Ich weiß auch Bescheid. Mission Impossible. Ich postiere mich auf dem Flur.«

»Und schließen Sie die Tür hinter sich, damit wir hören, wenn sie geöffnet wird«, sagte Löhr, während er hastig die Schwester hinter den Paravent schob und sich dann selbst in die Ecke hineinquetschte.

»Tut mir leid«, sagte er zu der Schwester. »Geht aber wohl nicht anders«. Sein Hintern klemmte zwischen ihrem Hintern und dem Waschbecken, seine rechten Rippen wurden von ihrem kompakten Körper gegen die gekachelte Ecke der Nische gepreßt, daß es ihm fast den Atem nahm. Aber anders als so dichtgedrängt war es tatsächlich unmöglich, daß sie beide von außen nicht zu sehen waren.

»Mir macht das nichts!« kicherte die Schwester, drückte sich noch etwas enger an Löhr und grinste ihn neugierig an. »Wenn ich nur wüßte, wofür das gut sein soll!«

»Ich muß jemanden überführen«, flüsterte Löhr, der augenblicklich zu schwitzen begann und sich beim Sprechen den Schweiß von der Oberlippe wischen mußte.

»Wen denn?« flüsterte die Schwester zurück, der offenbar nicht nur Löhrs Nähe, sondern auch das von ihm inszenierte Spiel gefiel.

»Werden Sie gleich sehen«, raunte Löhr. »Hoffentlich!«

»Und wobei überführen?«

»Bei einem Mord.«

»*Mord*?«

»Mord*versuch*. Hoffentlich.«

»Und das können Sie nur *so*?« kicherte die Schwester wieder und drückte sich noch ein wenig mehr in Löhrs rechte Flanke, ohne daß er die Chance gehabt hätte, nach links auszuweichen, denn da preßte ihm die Waschnischenecke die Luft aus den Lungen.

»Leider!« stöhnte Löhr. »Und jetzt sollten wir lieber den Mund halten.«

Zwei, drei, vier Minuten verharrten sie so, aneinandergepreßt, schweigend. Löhr spürte, wie ihm Bäche von Schweiß den Rücken und die Brust hinunterliefen und wie der erste Schweißstrom sich langsam einen Weg über seinen Bauch bahnte. *Frischer* Schweiß stinkt nicht, überlegte er, schnüffelte aber trotzdem unauffällig an seinen Achseln. Nein, kein Schweißgeruch. Dafür aber der penetrante, von der Schwester ausgehende Geruch nach Desinfektionsmittel. »Karbolmäuschen!« ging es ihm durch den Kopf.

»Wie heißen Sie eigentlich?« fragte er flüsternd.

»Schwester Bettina. Sie können aber ruhig Betty zu mir sagen«, kicherte die Schwester leise. »Und Sie?«

»Löhr.«

Dann schwiegen sie wieder. Unter anderen Umständen, dachte Löhr, hätte er dieser Situation vielleicht den einen oder anderen erotischen Reiz abgewinnen können. Trotz der pickeligen Wangen von Schwester Betty. Allein wegen der Nähe ihres kompakten Körpers. Aber so? Zu viel Schweiß. Vor allem zu viel Konzentration auf das, worauf es ankam. Dieses Warten forderte wirklich alles von ihm.

Weitere endlos scheinende Minuten vergingen, und Löhr hatte das Gefühl zu schmelzen, keine Luft mehr zu bekommen; die Knie waren ihm weich geworden, und es würde nicht mehr lange dauern, dann würde er in Ohnmacht fallen.

Er drehte den Kopf zu Schwester Betty. Ob es ihr ähnlich ging? Schwester Betty, die seinen Blick wohl seit längerem erwartet hatte, lächelte ihn an, klimperte ein wenig mit den Wimpern und rückte ihm noch ein Stück näher auf die Pelle. Löhr unterdrückte ein Stöhnen und sah auf die Uhr. Seit einer dreiviertel Stunde war er in der Klinik, seit zwanzig Minuten mit Schwester Betty hinterm Paravent. Wie lange sollte er noch warten? Vor allem: Wie lange konnte er noch aushalten?

Fünf weitere, fünf unendlich lange Minuten vergingen. Vielleicht waren es auch acht oder zehn oder fünfzehn. Löhr schaute nicht mehr auf die Uhr. Er dachte über seine Mutter nach, ihren Karnevalsfimmel, dachte über »Koletschwasser« und »dritten Plöck« nach, dachte an Irmgard und die Toskana, daran, wo Esser blieb und ob er nicht jeden Augenblick hereinplatzen und ihm die ganze Tour vermasseln könnte, dachte schließlich über den Unterschied zwischen linearer, objektiver Zeit und dem subjektiven Zeitempfinden nach, in dem Sekunden sich zur Dauer von ganzen Tagen dehnen können; er dachte darüber nach, was man wohl im Augenblick, oder besser: kurz vor dem Augenblick des Todes empfinden würde.

Denn er kam sich bei all dem Schweiß, der Enge, der Atemnot, beim monotonen Ticken und Summen der Überwachungsapparate im Krankenzimmer vor, als würde jeden Augenblick seine eigene letzte Stunde, Minute, Sekunde schlagen.

Ob einem wirklich, wie so oft gesagt wird, das ganze Leben noch einmal vorm geistigen Auge vorüberzieht? Die erste Ohrfeige des Vaters, die erste Zigarette, die Parkbank mit dem ersten Mädchen darauf, Schulabschluß, allmähliche Verblödung?

Die Tür öffnete sich. Sehr behutsam. Es war nicht das professionelle Aufreißen der Türen durch Krankenhauspersonal. Löhr war mit einem Schlag aus seinem Schweiß-Delirium erwacht. Er warf einen Blick auf Schwester Betty. Auch sie hatte es gehört, ihre Augen weiteten sich. Die Tür wurde so vorsichtig wieder geschlossen, wie sie geöffnet worden war. Schritte, ein leises Rascheln, dann deutlich das Klicken, wie es beim Öffnen einer Damenhandtasche entsteht.

Löhr konnte sich sehr gut vorstellen, wie komisch die Situation auf einen außenstehenden Betrachter wirken müßte, vermutlich wie eine Szene aus einem Charly-Chaplin-Film, trotzdem lugte er vorsichtig hinter dem Paravent hervor, um sehen zu können, was sich an Nicole Liefers' Krankenbett abspielte. Dazu war er schließlich hier.

Er hatte richtig gelegen. Sie war es. Unverkennbar. Obwohl sie ihm den Rücken zugewandt hatte, erkannte er sie sofort. Löhr drehte vorsichtig den Kopf zur anderen Seite, um Schwester Betty ein Zeichen zu geben, ebenfalls einen Blick auf die Szene zu werfen.

Was unnötig war, denn Schwester Betty hatte ebenfalls den Kopf zum Paravent herausgesteckt und konnte beobachten, was geschah.

Die Besucherin fischte eine solide Küchenschere aus ihrer edlen Handtasche, hängte sich die Tasche über den Arm und umfaßte mit der anderen Hand einen der Infusionsschläuche.

Löhr spürte neben sich ein Beben durch Schwester Bettys festen runden Körper gehen, als die Besucherin den Infusionsschlauch kurzerhand durchschnitt, das in Nicole Liefers' Vene führende Ende festhielt, die Schere zurück in die Handtasche steckte und dabei beobachtete, wie sich die im Infusionsschlauch stehende Flüssigkeitssäule allmählich abbaute.

Löhr mußte Schwester Betty mit einem festen Griff um ihren Oberarm davon abhalten, hinter dem Paravent hervorzustürmen. Er bedeutete ihr, sich nicht zu rühren. *Erst muß sie es tun*, sagte sein Blick. Die Schwester verstand. Als sie wieder hinter dem Paravent hervorguckten, sahen sie, wie die Besucherin das Schlauchende in ihrer Hand hochhielt und beobachtete. Die Flüssigkeit darin verringerte sich sehr langsam. Dann nahm sie das Ende des Schlauches in beide Hände, steckte es in den Mund und blies hinein.

»Jetzt!« sagte Löhr laut. Und Schwester Betty – mit einer Geschwindigkeit, die er ihr nie im Leben zugetraut hätte – stürmte aus ihrem Versteck auf die Besucherin zu und riß ihr den Infusionsschlauch aus dem Mund. Löhr brauchte sich nicht zu beeilen. Er atmete ein paarmal tief durch, trat hinter dem Paravent hervor und sah der Besucherin ins schreckensstarre Gesicht.

»Tja, Frau Füsser«, sagte er, »da müssen Sie uns, glaube ich, einiges erklären.«

***

»Jetzt schon 'n Kölsch?« tat Esser erstaunt. »Es ist gerade erst zwölf!«

»Na und?« sagte Löhr, nahm sein Glas und trank. »Und wenn's sieben Uhr morgens wäre. Nach dem, was ich eben mitgemacht hab, hab ich mir mindestens fünf Kölsch verdient!« Danach trank er den Rest aus und machte dem Kellner ein Zeichen, ihm sofort ein neues zu bringen.

Sie hockten beim »Steinbüchel«, einer von der Uniklinik einen Steinwurf entfernten Sülzer Kneipe, in einer Fensternische neben der Theke. Zu warten, bis es dem Stationsarzt gelang, Nicole Liefers endgültig aus dem künstlichen Tiefschlaf zurückzuholen, den Nerv hatte Löhr nicht mehr besessen. Also hatte er, nachdem uniformierte Kollegen Frau Füsser abgeführt hatten, die Uniklinik schleunigst verlassen. Vorm zugigen Haupteingang war er auf Esser gestoßen, der im Büro seine Nachricht gefunden hatte, und gemeinsam waren sie dann zum »Steinbüchel« gegangen, Löhr hatte von der Kneipe aus auf der Intensivstation angerufen und die Nummer hinterlassen, mit der Bitte, hier zurückzurufen, sobald die Patientin ansprechbar sei.

Esser nippte an seinem Mineralwasser und schüttelte mißmutig den Kopf. »Verdammt noch mal! Da wär ich gern dabeigewesen! Mordversuch in flagranti! So was, das hab ich bisher noch nie erlebt!«

»Tja«, machte Löhr bloß, konnte es sich aber nicht verkneifen, das »tja« mit einem kleinen geschmäcklerischen Unterton zu versehen.

»Ja, ja, ja!« Esser hatte Löhrs Tonfall sehr wohl mitbekommen. »Was willst du damit sagen? Daß ich Besseres zu tun hatte oder was?«

»'tschuldige«, Löhr boxte Esser leicht in die Rippen und grinste. »Wollt ich natürlich nicht sagen. Hätt's auch schöner gefunden, du wärst dabeigewesen. Andererseits, mit Schwester Betty hinterm Paravent war es so schlecht auch nicht.«

»Fang du *auch* noch an!« grinste Esser.

»Nein, keine Bange. Wär mir auf Dauer zu anstrengend und vor allem zu schwitzig.«

»Da sagst du was«, griemelte Esser in sich hinein, und Löhr erwartete, daß er ihn auf den neuesten Stand seiner Elvira-Geschichte bringen würde. Er wurde enttäuscht. Essers Miene wurde ernst. »Das wär alles überhaupt kein Problem gewesen, wenn wir beide Handys hätten, Jakob!«

»Nicht schon wieder!« stöhnte Löhr und trank einen Schluck seines frisch gezapften Kölschs.

»Du hättest mich jederzeit erreichen können! Ich wär sofort gekommen!«

»Es ist auch so gutgegangen. Woran du siehst, wie überflüssig Handys sind. Und wie menschenfreundlich, wenn man sie nicht hat. Hätte dich bestimmt um einen phantastischen Morgen gebracht, wenn ich dich angerufen hätte, oder?«

Esser ließ sich nicht darauf ein, wurde trotzig. »Ist doch Quatsch! Wenn wir Handys gehabt hätten, dann hätte ich mit von der Partie sein können! In flagranti!«

»Du wiederholst dich, Rudi. Und im übrigen: Wieso bist du da so scharf drauf? Hast nicht etwa Angst, daß du im Protokoll nicht vorkommst und du von Schuhmacher kein Fleißkärtchen kriegst?«

»Unsinn! Ich hätte überhaupt gern die letzte Entwicklung mitgekriegt. Wie du auf Füssers Frau gekommen bist. Ich hab ja eher auf Lingohr getippt, daß der dahintersteckt.«

»Tja«, Löhr hob die Schultern und leerte sein Glas. »Ich eigentlich auch. Bis ich dann gestern vormittag bei Füssers zu Hause war. Da ist mir einiges klar geworden.«

»Was ist dir klar geworden?«

»Warum Füsser den Saunaclub zu seinem zweiten Zuhause gemacht hat.«

»Ach?« Esser steckte sich eine Zigarette an, sog gierig daran und sah Löhr erwartungsvoll an.

»Weil ihn seine Frau zu Hause in 'nen goldenen Käfig gesteckt hat. Den Käfig ihrer Erinnerungen an ihre Zeit als Karnevalssängerin.«

»Versteh ich nicht.«

Löhr schilderte Esser den Palast der Füssers. »Und dann ist mir klar geworden«, schloß er seinen Bericht, »der Mann ist ein Gefangener, ein Gefangener seiner Frau. Gefangen in diesem Käfig, in dem sie ihre Jugend, ihre Schönheit, ihren Erfolg und sich selbst mit Gin konserviert. Und wie ich Füsser dasitzen sah, ein Häufchen Elend. Der wollte da raus, und es ist alles total schiefgelaufen, und jetzt hätte er da weiter sitzen müssen, lebenslänglich ...«

»Na schön«, sagte Esser und drückte die Zigarette aus. »Das ist das eine. Das andere ist aber, wieso dich das auf die Idee gebracht hat, dessen Frau steckt hinter dem Anschlag auf die Liefers.«

»Weil ich sie beobachtet hab«, antwortete Löhr. »Sie war stolz wie Oskar, daß sie ihn wiederhatte, ihren Gefangenen und natürlich auch das Huhn, das ihr in der Zahnarztpraxis die goldenen Eier legt und ihr den goldenen Käfig finanziert, in dem sie es gefangen hält. Der Mann ist gesellschaftlich ruiniert. Jetzt hat sie ihn ganz für sich. Jetzt bleibt er jeden Abend brav zu Hause, kein Saunaclub mehr, keine Karnevalsveranstaltungen, keine Sitzungen im Festkomitee mehr.«

»Bist du sicher«, wandte Esser ein, »er wär wirklich so brav geworden?«

»Vielleicht. Vielleicht auch nicht«, sagte Löhr. »Ist auch egal. *Sie* hat es sich so vorgestellt.«

»Hm«, machte Esser nachdenklich. »Gehört 'ne Menge krimineller Energie dazu, die Leute vom Saunaclub zu bestechen und den Auftrag zu geben, dem eigenen Mann den Überfall in die Schuhe zu schieben.«

»Daß sie die hat, hat sie ja eben noch mal unter Beweis gestellt«, sagte Löhr.

»Und jede Menge Haß«, ergänzte Esser. »Da muß einiges gelaufen sein zwischen Füsser und Nicole Liefers.«

»Eben!« sagte Löhr. »Das hätte uns eigentlich von vornherein klar sein müssen, daß zwischen den beiden was lief. Und zwar, als Füsser die Tat gestand, nachdem er erfahren hatte, daß die Liefers wahrscheinlich nicht überleben wird. Da ist für ihn 'ne Welt zusammengebrochen. Danach war ihm alles egal. Da wollte er sogar lieber in den Knast als zurück zu Doretta Himmelreich.«

»Hattest doch den richtigen Riecher!« sagte Esser. »Du hast ihm das Geständnis ja nicht abgenommen und ihn vor der U-Haft bewahrt.«

»Das ist eigentlich der schönste Teil«, grinste Löhr. »Daß wir Paluchowski eins ausgewischt haben. Das war ja bloß 'ne Ahnung, daß nicht Füsser der Täter war, sondern jemand anders dahintersteckt. Wir hätten gleich darauf kommen können, daß da 'ne andere Frau, die Ehefrau eben, dahintersteckt.«

»Zwei«, sagte Esser. »Zwei Frauen. Ohne die Sorgalla wär da gar nichts gelaufen. Die Füsser hat sie bestochen. Und weil sie auch 'n Batzen von dem Geld an Charly Höppner weitergeben mußte, wird sie ordentlich hingelangt haben.«

»Ist ja nicht umsonst Puffchefin. So ein Beruf verdirbt, glaube ich, den Charakter«, sagte Löhr.

Das Telefon hinterm Tresen klingelte. Der Kellner, der sich während des größten Teils ihres Gesprächs in der Küche zu schaffen gemacht hatte, erschien und hob ab. Nach ein paar Augenblicken drehte er sich zu Löhr und Esser um und fragte: »Ist hier ein Herr Löhr?«

Auf dem Weg zur Uniklinik rückte Esser dann mit der Sprache heraus, wie er die letzten vierundzwanzig Stunden verbracht hatte. Mit Elvira, natürlich. Sie hatten den vergangenen Nachmittag zusammen verbracht, eine Schiffstour auf dem Rhein unternommen, waren dann abends wieder in ihrem Hotelzimmer am Appellhofplatz gelandet und hatten sich am Morgen – Elviras Mann war verreist, und Esser hatte seiner Frau gegenüber eine Dienstreise vorgeschoben – ein ausführliches Frühstück im Bett gegönnt.

»Das gönn ich dir«, war Löhrs Kommentar. »Aber was ist mit der Scheidung?«

»Nichts«, sagte Esser leichthin, so als wenn es nie ein Problem gegeben hätte.

»Nichts? Und deswegen hast du tagelang Trübsal geblasen und hast 'ne Panik gehabt, als ob man dir die Pension streichen wollte? Wegen nichts?«

»Ich hab sie davon überzeugt, daß es besser ist, sich nicht scheiden zu lassen.«

»Ach? Und wie hast du sie davon überzeugt?«

»Mit deinen Argumenten.«

»*Meinen* Argumenten? Was für Argumenten?«

»Du hast gesagt, wenn man schon so lange verheiratet ist, lohnt es sich nicht mehr, sich scheiden zu lassen.«

»Das hab ich *nicht* gesagt!« empörte sich Löhr. »Jedenfalls nicht so!«

»*So* hab ich das natürlich auch nicht gesagt. Aber schon in dem Sinn, daß man sich in einer Ehe, wenn man einigermaßen zusammenpaßt und einem der Partner nicht gerade unerträglich ist, durchaus arrangieren kann. Und sich das, was einem in der Ehe fehlt, woanders holen kann, ohne ein großes Drama daraus zu machen.«

»So hab ich das auch nicht gesagt!« protestierte Löhr erneut.

»Aber so ähnlich!«

»Nein!« sagte Löhr energisch. »Ich hab von *Liebe* gesprochen. Daß 'ne Ehe nur funktionieren kann, wenn sie auf gegenseitigem Respekt und Liebe beruht.«

»Aber genau das hab ich ihr auch gesagt! Nur daß man das mit der Liebe eben nicht so eng sehen soll. Ich meine die körperliche Liebe.«

»Verstehe«, sagte Löhr und dachte kurz an Schwester Betty, wischte diesen Gedanken aber schleunigst weg, schüttelte, über seine eigene Anwandlung entsetzt, den Kopf und murmelte: »Der dritte Plöck!«

»Was?« fragte Esser.

»Nichts«, sagte Löhr.

»Du hast gerade was gesagt!«

»'n Ausdruck, den ich gestern von meiner Mutter gelernt hab«, antwortete Löhr zögernd. »Der dritte Plöck.«

»Und was heißt das?«

»Auf deinen Fall angewendet heißt das, daß du so alt werden kannst, wie du willst, das mit der ›körperlichen Liebe‹, das hört wohl nie auf.«

»Auf meinen Fall angewendet?« lachte Esser. »Und wie ist es bei dir?«

Löhr ließ die Frage unbeantwortet.

Als sie das Zimmer von Nicole Liefers betraten, war sie nicht nur aus dem Koma erwacht; sie hatte auch Besuch. Neben ihrem Bett saß Hendrik Füsser und streichelte ihre Hand.

Löhr und Esser blieben diskret an der Tür stehen. Füsser hatte sich, als sie eintraten, nur kurz umgedreht und ihnen zugenickt, sich dann aber wieder der Frau im Krankenbett zugewandt; beide sahen einander zärtlich in die Augen. Auch Löhr und Esser sahen sich an. Jeder wußte vom anderen, daß er an ihr Gespräch auf dem Hinweg dachte.

»Kommen Sie ruhig näher«, sagte Füsser schließlich, ohne sich noch einmal umzudrehen, »wenn Sie noch Fragen haben.«

»Eigentlich nicht«, sagte Löhr und trat, von Esser gefolgt, ein paar

Schritte vor. »Die Straftat ist, soweit ich das im Moment überblicke, aufgeklärt.«

»Aber?« Füsser drehte sich zu Löhr um, ohne die Hand der Frau loszulassen.

»Die Motivlage ist uns noch nicht so ganz klar«, meldete sich Esser, der jetzt auf der anderen Seite des Bettes stand.

»Die Motivlage!« murmelte Füsser, und ein bitteres Lächeln erschien in seinem Gesicht, einem Gesicht, wie Löhr feststellte, aus dem die Resignation und die Müdigkeit, die er gestern noch darin gesehen hatte, wie weggeweht waren. Der Mann kam ihm um Jahre verjüngt vor.

»Nicht die Motive Ihrer Frau meine ich«, sagte Löhr. »Die werden wir wohl gleich beim Verhör von ihr erfahren. Ich meine *Ihre* Motive.«

»Spielen die für Sie denn eine Rolle, meine *Motive*? Was meinen Sie überhaupt damit?«

»Uns ist zum Beispiel immer noch nicht ganz klar, wie es überhaupt zu der Tat gekommen ist«, sagte Löhr. »Aus welchem Grund, aus welchem vorgeschobenen Grund Charly Höppner Frau Liefers dermaßen zugerichtet hat, und wo Sie zu diesem Zeitpunkt gewesen sind.«

»Er kam plötzlich ins Zimmer gestürmt, hat meine Sachen gepackt und mich rausgeworfen.«

»Warum?«

»Er hat keinen Grund genannt. Hausverbot. Das war alles.«

»Und Sie sind einfach gegangen?«

»Haben Sie von einem solchen Kerl schon einmal zwei, drei Schläge in die Magengrube gekriegt?« fragte Füsser zurück.

»Sie haben also gar nicht mitbekommen, wie Charly Höppner Frau Liefers zusammengeschlagen hat?«

»Nein. Ich konnte es mir aber vorstellen. Als er mich vor die Tür setzte, hat er gesagt, daß er sich jetzt mein ›Liebchen‹ vornehmen würde.«

»Und Sie haben nicht eingegriffen oder haben Hilfe geholt, die Polizei ...?«

»Ja wie denn? Ich kam ja nicht mehr rein. Und die Polizei zu holen, dazu wär's zu spät gewesen. Außerdem, ich stand unter Schock, war panisch, bin zuerst durch die Stadt geirrt, später hab ich die Krankenhäuser abgesucht.«

»Hm. Nun ja«, nickte Löhr. »Dann bleibt also nur noch die Frage, weshalb Sie bei Ihrer ersten Vernehmung die Tat gestanden haben, obwohl sie gar nichts damit zu tun hatten.«

»Ist das so schwer zu verstehen?« lächelte Füsser und sah Nicole Liefers an, die dem Gespräch bisher schweigend gefolgt war. Jetzt, unter dem sanften Blick Füssers, überzog ein Lächeln ihr bleiches, gezeichnetes Gesicht, ein Lächeln, das sie sichtbar Anstrengung, wenn nicht gar Schmerzen kostete.

»Wir wollen nämlich heiraten, Hendrik und ich«, sagte sie, mühsam zwar und jedes Wort schwer erarbeitend, aber klar zu verstehen. »Und als er dachte, ich sei tot oder so gut wie tot, da war ihm alles egal.«

»So ungefähr habe ich mir das vorgestellt«, sagte Löhr und lächelte jetzt auch.

***

Der Sommer hatte dann nicht gehalten, was er im Juli so heiß versprochen hatte. Nach dem einen großen Gewitter Anfang August waren die Wolken nicht bloß für einen Tag über der Stadt geblieben, die folgenden zwei Wochen hatte kein einziger Sonnenstrahl mehr durch die Wolkendecke hindurchgefunden, auch der Rest des Augusts war verregnet, und dann war der Sommer auch schon zu Ende gewesen.

Heute war der elfte November, und am Vormittag hatte die Sessionseröffnung auf dem Altermarkt zum ersten Mal in der Geschichte des Kölner Karnevals ohne Beisein des Oberbürgermeisters stattgefunden. Obwohl er nicht nur so aussah wie ein perfekter Karnevalspräsident, sondern auch so redete und über die typischen Attitüden und Eigenschaften eines Oberkarnevalisten verfügte, mithin der ideale Repräsentat Kölns war, hatte er es vorgezogen, nach Asien zu reisen. Auch Löhr hätte es vorgezogen, diesen Tag außerhalb der Stadtmauern zu verbringen. Aber Irmgard war dagegen gewesen.

»Verreisen? Jetzt? Kommt überhaupt nicht in Frage!« hatte sie auf sein Ansinnen geantwortet.

»Das wär das erste Mal in deinem Leben«, hatte Löhr geantwortet, »daß du ein Reiseangebot ausschlägst.«

»Aber nicht zu dieser Jahreszeit!« hatte sie geantwortet. »Wo willst du denn hin? Nach Florida oder nach Jamaika? *Du* doch nicht. Du willst nur raus aus Köln. Und ich weiß auch genau, wieso!«

»Ach ja?« machte Löhr, den Harmlosen spielend.

»Wegen des Elften im Elften. Und um genauer zu sein: Damit du nicht zu der Sitzung deiner Mutter mußt. Und um noch genauer zu sein: Damit du mich und meinen Reisefimmel vorschieben kannst, um nicht hin zu müssen. Damit du sagen kannst: ›Ich mußte leider mit Irmgard in Urlaub fahren, *leider*‹ ...«

Das war die Liebe! Jedenfalls der Teil, der nach langjährigem Zusammenleben die größten Überlebenschancen hat: Daß man die Schwächen des anderen bis auf den Grund zu durchschauen vermag. Und Irmgard hatte ihn sehr genau durchschaut. Also war er über den Elften im Elften mit ihr in Köln geblieben und war mit ihr zur Möhnensitzung seiner Mutter in den Pfarrsaal von St. Kunibert gegangen. Die hatte, des Alters der jecken Kombattanten und Kombattantinnen wegen, bereits am Nachmittag begonnen und war recht früh am Abend zu Ende gewesen.

Löhr und Irmgard saßen auf dem Rückweg in der U-Bahn, und Irmgard lobte das schauspielerische Talent Anita Löhrs in den höchsten Tönen.

»Daß du einfach nicht wahrhaben willst, daß das eine sehr nette, sehr flüssig vorgetragene und sehr witzige Büttenrede war, die deine Mutter gehalten hat, Jakob!« warf Irmgard ihrem Mann bereits zum zweiten oder dritten Mal vor.

Und zum zweiten oder dritten Mal nörgelte Löhr zurück: »Ja, ja, war ganz nett. Aber die Witze waren uralt! Da hab ich als Kind schon nicht mehr drüber lachen können!«

»Na und? Was ist an ‘nem Witz verkehrt, wenn er alt ist? Die Hauptsache ist, er trifft und ist gut. Und das waren die Witze. Vor allem standen sie alle in ‘nem Zusammenhang, das war ‘ne komplette Geschichte, die deine Mutter erzählt hat. Nach so was mußt du bei professionellen Büttenreden lange suchen. Von wegen Altersdemenz! An Anita ist wirklich ‘n karnevalistisches Talent verlorengegangen!«

»Gott sei Dank!« brummte Löhr in sich hinein. »Wenn sie das früher entdeckt hätte, dann hätte sie mir meine Kindheit total versaut.«

»Du bist und bleibst manchmal ‘n alter Stinkstiefel, Jakob!«

»Nur weil ich mit Karneval nichts anfangen kann, bin ich ‘n Stinkstiefel?«

»Es geht überhaupt nicht um Karneval! Es geht darum, daß du deiner Mutter das bißchen Spaß an der Freud nicht gönnst!«

Frauen!, dachte Löhr. Da sind sie alle gleich. Genau das gleiche hatte ihm seine Mutter ja auch vorgeworfen. Unterstellen einem gleich die gröbste Gehässigkeit. Daß man vielleicht auch edle Motive haben könnte, auf die Idee kommen sie nicht.

»Du weißt genau so gut wie ich, daß ich meiner Mutter alles gönne, Irmgard! Aber meinst du, das ist gesund für sie, da rumzuhopsen, ‘nen ganzen Abend lang? Und außerdem find ich das nicht besonders amüsant, wenn sie sich auf ihre alten Tage lächerlich macht.«

»Womit bitte hat sich deine Mutter heute abend lächerlich gemacht?«

»Du warst dabei! Findest du es etwa nicht lächerlich, wenn alte Frauen die Röcke schwingen und Strapse zeigen wie Stripteasetänzerinnen und die Hintern aneinanderreiben?«

»Das waren Persiflagen, Jakob! Travestie! Comedy! Karneval! Und außerdem war das sehr gelungen, was die Alten da auf die Bühne gebracht haben! Sehr schön choreographiert! Und mit viel Elan und viel Spaß an der Freud! Das ist nicht lächerlich! Das ist Karneval!«

»Na schön«, zog Löhr sich langsam zurück. »Dann ist das eben nicht lächerlich, sondern Karneval. Und ich, ich hab einfach keine Ader für Karneval.«

»Das wird’s sein, Jakob.«

»Trotzdem hätte ich mir gewünscht, daß meine Mutter mit ‘nem bißchen mehr Würde alt wird. Mit ‘nem kleinen bißchen mehr Würde.«

»Stinkstiefel!« sagte Irmgard kurz und trocken. Und damit war das Thema beendet.

Am Rudolfplatz stiegen sie aus der U-Bahn und gingen über den Ring Richtung Zülpicher Platz. An der Ampel zur Überführung über die Richard-Wagner-Straße blieb Löhr stehen, obwohl sie Grün zeigte.

»Ich komme gleich nach. Muß noch was erledigen«, sagte er zu seiner Frau.

Die lächelte ihn skeptisch von der Seite an: »Brauchst keine Angst zu haben. Ich habe nicht vor, dich weiter mit Karneval zu nerven.«

»Nein, nein«, lächelte Löhr zurück. »Ich hab keine Angst. Muß wirklich noch was erledigen.«

»Gut«, sagte Irmgard. »Ich geh schon mal vor.«

Das wiederum war eine der vielen positiven Seiten an Irmgard: daß sie nie nachfragte, wenn Löhr sich ohne weitere Angaben mit dem Hinweis verabschiedete, er müsse noch etwas erledigen. Etwas, das er sich im tagtäglichen Umgang mit Esser angeeignet hatte, um seine familiär bedingten Absenzen vom Dienst zu verschleiern. Er hatte sich diese vage Redewendung auch zu Hause angewöhnt. Obwohl es für ihn noch nie einen Grund gegeben hatte, Irmgard etwas zu verheimlichen. Auch dieses Mal nicht. Ihm war nur eben, als sie über seine Mutter sprachen, Onkel Heinz eingefallen. Die Geschichte mit dem Hund hatte er ganz vergessen über all den Umständen und Unannehmlichkeiten, die ihm die Vorbereitung des Gerichtsverfahrens gegen Doretta Füsser alias Himmelreich sowie gegen Charly Höppner und Teresina Sorgalla, vor allem aber der Umzug des KK11 nach Kalk bereitet hatten.

Es hatte sich auch nie wieder jemand deswegen bei ihm gemeldet, weder Tante Trudi, noch der Vermieter, noch Onkel Heinz selbst. Was bloß daraus geworden war? Ob der Vermieter tatsächlich sein Versprechen gehalten hatte? Und wenn ja, ob Löhrs Plan wirklich aufgegangen war? Ob wenigstens dieses eine Mal einer seiner Ratschläge die Früchte getragen hatte, die er sich erhofft hatte, wo sie in bezug auf seine Mutter so ganz und gar ins Leere gegangen waren?

Ob Onkel Heinz tatsächlich, so wie er sich das vorgestellt hatte, das Trinken aufgrund der regelmäßigen Spaziergänge mit seinem Hund etwas eingeschränkt hatte?

Er wollte es wissen. Jetzt. Ein einfacher, kleiner Test. Wenn er Onkel Heinz *nicht* in seiner Stammkneipe antreffen würde, dann wäre sein Plan vielleicht von Erfolg gekrönt. Dann würde Onkel Heinz jetzt, statt in der Kneipe zu hocken, todmüde vom zwei- oder dreistündigen nachmittäglichen Spaziergang mit dem Hund daheim in der Leostraße seine Füße hochlegen, an einem Mineralwasser nippen und sich mit Tante Trudi was Nettes im Fernsehen anschauen. Und wenn nicht? Wenn er in der Kneipe saß? Dann würde er wenigstens erfahren, *warum* der Plan mit dem Hund nicht funktioniert hatte. Auf die eine oder andere Schmach kam es heute abend nicht mehr an.

Als Löhr die Tür zur »Alten Opernschänke« aufstieß, war der vordere Teil des Lokals mit Leuten besetzt, die keineswegs den Eindruck von Pferdezockern oder Kartenspielern machten. Schlipstragende, dickbäuchige Endsechziger in Begleitung herausgeputzter Damen gleichen Alters in Abendgarderobe waren es; der Schweiß troff ihnen aus den silbergrauen Haaransätzen, während sie Gyros, Krautsalat und Pommes Frites in sich hineinschaufelten. Zweifellos eine Gesellschaft aus dem Vorgebirge oder aus Bergheim nach einem Besuch im Millowitsch-Theater. Keine Spur von Onkel Heinz. Ein Triumphgefühl überkam Löhr. Aber er wollte sichergehen. Er wandte sich an den Wirt, einen traurigen Griechen mit schütterem, unnatürlich schwarzem Haar, der hinter der Theke stand und eine Lage Ouzo einschenkte.

»Heinz Höttges?« antwortete der Wirt auf Löhrs Frage. »Kenn ich nicht.«

Löhr beschrieb ihm seinen Onkel als einen der Pferdewetter, die nach Annahmeschluß des Wettbüros nebenan in seiner Kneipe zu sitzen pflegten, um Klammerjaß oder Backgammon zu spielen.

»Gucken Sie mal hinten, vor den Toiletten«, sagte der Wirt. »Wenn andere gute Gäste da sind, müssen die Stammkunden hinten sitzen.«

Löhr ging weiter ins Innere der Kneipe hinein und gelangte in einen Gastraum, in den man von der Tür und vom Tresen aus keinen unmittelbaren Einblick hatte. Auch hier war es voll, sämtliche Tische waren mit Gyros futternden Millowitschfans besetzt. Onkel Heinz war nicht darunter. Löhrs Triumphgefühl verstärkte sich. Also hatte seine Methode funktioniert! Um ganz sicher zu gehen, tat er einen weiteren Schritt in den hinteren Gastraum hinein, und da sah er, an einem kleinen Tisch, eingezwängt zwischen Zigarettenautomat und Toilettentüren, Onkel Heinz, vor sich ein Kölsch und einen Stapel Karten. Und Onkel Heinz gegenüber saß Bluna. Sie spielten Klammerjaß.

Löhrs Triumphgefühl verflog schlagartig, sein eben noch pralles Selbstbewußtsein schrumpfte auf die Größe eines Mitessers zusammen. Erfolglos und gescheitert auch hier. Kein Hund! Keine Spaziergänge, keine Abstinenz, nicht einmal eine Reduktion des Alkoholkonsums, denn als Löhr näher an Heinz' und Blunas Tisch trat, sah er, daß Onkel Heinz' Deckel wieder übersät war mit Strichen.

Zerknirscht, desillusioniert, in den Grundfesten seines Selbstwertgefühls erschüttert, zog Löhr einen Stuhl heran und setzte sich zu Heinz und Bluna. Beide blickten gleichzeitig auf und nahmen Löhr jetzt erst wahr.

»Jakob! Dat ist aber 'ne Überraschung!« lachte Onkel Heinz ihn an. »Wat machst du denn hier?«

»Wollte mal gucken, wie's dir geht, Onkel Heinz«, sagte Löhr, mit einem Schlag sehr müde.

»Prima jeht et mir, Jung! Könnt überhaupt nit besser gehen. Fühl mich wie neu geboren!«

Tatsächlich erschien Löhr Onkel Heinz' Teint noch eine Spur dunkler, noch eine Nuance gesünder als bei ihrem letzten Treffen im Juli.

»Wie neu geboren?« fragte Löhr vorsichtig nach. Hatte Onkel Heinz inzwischen etwa eine längere Trinkpause eingelegt?

»Ja natürlich, Jakob! Dat war 'ne prima Idee mit dem Hund, Jakob!«

»Hund?«

»Ja, der Hund, den Engelmann uns vorbeigebracht hat und wegen dem er sogar unseren Mietvertrag geändert hat!«

»Moment mal!« unterbrach ihn Löhr, ziemlich außer Fassung geraten. »Das hat er wirklich getan, dein Vermieter, dir einen Hund vorbeigebracht?«

»Hab ich gerade gesagt!«

»Aber er wollte, daß du vorher eine Therapie ...?«

»Ha! Ha! Die Therapie!« lachte Heinz schallend, hob sein Glas, prostete Bluna zu und nahm einen kräftigen Schluck. »Ja. Dat stimmt.«

»Und«, fragte Löhr.

»War ich auch, in Therapie. Eine Woche lang. Aber nur, weil dat Trudi mich deswegen jeck gemacht hat. In Kaltenborn, in der Eifel, Trinkerheilanstalt.«

»Eine Woche nur?«

»Ja. Dann bin ich abgehauen. Hab ich nit mehr ausgehalten.«

»Nicht zu trinken?«

»Och wat, Jakob! Weil ich *da* zuviel getrunken hab! Viel zu viel! Wat meinst du? Schnaps, Jakob, wird da heimlich gesoffen! Selbstgebrannter Eifeltrester! Dat hält 'n Pferd nicht aus!«

Löhr mußte sich das Lachen verbeißen. »Und trotzdem hat Engelmann dir 'nen Hund vorbeigebracht?«

»Dem hab ich nicht auf die Nase gebunden, dat ich nur 'ne Woche in Kaltenborn war«, lachte Heinz.

»Und der Hund?«

»Der Hund? Dat is 'n feines Kerlchen, sag ich dir, Jakob! Wollte schon die ganze Zeit mal bei dir anrufen und mich bedanken, dat du so 'n gutes Wort bei Engelmann für mich eingelegt hast. Dat es ene wahre Freude, der Boris!«

»Boris?«

»Ja, so heißt dat Hündchen. Dat hält mich richtig auf Trab, Jakob! Dreimal am Tag muß ich mit dem um den Block.«

»Um den Block? Nicht richtig spazierengehen? Im Stadtwald oder im Grüngürtel?«

»Och wat, Jakob!« Onkel Heinz machte eine wegwerfende Bewegung mit seiner Holzfällerhand, die er gleitend in eine Geste überfließen ließ, mit der er bei der Kellnerin ein neues Kölsch orderte. »Dat arme Tier! Da kriegte der 'nen Herzinfarkt, wenn ich richtig mit dem spazierengehen würde. Guck dir den mal an!«

»Wie? Wo? Du hast den Hund dabei?« Löhr blickte sich irritiert um.

»Unterm Tisch, Jakob!« lächelte Onkel Heinz nachsichtig.

Löhr bückte sich unter den Tisch. Dort lag, friedlich an Dragan, den schwarzen Mischling Blunas, gekuschelt, ein verfetteter Kurzhaardackel, hechelte kurzatmig und sah Löhr aus großen, feuchten Hundeaugen mit einem Blick an, den jeder andere als menschenähnlich und treuherzig interpretiert hätte. Nur Löhr wußte, daß nichts als beißender Spott im Blick des Dackels lag.

ENDE

KOMMISSAR LÖHR

Peter Meisenberg
SCHWARZE KASSEN
Kommissar Löhrs erster Fall
Broschur, 170 Seiten
ISBN 3-89705-171-0

»Der kölsche Maigret hat das Zeug dazu, eine neue kölsche Kultfigur zu werden. Klasse-Krimi mit Kult-Kommissar.« Express

Peter Meisenberg
LÖHR UND DAS OB-PATT
Kommissar Löhrs zweiter Fall
Broschur, 208 Seiten
ISBN 3-89705-205-9

»Meisterhaft, mit Gespür für spannende Unterhaltung.« taz